46番目の密室

川有栖
Alice Arisugawa

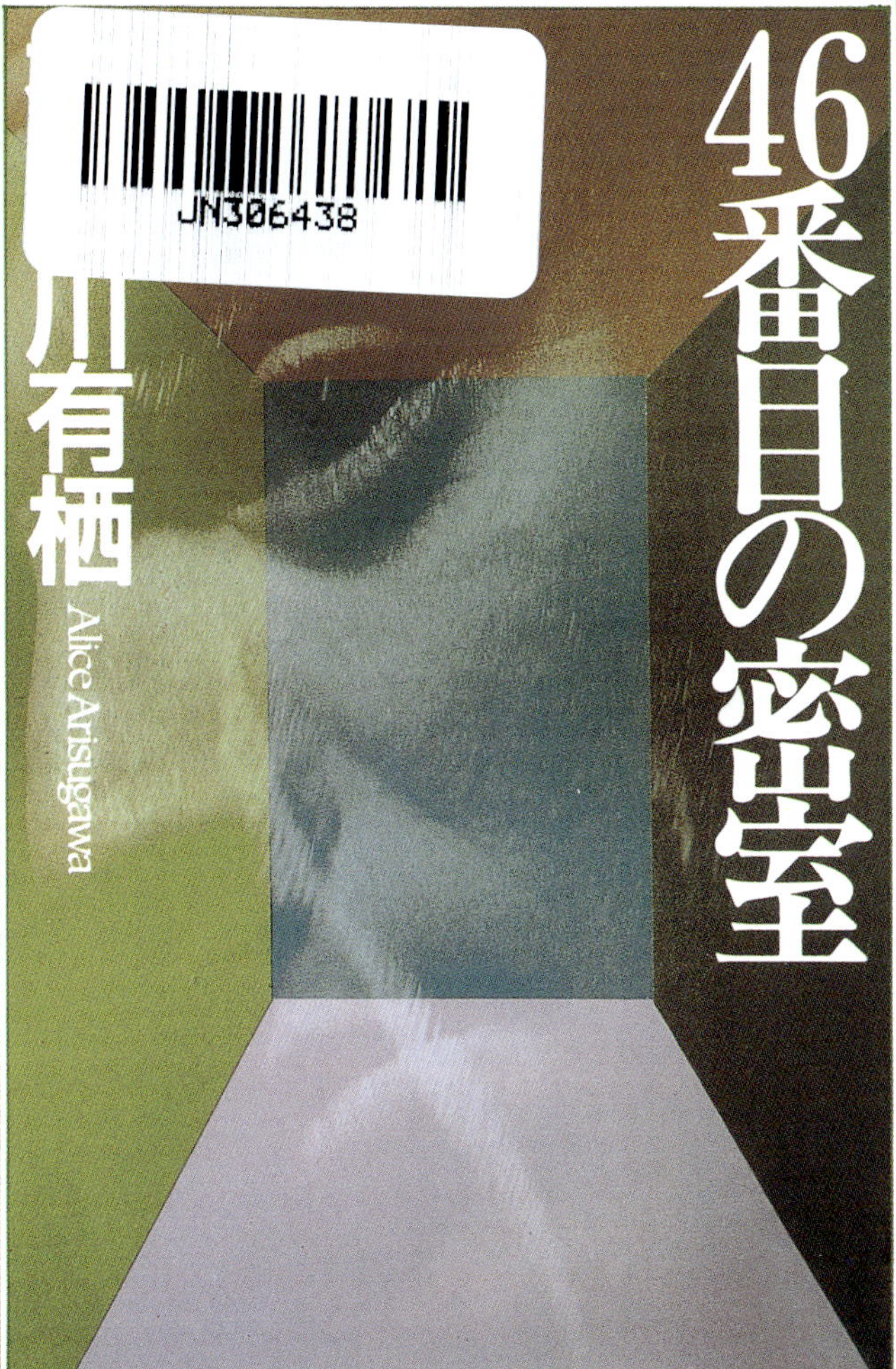

講談社文庫

新装版

46番目の密室

有栖川有栖

講談社

目次

登場人物

火村《ひむら》英生《ひでお》……………………臨床犯罪学者

有栖川《ありすがわ》有栖《ありす》（私）……その友人、推理作家

真壁《まかべ》聖一《せいいち》……………………推理作家

真壁《まかべ》佐智子《さちこ》…………………その妹

真壁《まかべ》真帆《まほ》……………………佐智子の娘

檜垣《ひがき》光司《こうじ》……………………同居人

高橋《たかはし》風子《かぜこ》……………………推理作家

石町《いしまち》慶太《けいた》……………………推理作家

杉井《すぎい》陽二《ようじ》……………………編集者

船沢《ふなさわ》辰彦《たつひこ》……………………編集者

安永《やすなが》彩子《あやこ》……………………編集者

鵜飼《うかい》…………………………群馬県警警視

大崎《おおさき》…………………………長野原署警部

密室を愛し、
密室を憎む、
すべての人々に——

フラッシュバック

折からの強い西風に煽《あお》られ、炎は瞬《またた》く間に五階建ての建物全体を包んでいった。夜の闇がその光に払われる。

「消防車はまだか!?」

「通報してもう五分たったぞ！」

燃え上がった浅間《あさま》サンホテルの周りに集まった者の間で怒号が飛びかい、そんな彼らの上に、火の粉がはらはらと降りかかる。野次馬《やじうま》たちの前列では、からくも脱出してきた従業員や宿泊客が恐怖に歪《ゆが》んだ顔を炎に向けていた。

「まだ中に人がいるんだ。逃げ遅れた人がいるんですよ。何とかしてやってください」

浴衣《ゆかた》姿の老人が傍《かたわ》らの若い男の腕にすがって叫ぶ。

「何とかしてくれったって、どうすることもできないよ。中は火の海だろ。逃げ遅れた人の中におじさんの家族でもいるの？」

「そうじゃないんだが、見ておれん」

「そりゃそうだけど……」

炎は轟々と音をたて、風を生みながら広がっていく。何か重いものが崩《くず》れ落ちる音が聞こえ、絶望の悲鳴が燃えるホテルの内と外であがった。

「見ろ！」

野次馬の一人が叫ぶ声に、人々は五階の窓を見上げた。ガラス窓の向こうに人影が映っている。男のようだ。よろよろと窓に寄ろうとしていたが、ふっとその姿が消えた。煙に巻かれて倒れたように見えた。

死に瀕《ひん》した人間を目にした人々の胸に苦いものが込み上げた時、ようやくサイレンが聞こえてきた。人波が割れ、消防車と救急車がその間を突き進む。銀色の消防服に身を包んだ男たちは車が止まりきるのも待たずに飛び降り、ホースを引っぱりながら消火栓へと走った。

「おーい、五階に人がいるぞ！」

そんな声に応えるように、梯子《はしご》車から梯子がするすると五階の窓に伸びた。そして、恐れを知らぬ様子で一人の消防士がそれを駆け上がっていく。人々は息を殺してその光景を眺めていた。

酸素マスクをした消防士がバールでガラス窓を叩き割ると、黒い煙が勢いよく噴き出した。彼は怯《ひる》む様子もなく、窓枠に足を掛けて部屋の中に飛び込んだ。と、今一人の消防士が続いて梯子を登りだす。見ているだけの者にとっては手に汗握るショーだった。

十秒ほどして黒煙の中から銀色のヘルメットが覗《のぞ》いたかと思うと、消防士は若い男に肩を貸しながら現われた。群衆から歓声があがる。その一方、二台の消防車からは放水が始まっていた。激しく炎をあげる四階の窓に水の帯が突き刺さる。

五階の窓から助け出された男はぐったりとした様子だったが、梯子の先で待ち構えていた消防士に抱き留められると、自分の足でなんとか梯子段に立った。男を救出した消防士は、同僚に指を一本立てて見せてから、くるりと振り向いてまた室内に消えた。逃げ遅れた人間がもう一人いる、ということだろう。その勇敢さに声援が飛んだ。

助け出された男は消防士の肩に摑まりながらゆっくりと降りてきた。まだ年は四十過ぎぐらいだろうか。浴衣の前は大きくはだけ、激しく咳き込んでいた。担架を担いだ消防隊員が火の粉を浴びながら駈けつける。

「真壁《まかべ》さんが……」

担架に横たえられながら男は呻《うめ》いた。真壁というのは彼の連れの名前なのだろう。

「大丈夫だ、今救助する」

ヘルメットの隊員は男の耳元に口を寄せ、安心するよう言った。男はそれでも首を捻《ひね》って、自分がいた部屋を見上げようとする。

その五階の窓に再び酸素マスクの消防士が現われた。今度も浴衣掛けの男を抱えている。前の男と同じ年恰好の客だったが、衰弱の度合いはより大きいようだ。二人の消防士は男に声をかける。と、何事かを聞いた酸素マスクの消防士は、また黒煙の中に飛び込んでいった。まだ残存者がいるということらしい。

「女がいるはずだ、さっき女の悲鳴がした」

野次馬の一人が叫ぶ。群衆の目は五階の窓に釘づけになっていた。

二人目の男を地面まで降ろすと、その消防士も酸素マスクをかぶりながら梯子を登った。そして同僚の後を追って窓から部屋の中に入っていく。

さらに三台の消防車が到着し、消火活動に加わっていたが、火勢は全く衰えを見せなかった。火は五階に達しようとしている。

また一人の消防士が梯子を駈け上がって黒煙の中に突入する。それとほぼ同時に、四階で大きな音がした。

消防士たちの姿が窓に帰ってくるのを、人々は待った。それは長い数分間だった。

やがて父娘とおぼしき一組の男女が二人の消防士に抱えられて地獄を脱出してきた。どちらも自分の足で歩くことがかなわない状態だった。

「全員救出、全員救出！」

そんな声が隊員の間で飛ぶ。

しかし、群衆も隊員らも、まだ燃える建物の中に一人の消防士が留まっていることを承知していた。男女を地上に降ろした二人の消防士が五階に戻るのは、その一人を連れ帰るためだとみんな理解した。

浅間山麓《さんろく》のホテル火災は午前一時五分に鎮火《ちんか》。従業員、宿泊客に重軽傷者九名、死者はなし。消防士一名が殉職した。三十五歳の、まだ若い消防士だった。

第一章　密室の巨匠

1

　定員二百人ほどの階段教室はおよそ五割の入りだった。十二月二十四日という時期、しかも一講目だということを考えればまずまずの人気ではないか。私は最上段のドアのすぐ近くに腰を降ろし、壇上の友人を見た。細いネクタイをだらしなく緩《ゆる》めた助教授は椅子に浅く掛け、頬杖をついて講義中だった。

「当然のことながら犯罪学は科学でなくてはならない。酸鼻《さんび》を極めた事件を収集してそれを皿に盛りつけ、常識という粉末を振りかけてすむのなら、こんな楽なことはない。しかし犯罪学がもしそれだけのものだったとしたら、誰がわざわざ学ぶ必要がある？　利口ぶった人間はプロ野球や映画の評論家をしばしば馬鹿にするが、犯罪学はそれよりさらに低い地位に甘んじなくてはならないだろう」

いつもの彼らしいクールな口調だった。まだ頬杖を突いている。初めての者が聴けば、この若い助教授はよほど与えられた仕事が気に入らないか、よほど不機嫌なのかのどちらかだと思うかもしれない。だが、実際はそのどちらでもない。——彼は眠いのだ。

「が、だからと言って訳知り顔に科学者ぶるのも危険なことだ。人の心の闇に踏み入ることの困難さを、疑似《ぎじ》科学をもって回避した気になることこそ愚かだ。例《たと》えば——君たちは生まれついての犯罪者というものを信じるか？　あるいは犯罪者の気質は遺伝すると考えるか？」

学生たちの顔をひと渡り見回す。その途中で私と目が合ったが、彼はさりげなく私を無視した。

「犯罪者は先天的に犯罪者だ、などという考えは偏見にすぎないと思う者もいれば、それは時として充分にありうると考える者もいるだろう。私たちはロンブローゾやフートンの生来性犯罪人説を乗り越えてきた。犯罪者の多くの鼻は傾いているだの、額が狭いだのという欺瞞《ぎまん》に満ちた——極めてサンプルが少なく恣《し》意的な——統計を嗤《わら》った。しかし、犯罪者は生来のアウトサイダーであり、怪物なのだという考えは多くの人間にとってよほど魅力的であるとみえるから、君たちの中に生来性犯罪人説を本心から否定しかねている者もいるだろう。そんな論者は巧みにサンプルを収集してくるものだ。――ジューク一族について知っている者は？」

誰も応えなかった。彼は若白髪の多い頭をぼりぼりと掻く。

「西村寿行《にしむらじゆこう》の『血《ルジラ》の翳《かげ》り』を読んだのもいないわけか」

助教授は妙なことを言った。推理作家の端くれである私もその作品は未読だった。

色んな本に目を通しているものだ。面白い話になりそうな予感がして手帳を開く。

「一八七七年にアメリカの学者リチャード・ダッグディルがある研究を始めた。犯罪者には犯罪性ともいうべき因子が具《そな》わっており、それは遺伝するのではないかという仮説をたててそれを立証しようとしたんだ。彼はジュークという犯罪者をサンプルとして選び出し、その家系を遡行《そこう》するうちに驚くべき事実に直面した。百二十五年前の祖先まで遡《さかのぼ》って調査したところ、ジュークの血族および姻族《いんぞく》およびその同居人――トータルで千二百人ほどになるはずだ――のうち、ダッグディルは血族五百四十人、姻族もしくはその同居人百六十九人を突きとめた。この七百九人はいかなる生活を送っていたのかというと、犯罪者だった者七十七人、ヒモや情婦となって性的に堕落、逸脱した者二百二人、乞食《こじき》になったり養護施設に収容された生活破綻《はたん》者百四十二人という結果だった。締めて四百二十一人の問題児がいたということになる。これは彼が発掘した子孫のうちの五十九％、推定される子孫千二百人のうちの三十五％に相当する。尋常な数値ではない。見よ、犯罪は血を伝って受け継がれるのだ、とぶち上げたんだな。ジュークー族は森の人間と呼ばれ、劣悪な生活環境の中で近親婚を繰り返していたという。そのために濃密な悪の血が保持されたというわけだ。また一説には、州政府がこの一族のために費やした金は一八〇〇年代前半だけで百三十万ドルに及ぶという」

私は細かい数字——助教授はもちろんメモを見ながら話した——を控えた。講義を聴きにきたわけではなかったのだが。

「同じフィールドワークの結果だとしてもロンブローゾが唱えた説よりはこちらの方が説得力がありそうだな、と思ったか？　ところが落とし穴がある。一八七七年から百二十五年の歳月を遡ったとすると、ダッグディルは一七五二年にまで調査の手を伸ばしたことになる。さて、そんな長い手が持てたものかな。十八世紀のアメリカにおいては官庁や裁判所の文書などまるで整備されていなかったはずだ。彼の調査結果には大いに疑問の余地がある。一九〇七年にエスタブルックという研究者がダッグディルを受けてその後のジュークー族を調べたところ、犯罪者の発生率は半減していたという。そもそも血のつながりがない姻族や同居人を含めてしまうところに調査の乱暴さが表れている。犯罪は生物学的に遺伝する、という仮説と矛盾しているものな。かくしてダッグディルの『ジューク家の研究』なる報告は失速し、迷信という箱に投げ捨てられた」

私はメモをとる手を止めた。迷信を学んでも仕方がない。

「しかし、今なお、犯罪者の染色体に常ならざる点はないかと顕微鏡を覗いている研究者がいる。人は犯罪者という怪物――異郷の国の住人に尽きない興味を覚えつつ、自分たち〈正常者〉とは違う存在なのだという科学的な根拠を欲しているということだな。――余談が長くなったが、私が危険だと言いたかったのはこういう態度のことだ。科学とは真実の追求であって、臆病者のお守りではないということ。判るか？」

学生たちはこっくりと頷《うなず》いている。

「結構」彼は腕時計を見た。「おまけの雑談をしたのに、これでもまだ時間が五分余ったな。今日は急ぎすぎちまった。まぁいいか、ここまでにしよう。――それでは年が明けたら再会しよう、真面目な皆さん。いいクリスマス、いい正月を」

彼が腰を上げかけると、前列の女子学生の一人が「先生もね！」と叫んだ。助教授は微笑してちょいと片手を振ってみせる。

私は足許の旅行鞄を取って、教室裏の階段を早足に降りた。

「お疲れさま」

教室を出てきた彼を捕まえて声をかけた。学生たちの波が私たちを割っていく。

「よぉ、アリス。後ろの隅でちょこちょこメモをとりながら聴講していただいてたな。次の作品の参考になるようなことを話したかな、俺は？」

アリスというのは私のことだ。簡単に自己紹介をしておくことにしよう。——私の名前は有栖川有栖《ありすがわありす》。三十二歳。同年配の平均的サラリーマン並みの年収をからくも維持しているという程度の専業推理作家だ。二度とは言わないのでよく聞いていただきたい。日本に二つとないであろうこの名前は母親につけられた本名であり、伊達《だて》や粋《すい》狂《きょう》でつけたペンネームではない。そして、私の性別は男である。

「まぁね。いつか使わせてもらうかもしれへん」

大阪生まれ大阪育ちの私に、札幌生まれあちこち育ちの友人は歯切れのいい東京アクセントで応じる。

「お前はそういう貧乏根性でメモをとるわけか。なるほどな」

そう言って笑う助教授の名は火村英生《ひむらひでお》。私と同じ三十二歳。学内で最も若い助教授である。母校であるここ京都の英都《えいと》大学の社会学部で犯罪社会学の講座を持っている。ちなみに私も英都大学の卒業生で、彼とは学生時代からの付き合いだった。——今はこれだけに留め、彼がどういう人物なのかについてはおいおい説明する。

「そっちこそ旅行鞄提げてご苦労だったな。京都駅で待ってりゃいいものを」

私たち二人はこれから旅に出るのだ。彼が言うことはもっともなのだが、久しぶりに彼の講師ぶりを参観してみたかっただけだ。

「行こう。俺もすぐ荷物を取ってくる」

私は追いかけながら言った。

「講義の続きは電車の中で聴かせてもらうわ」

「駄目だ」火村は足を止めて私を見た。「俺は真壁聖一《せいいち》の新刊を大急ぎで読むんだ」

「義理堅いことで。ご苦労さまやな、それこそ」

「人間、生きてる限り『お疲れ』で『ご苦労』なんだよ」

2

私たちがこれから訪れるのは北軽井沢《きたかるいざわ》にある真壁聖一——私の同業者——の家だった。それだもので、招待客である火村は気を遣《つか》ってその著書を読む義務感に駆られているという次第だ。

とは言うものの苦手な一講目の講義――プロにあるまじきことだが――の後のせいか、彼は新幹線に乗り込むや否や、琵琶湖《びわこ》も見ずころりと眠ってしまった。真壁の新刊本は座席の前のポケットに突っ込まれたままである。やれやれと思いながら、私は自分が持ってきた同じ本を鞄から取り出して開いた。実は彼と同様のことをしようとしていたのだ。

書名は『45番目の密室』。密室ものの本格推理小説だ。真壁聖一がどういう人物であるのか少し触れておこう。先に同業者と書いてしまったが、彼と私とではピンとキリなのだから。

真壁は今年五十歳。三十三歳の時に推理作家の登竜門の一つであるゴールドアロー賞を受賞してデビュー。受賞作『閉ざされた部屋の死せる調べ』は、瀕死のジャンルだと言われていた密室ものの思いがけない傑作と評された。鮮烈なデビューだったことは当時高校生だった私も記憶している。以来、一年に一本ないし二本の長編を発表していったのだが、そのすべてが密室ものであった。それら二十三作の長編の他に三十二本の短編があったが、そのうちの二十二本も密室もの。同じ歌しか歌えない歌手だと揶揄《やゆ》する者もいたが、トリック創造力は他の追随《ついずい》を許さなかったし、プロットの捻りを具備していたために、アンチ真壁を標榜《ひょうぼう》するある評論家は「怒るに怒れない」などと苦笑した。

　当然のごとく〈日本のディクスン・カー〉の称号を得た。が、これは女流推理作家の一団に石を投げれば当たる〈日本のアガサ・クリスティ〉と少し事情が異なった。彼の作品のいくつかは英訳され、英米で出版されているのだ。つまり、ヤーン・エクストレムが〈スウェーデンのディクスン・カー〉として紹介されたように、英米の出版社から与えられたニックネームなのである。来年カナダのトロントで開催される毎年恒例の推理作家とファンの集い、アンソニー・バウチャー・コンベンションには、アメリカのベテラン女流作家マーガレット・ミラーと並んでゲストとして招かれているという。恰好いいではないか、と憧《あこが》れてしまう。この私など「〈日本のエラリー・クイーン〉と宣伝してくれませんか？」と出版社――もちろん日本の――に冗談半分でお願いしたところ、「早くそう言われるように努力してください」と一蹴《いっしゅう》されてしまったという苦い経験がある。――まぁ、そんなことはどうでもいい。かくのごとく有栖川有栖はまだ駆け出しだが、真壁聖一は五十歳にして〈密室の巨匠〉と呼ばれている。

　ここだけの話、その巨匠もさすがに息切れがしてきたようでここ数年はやや不調だ。いつ密室を捨てて新境地に踏み出すのだろうかと思われながらここまできて、まだその拘《こだわ》りを捨てない頑固《がんこ》さには、私でさえいささか呆れている。目下、四十六番目の密室トリックを盛り込んだ二十四作目の長編を執筆中だという。

私は彼と同じ珀友社《はくゆう》という出版社から本を出している。ある時、その出版社の応接室ですれ違った折に向こうから声を掛けてもらったのがきっかけで、時々電話をもらうようになり、昨年のクリスマスに初めて北軽井沢に招かれた。やや気難しいところもあるが、苦手なタイプではないのが幸いだった。私が火村英生という風変わりな友人のことを話したのは二箇月前に電話をした時で、「ぜひクリスマスにその人を連れてこい」ということになった。火村に伝えると面白がって、行くと答えた。何か気晴らしが欲しかったらしい。

「去年ロンドンから帰りの飛行機で読んだ『The Keyhole』ってのはよくできてたな」

ちょっと驚いた。

「それは『ありえざる鍵』っていうんや。お前、わざわざ英語で読んだんか？」

「マーダー・ワンに積んであったんでつい買ったんだ」

「マーダー・ワンというのは『ロンドンの神田《かんだ》神保町《じんぼうちょう》』、チャリングクロスにある推理小説専門書店のことで、推理小説ファンにとってはロンドン名所の一つである。火村は推理小説ファンではないのだが、私が買い物を頼んだので寄ってくれたのだ。英文の真壁作品をつい買ったという気持ちは判らなくもない。私もあそこでマサコ・トガワとシズコ・ナツキを買ってしまったことがある。

名古屋に着いた時に火村はようやく目を覚ました。

「腹へった。飯食いに行こうぜ」

彼は真壁の本を手にし、私を食堂車に急《せ》き立てた。そして、無作法なことだがカレーをぱくつきながら貪《むさぼ》るようにその本を読むのだった。

食事を終えて席に戻ると、私たちは読書に没頭した。七割ほど読んだところで東京に着く。山手線で上野《うえの》まで行き、特急あさまに乗り換えて軽井沢に向かうのだ。行って返ってでまだるっこしいようだが、京都から軽井沢に行くにはこのように一旦東京に出るのが早い。

スキーの板を担いだ乗客が目立つあさまに乗り込み、指定席に落ち着いた私たちは列車が動きだすとまた読書を再開した。杉井《すぎい》が声をかけてきたのは上野を出てすぐだった。

「いたいた。やっぱりこの電車でしたね、有栖川さん」

杉井陽二《ようじ》は長身を折り曲げて私の顔を覗き込むようにした。青洋社《せいようしゃ》という大手版元の編集者で、真壁聖一の担当者だ。私も一度だけ書き下ろしでお世話になったことがある。四十過ぎだが、ムースをたっぷりつけた髪で耳を覆《おお》っているのがよく似合っている。趣味はロッククライミングとスキューバダイビング。いつもバーバリーで身を固めたおしゃれな男だった。

「私は二両前に乗っているんですけど、知った顔がきっとあるだろうと思ってぶらぶら見て回っていたんですよ」

彼は大きな身振りで前の車両の方を指差しながら言った。

「こっちは友人の火村です。真壁先生のところに一緒に招かれています」

窓側の友人を紹介すると、杉井は意外そうな顔をした。火村が本から顔を上げなかったので、私の連れに見えなかったのだろう。

「そうですか。私は杉井と申しまして、真壁先生の担当編集者をしております。今日はメリー・クリスマスのついでに先生のところにお原稿の催促に伺《うかが》うところです。はは」

人見知りとはどういう概念であるか理解できないであろう彼は、砕けた調子で火村に初対面の挨拶《あいさつ》をした。助教授は「火村です」とだけ言って頭を下げる。

「英都大学社会学部の火村助教授ですね？　あなたがおいでになることは真壁先生から伺っていました。今年集まる者はみんなお会いできることを楽しみにしています。何せ人殺しの話を書いたり出版したりで生計を立てている人間ばかりですから、犯罪学のレクチュアでもしていただければ恰好のクリスマスプレゼントになります」

まるで余興のために呼んだと言わんばかりだ。火村は苦笑の一つもしたかっただろうが、「それはどうも」と恭《うやうや》しく会釈した。

「先生が今取りかかってるのは杉井さんのところのなんですか？」と私が訊く。

「そうですよ。船沢《ふなさわ》さんとこのはその後」

船沢というのは珀友社の担当編集者で、彼は今日の昼過ぎには星火荘《ほしび》に到着しているはずだ。クリスマスに星火荘に招かれるのは、真壁の担当編集者、親しい作家、その他の友人に分けられる。杉井陽二、船沢辰彦《たつひこ》の他にブラック書院の安永彩子《やすながあやこ》も私たちを待っていることだろう。作品数の少ない真壁の本を出しているのはその三社に限られている。——星火荘という真壁邸の名は彼が愛着を持っている『星火荘の密室』という作品から採られているらしい。

「今年のお客は何人ですか？」

尋ねると杉井は指を折りながら答えてくれる。

「私たちの他に船沢さんでしょ、安永さんでしょ、作家では石町慶太《いしまちけいた》さん、高橋風子《たかはしかぜこ》さん——これで何人になります？」

「七人です」

「それでは招待する方は大童《おおわらわ》ですね。ま、真壁先生にお招きを受けるというのも気を遣って大変ですけれどもね」

最後の言葉には異議がある。私は去年、彼が夜中に無断で冷蔵庫を覗いていたのを目撃している。

「では、軽井沢に着いたら、また」

彼は気取ったしぐさで前髪を掻き上げ、去っていった。

「七人も客を呼べるっていうのは驚くな。よほど大きな家らしい」

火村が杉井の背中を見送りながら言った。

「もともとは小さな貿易会社を経営してた先生の親父さんが買い込んだ別荘なんや。外国の客を招いたり、社員の保養施設にもなるっていうんでな」

「その会社は？」

「まだある。先生は株を全部売却して人手に渡してしもうたんやけど、軽井沢の別荘は自分の家にするため手許に残したんや」

「広すぎるだろ？」

　確かに。

「寒々としてるほど広い家に住むのが好きらしい。何せ俺のマンションや君の下宿の十倍ほどある広さやからな」

　大阪の夕陽丘《ゆうひがおか》にある私のマンションは２ＬＤＫ、彼が学生時代から住み着いている京都北白川《きたしらかわ》の下宿は六畳ふた間だった。

「しかしクリスマスに先生の家に招かれるというのは、編集者にとって迷惑な話かもしれない。十二月二十四日は家族や恋人と一緒にゆっくり過ごしたいと思ってるんじゃないのか、みんな」

「真壁先生は無理強《じ》いしてるわけやない」

「本人は『もしよろしければ』と誘ったとしても、『ではご遠慮いたします』とは言えない人もいるかもしれないだろ？」

「それはそうやけど、今聞いたメンバーはそんなことはない。ほとんどの人は独身やし、喜んできてると思う」

「皮肉で言うんじゃないけど、お呼ばれして何かいいことがあるのか？」

「誤解しないように。別に先生のお相手をしてご機嫌をとったらいい仕事が回してもらえるわけやない。毎年同じような顔が集まるんやけど、その取り合わせがなかなか絶妙で面白おかしく話が弾《はず》む、ということかな」

「そこへ俺が闖入《ちんにゅう》していい雰囲気を壊さなけりゃいいんだけどな」

「君は色物に徹してくれたらええんや」

「色物？」彼は唇を歪めた。「気鋭の若き犯罪学者を捕まえて色物はないだろ」

「失礼した。気鋭の〈臨床《りんしょう》犯罪学者〉を捕まえて」

彼は軽く鼻を鳴らして、また本を開いた。

臨床犯罪学者というのは私の造語だ。火村英生を指すのに、それ以上適切なレッテルは他にないと思っている。象牙の塔から韜晦《とうかい》術を駆使した言葉を発信するという学者から彼は最も遠いタイプの研究者であり、捜査の現場に飛び込んで犯罪と体ごとぶつかることを研究方法としている。彼はそれをフィールドワークと称しているのだが、その際に警察に先んじて事件を解明したことも何度かある。公にはなっていないことだが、そうなのだ。公になっていないのは彼が手柄をかっ攫《さら》うことで当局の反感を買い、以後のフィールドワークに支障をきたすことを嫌って伏せているからである。警察に対してはあくまでも非公式の協力者でいることが好都合なわけだ。犯罪学者の資質とは関係ないが、彼には探偵としての天分が具わっているらしい。

作家たる私としては、彼の鮮やかな成功譚を推理小説に仕立てて発表したいという誘惑に駆られることもなくはないが——特に締め切りに追われて焦っている時！——ぐっとこらえている。私にだってプライドがある。法螺《ほら》話を書いてこそ小説家だ。

私も読書に戻った。横川《よこかわ》駅に停車中に読了したが、あいにく出来はあまり芳《かんば》しくなかった。真壁に率直な感想を求められると少し困ったことになりそうだ。

補機を連結した列車が動きだしたところで本を鞄に収め、窓の外に去っていく碓氷《うすい》峠《とうげ》の雪景色を眺めた。新幹線が開通すると消えてしまう車窓風景だ。あと何回これを見られるだろうか、と思うといささか淋しかった。

峠の長いトンネルを抜けると粉雪が舞っており、軽井沢はすぐだった。ホームへ降り立つと、火村は黒い革のコートの襟を立てて煙草に火を点けた。

「さすがに雪ですね、こっちは」マフラーを巻きながら杉井が寄ってきた。「ちらちら舞っているだけで、これぐらいならまだいいですよ」

彼と私はポケットに両手を入れ、揃って乳色の空を仰いだ。すでに東からは夕闇が迫りつつある。地面の上に立っているというより、空の底にいるようだ。

「北軽行きのバスはこの列車と連絡していたはずです。急ぎましょう」

列車がホームを出ていくと杉井はそう言って改札口に歩きだした。なるほど、駅前でバスはエンジンを唸《うな》らせながら待っている。私たちが乗ると、まもなく発車した。

町を抜け、バスは曲がりくねった白い山道をたどった。何年か前のことだが、車が数珠《じゅず》つなぎになるあの恐ろしい夏の行楽シーズン、私はこの道で脱輪させてＪＡＦのお世話になった苦い思い出がある。白糸の滝近くのその箇所を通過する時、こっそり照れ笑いした。火村はまた眠っている。

「先週出た真壁先生の新作はいかがでしたか？」

前の席の杉井が、振り返って尋ねてきた。

「先生らしい手抜きのない作品でしたね。力作でした。ただ、トリックもプロットも新味に欠けているように思ったりもしましたが……」

「歯切れがよくありませんね。はっきり言って凡作だったということでしょ？」

杉井は、にやにや笑っている。

「はっきり言って凡作です」

その答えにうんうんと頷いた。

「そう、凡作。私もそう思った。『真壁老いたりと言われるには早すぎますよ』と言いたいですね」

「面と向かってそんなことを言える編集者はいないんでしょう？」

「ええ。でも、それって問題あるんですよね。私なんかが言うと角が立つから、当たりのいい安永さんにでも一度やんわり言ってもらった方がいいのかなぁ」

「この次の作品の出来を心配してるんですか？」

バスがガタンと揺れて、杉井の前髪がはらりと落ちる。

「まだ心配するというところまではいってません。でも二、三作不振が続いていますから、ここらで先生らしい切れ味のいいものが欲しい。せっかく〈日本のディクスン・カー〉として海外でもファンがついているんですから。——ところで有栖川さんの次のはいつです？」

ほんのついでに、という感じの訊き方だった。理由もなく僻《ひが》んでいるのではない。杉井は欠伸《あくび》をしながら尋ねたのだ。まぁ、いいけど。

「今度は大雨で孤立した山奥の村が舞台で——」

「またそこに学生が閉じ込められるんですか？」

話を遮《さえぎ》られた。「また」はよけいだ、と言いたかったけれど図星なので仕方がない。

「そうです。シリーズキャラクターものです」

「大学生の僕、有栖川有栖が語り手になってるシリーズですね。——前から伺おうと思ってたんですが、あの作中のアリスって有栖川さんの分身っぽいけど、探偵役なんかのキャラにモデルはいるんですか？」

四十男がキャラクターをキャラと略するのを聞くのはくすぐったい。

「特にいません。でももしかすると……」

私はちらりと友人の寝顔を見た。

「火村さんが探偵役のモデルなんですか？」

「多少の影響は受けているかもしれません。この先生は私が描く探偵ほど紳士的ではありませんけど」

火村の目が不意に開いた。

「紳士でなくて悪かったな」

「あ、俺はそんなつもりで言うたんやない。あのな——」

私はバツが悪かった。しかしこの野郎、起きてるならぴくりとでも動けよ。

「こういう奴です」彼は杉井に言う。「有栖川有栖というのは裏表のある男ですからご注意ください」

「君は紳士と呼ばれたかったのか？」私は言い返した。「それは悪かった。謝るよ。——けど惜しいことをしたな。君の人となりの紹介はこれから先が本論だったんやぞ。火村英生は一見紳士風ではなく、性格は屈折している。友人は俺ぐらいしかいない。しかし、その才能はというと犯罪学者という枠には収まりきらない逸材であり、法律学、法医学から心理学まで造詣《ぞうけい》が深く、語学も堪能《たんのう》。文学、音楽、美術、映画、歴史、天体観測、オカルティズム、ケルト神話、変態性欲、ボクシング、登山、ボトルシップ作り、猫の飼い方に一家言を持つというところまでしゃべるつもりやったのに」

「それ、誰のことだ？」

「あんたや」

いくつか嘘も雑《ま》ぜたが。

「はっ」と彼は笑った。「そんなふうに細切《こまぎ》れにされた人間というのは、実体からどんどん遠ざかっていくもんだな。小説の中ならそれでいいのかもしれないけどね」

私は肩をすくめた。杉井はにやにや笑っている。

3

やがて高原に出たバスは快調に走りだした。もう六時になろうとしている。浅間牧場に停車すると半分ほどの乗客が下車した。ペンションがこのあたりに固まっているのだ。西に見えるはずの浅間山の山容は、すっかり闇の中に溶け込んでしまっていた。

かつての草軽《くさかる》鉄道のターミナルがあった北軽井沢に着いて降りると、私たちを待っていた船沢辰彦が小走りに寄ってきた。

「遠路はるばるお疲れさんでした。みんなお待ちかねです」

杉井より五つ年上の彼は私と同じく大阪育ちだった。一年見ないうちにまた太ったようで、すっかり二重顎《にじゅうあご》になってしまっていた。頭髪も少し後退していて、あれやこれや杉井とは対照的である。

「そちらさんが火村先生ですね？　お会いできて光栄です」

船沢が欧米人のように差し出した手を、火村は自然に握り返した。

「早くお乗りになってください。風が冷たい」

私の背中を押さんばかりにする。赤いアコードの助手席に杉井、後部座席に火村と私が乗り込むと、船沢は車を出して東南に向かった。北軽井沢の小さな町にはもう人通りはほとんどなく、商店はすべてシャッターを降ろしている。人家の窓から溢《あふ》れる明かりがいかにも暖かそうだった。それを見ているだけで夕餉《ゆうげ》の匂いが伝わってきそうな気がする。小さな町並はたちまち途切れ、車は林の中の道に分け入る。別荘建設予定地なのだろう、所々が切り開かれて更地になっていた。

「先生のご機嫌はいかが？」

杉井が運転者に尋ねる。

「心配せんでもご機嫌はいたって麗《うるわ》しいですよ。次回作の構想ももうすっかりまとまったようやし」

「構想がまとまったっていうことは、まだ書き始めてらっしゃらないってこと？」

「どやろな。第一章ぐらいはあがってるかもしれません。その辺のことは杉井さんご自身から聞いてくださいよ。おたくの作品なんやから。――ところで『45番目の密室』はどうでしたか、有栖川さん？」

またか。この先何回同じ質問を受けなくてはならないのだろうか？　私は杉井にしたのと同様の答え方をした。

「さぁて、次作はどうなんでしょうね。先生は何か――」

杉井が言いかけると船沢は少しうるさくなってきたらしい。

「それもご自分で訊いてください。『四十六番目はどんなものでしょうか？』って」

「はい。そうしましょう」

杉井は腕組みをして黙った。

無言の男四人を乗せた車はさらに十五分ほど走り、星火荘に到着した。真夏には深緑の中に映える白亜の邸宅が、今は雪と白さを競っていた。なだらかな屋根の勾配以外は水平と垂直のラインしか見られないシャープな切妻造り。道路に対して斜に構えたように建っているのが気取った感じだ。しかし明かりが洩《も》れているからだけではなく、あたりに点在して建っている別荘とは違って、人が暮しているぬくもりのようなものが何とはなしに伝わってくる家だった。

船沢は太い腕を忙しく動かしてステアリングを切り、植え込みの間のドライブウェイに車を入れた。車庫に続く煉瓦《れんが》敷きの道は雪に覆われていた。彼が車を出した時のものらしい轍《わだち》の跡がうっすらと残っている。

「これからだいぶ降りそうなんですか?」

私が聞くと、船沢は「さぁ」とだけ言った。車庫に並んだ三台の車の間に、器用に一度で愛車を収める。私にはできない芸当だ。

「食事の支度がもうできると思いますよ」

エンジンキーを抜きながら彼が言うと、杉井は「なるほどね」と頷いた。

「それなら確かにお待ちかねだろうね、皆さん」

車を降りると、裏の小川のせせらぎが聞こえた。その音と風の冷たさに私は首をすくめる。

真壁聖一が玄関で迎えてくれた。口髭を生やした彼は若々しい型の鳶色《とび》のジャケットに身を包み、にこやかだった。

「遅い到着ですみません」

私が言うと、気にするなというようにかぶりを振った。

「忙しい人に無理を言ってきてもらってることは承知してるよ。――そちらが火村助教授ですね？　お互いの挨拶《あいさつ》は後にしてまずはお入りください。むさ苦しいところですが、ともかく外よりは暖かい」

なるほど、ご機嫌麗しいようだ。無論、クリスマスに心を許せる者を選んで客に招いているのだから、この時期はいつも気難しい顔は見せない。

私たちは中に入ると、肩や頭の雪を払い落としてコートを脱いだ。四人の男がそんなことができるだけの広さがある玄関だ。

「真壁聖一です。お会いできることを楽しみにしていました」

巨匠は喜色を浮かべて言った。火村は軽く頭を下げる。

「火村です。お招きに与《あず》かりありがとうございます。御作は何作か拝読いたしました」

「『何作か』というところがいい。言葉の正確な使い方に注意を払う方とお見受けします」

火村は私を見て、かっと両目を開いてみせた。

——大袈裟《おおげさ》なとっつぁんだな。

そう言いたいのだろう。

「いらっしゃいませ。まぁ、どうもすみませんね。こんな遠いところまで今年もお呼び立てして」

去年と全く同じことを言いながら奥から現われたのは真壁佐智子《さちこ》だ。聖一と一つ違いの実妹である。数年前に夫と離婚して以来、独身の兄と同居している。彼女は丁重な口調で火村と初対面の挨拶を交わした。

「お部屋にご案内しましょう。有栖川さんと火村先生はご一緒の部屋です。杉井さんは——」

「いつもの部屋でしょ？　勝手知ったる星火荘ですからご案内には及びません。——では後ほど」

彼は一同に会釈をすると、さっさと廊下を進んで階段を上がっていった。その背中に「すぐお食事ですから！」と佐智子が声をかけた。

「着いてすぐ食事というのも慌《あわ》ただしくて申し訳ないが、旅装を解いたら食堂に降りてきてくれ」

真壁聖一は、私の肩を軽く叩いた。

佐智子に案内されたのは二階の端の部屋だった。もっぱら来客のために使われるのであろう。印象派の絵が掛かった十畳ほどの部屋には小さな机と二つのベッドしかなく、ホテルにきたようだ。ナイトテーブルの上にはウィスキーのボトルとグラスが二つ置かれてあった。

「女の子の部屋みたいだな」

コートと上着をクロゼットのハンガーに掛けると、火村は大きなフリルがついた白いカーテンを顎で指しながら言った。

「佐智子さんの趣味らしい」

私はそう言って窓辺に寄り、カーテンをめくって外を見た。白樺《しらかば》の林とその向こうの隣家のマンサード屋根が見える。東京の銀行家の別荘だと聞いたことがある。視線を近くに引き戻すと、庭の凍った池にも雪が薄く積もっていた。八月の終わりにはコスモスが咲き誇るという花壇もすっかり雪に埋れていて、庭はただ一面、白い。

「よし、行こう」

火村はネクタイを締め直しながら言った。

「どうせやったら、もうちょっとちゃんと締めたらどうや」

私が言うと「これでいい」とつれなく言った。ネクタイなんて窮屈《きゅうくつ》なものはご免だ、と言って締めないのならそれはそれでいい。しかし、彼のようにだらしなく締めて首からぶら下げるのが好きだというのはどうしたものか、といつも思う。

階段を降りてすぐ左手の食堂からは、賑《にぎ》やかな談笑の声が聞こえていた。杉井が何か冗談を飛ばしているようだ。

「よぉ、有栖川君のご入場だ」

食堂に入るなり石町慶太の大きな声がした。スキー焼けした筋肉質のこの男も同業者だ。真壁と同じくトリッキーな本格ものを得意としている。私より一つ年上と年齢が接近しているせいか、一部では有栖川有栖のライバルと見られているとかいないとか。——もちろん、そんなことはコップの中の話題にすぎない。

「本格推理のお仲間ね。ミステリ談議は食事の後にしてちょうだいよ」

石町の体の陰から、小学生のように小柄な高橋風子がひょいと顔を出して笑った。クラシックな本格から心理サスペンス、ハードボイルドまでこなす彼女は年齢不詳《ふしょう》。

四十を越えているかどうか微妙なところだ。――そんなことを真剣に推理しているわけではないが。

私が火村を紹介すると、今年のスペシャルゲストに熱い注目が集まる。

「色物の火村です。どうぞよろしく」

そんな挨拶に何人かが笑い、何人かがきょとんとした。

「まぁ、楽しそうな方」風子は笑った組だった。「でもそうだとしても、色物なる存在こそがくたびれがちな世界に活を入れられるんじゃありませんか、火村先生」

「ごもっともです。そして、色物として誠にありがたいお言葉ですね」

火村の返事に風子はまたころころと笑った。

主の真壁に促《うなが》されて席に着くと、テーブルの周囲に並んだ面々は順に火村に対して自己紹介をしていった。杉井や船沢は飛ばして、石町慶太、高橋風子と続く。

「この前の作品は凝ってて面白かったよ。犯人はすぐ判ったけどな」

石町がジャブを仕掛けてきた。

「どのへんで判った？」と訊く。よく話すことがあるし年齢も一つ違いなので、しゃべり方はお互いにくだけたものだ。

「出てくるなりピンときた」

「俺にも判ったよ」

「何が？」

「今度の君の小説の犯人。そろそろ警察関係者が犯人になる順番や」

「ドキッとするな、その指摘」

彼は恐ろしげに胸を撫でてみせた。

「いらっしゃーい、有栖川さん」

キッチンから安永彩子女史がワインのボトルとグラスを運びながら出てきた。この落ち着いた雰囲気の細面の美人は、推理小説よりもSFや幻想小説系統に強いブラック書院というちょっと変わった版元の編集者だった。大学ではアメリカ文学を専攻し、卒論の対象はエドガー・アラン・ポーだったそうだ。彼女も客の一人なのだが、最年少ということもあって毎年料理の手伝いを買って出ているのだ。大晦日《おおみそか》が誕生日だという彼女は、これが二十代最後のクリスマスのはずだ。

「安永君には申し訳ないと思ってる。彼氏を放ってまでここへこさせて、料理まで作らせてるんだから」

真壁が言うと、女性編集者はおどけて目を剝《む》いてみせた。さっきの火村と同じように。

「本心でそう思っておいででしたら、この次の自信作はぜひとも私に担当させてください。もう三年もご無沙汰《ぶさた》なんですから」

「聞いたかね？」真壁はみんなを見回す。「『この次の自信作は』だって。『つまらないのは青洋社と珀友社へ回せ』だとさ。このお嬢さんにはかなわないよ」

そう言いながら巨匠はご満悦の様子だった。娘のような年のこの編集者が彼はお気に入りなのだ。まだ二十四歳だった彩子を真壁の担当に抜擢《ばってき》したブラック書院編集長の慧眼《けいがん》に私は改めて敬服した。もちろん、若い女性が担当につけば真壁は目尻を下げるだろうとか、大学の後輩にあたるから可愛がられるだろう、などといういい加減な判断ではなかったはずだ。彩子は彼の作品の、そして推理小説のよき理解者だったからこそ選ばれたのだろう。彼女が担当についてから真壁は立て続けに三本の長編をブラック書院から出したのだが、彼女が言ったとおりここ三年間はご無沙汰している。もともと彼が寡作《かさく》なのだからそれも不自然なことではないが。

彩子がテーブルに置いたグラスを私たちが手から手へ送っていると、佐智子が両腕を広げて大きな盆を運んできた。でんと載っているのはいつものように一日早いが、クリスマスらしい七面鳥料理だった。

「いらっしゃいませ」

続いて料理を運んできたのは真帆《まほ》。高校二年になる佐智子の一人娘だ。彼女の水玉模様のリボンを見るのも一年ぶりだった。えらが張り気味なのを本人は気にしていたが、それは贅沢《ぜいたく》というものだろう。彼女を初めて見たのは四年前のことだが、確実に女性らしい輝きを増していっている。三十二歳の独身男の想像としてはおかしいかもしれないが、こんな娘が長女にいてもいいな、などと私は思った。

「光司《こうじ》君は？」

火村を紹介してから、私は真帆に尋ねた。

「元気よ。腹が減らないからって屋根の雪降ろしをしてるの」

「真帆」佐智子が眉をしかめる。「『腹が減らないから』なんて言葉を女の子が使うもんじゃありません。たとえ光司君がそう言ったんだとしても、『おなかがすかないから』と言い換えるもんです」

「そういう時はね、括弧《かっこ》原文のまま、って付け加えればよかったのよ」

安永彩子が言うと「そっか」と真帆は舌を出した。この二人は仲のよい姉妹のように見えて微笑《ほほえ》ましい。彩子に憧れてか、真帆は東京の大学を出て編集者になりたいと公言している。

「雪降ろしとは光司君も大変だね。星火荘では数少ない男手だからとがんばってるんだろうけど」

残る一人、光司君について説明をしなくてはならない。彼の名は檜垣《ひがき》光司。真帆と同じく十七歳で高校二年生。真壁聖一とも佐智子とも、従って真帆とも全く血はつながっていない。俗に言う赤の他人の彼がどうして彼らと同居しているか、私も事情を聞くまでは判らなかった。

今を遡ること十年前。真壁聖一の作品が初めて英米で出版されて評判になり、国内でもちょっとした真壁ブームが起きた頃。当時から担当編集者だった船沢辰彦と二人で出た取材旅行先で火事に遭った。泊まり客の煙草の不始末が原因でホテルが全焼したのだ。場所は浅間山の麓《ふもと》だった。二人は黒煙の中から救助されて命拾いをしたのだが、彼らを救った勇敢な消防士は気の毒なことに殉職してしまった。その消防士の名は檜垣光男《みつお》。彼の妻の直美《なおみ》は当時三十一歳。一人息子の光司は七歳だった。直美と光司の母子は頼る当てもなく、夫の恩給と生活保護に助けられながら苦しい三年間を送ったそうだ。

一方、九死に一生を得た真壁は推理作家として着実に地歩を築いていっていた。そして、資産家だった父が死んで遺産を相続すると、じっくりと腰を据えた創作活動に専念するために東京からここ北軽井沢に移り住んできたのだ。ほどなく彼は命の恩人、檜垣光男の遺族の窮状《きゅうじょう》を知る。彼は直美を星火荘に招いた。秘書兼家政婦として働いてくれないか、と。直美は感謝とともにその申し入れを受け、二年前に交通事故で命を落とすまでここに住み込みで働き——光司が遺《のこ》された。

「頼まれなくても雪降ろしをするということは、彼としてもただの居候《いそうろう》でいたくないと思っているからだろうな」

石町がワインの栓を抜きながら言うと、佐智子はまた微《かす》かに眉根を寄せた。

「そんな言い方なさらないでください、石町先生。あの子は私や真帆よりずっと前からここで暮しているんです。家族なんです。居候だなんて——」

「まぁまぁ、そう人の言葉尻を捕まえてとやかく言うもんじゃないよ、佐智子」真壁は少し煩《わずら》わしそうに言った。「料理が出揃ったら早く始めよう」

それを聞くと、気が利く彩子がてきぱきとみんなのグラスにワインを注《つ》いで回った。

4

「現実に起きた密室殺人なんていう記録はないんですか、火村先生？」

メインディッシュが片づき、デザートのメロンが出ると杉井が尋ねた。

「俺は色物でデザートらしいな」

犯罪学者は、私に耳打ちする。拗《す》ねるな、と私は彼の足を軽く踏んでやった。

「パリのモンマルトルで起きた有名なローズ・ドラクール殺害事件というのがありますよ。地上二十メートルのアパルトマンの最上階の一室で若い娘が殺されていたんですが、その部屋は完全な密室だったという事件です。部屋のドアも窓も内側から施錠されていたし、暖炉の煙突はとても人が出入りできる大きさじゃなかった」

まくしたてたのは私の友人ではなく、石町だった。悪い男ではないが、自己顕示欲《けんじ》がやや過多で閉口する場面がある。火村が気分を害したのではないかと心配したが、そんな様子はなかった。むしろ手間が省けて結構、というように涼しい顔をしている。

「そんな事件があったの？　何だか興奮するわね。被害者の娘の名前がドラクールというのも面白いわ。ドラキュラ密室殺人事件よね。プロの推理作家のくせして私、全然知らなかったわ」

風子が両腕を広げた大袈裟な身振りをした。

「そんなことが推理作家の常識やていうことはないでしょう」と船沢が笑う。「せやけど石町さん、それはいつ頃のことなんですか？」

「大昔のことですよ。――いつだったでしょうか、火村先生？」

石町は回答を専門家に振った。まさか火村を試してるわけではないだろうが。

「さぁ。二百年近く前、十九世紀の初め頃のことだったと思いますが、正確には記憶していません。しかし、それは伝説のたぐいで、確かな記録は残っていませんよ」

助教授はメロンを口に運びながらあっさりと答えた。

「まぁ」とまたまた風子が感心する。「それじゃまだ推理小説というものがこの世に存在しなかった時代の事件じゃありませんか。ポーが『モルグ街の殺人』を発表したのが一八四一年だから。――よく知ってるでしょ？」

今年、一九九一年が推理小説生誕百五十年目にあたる、と私が最近話したことがあるから覚えていたのではないか。

それはそうと――モンマルトルの密室殺人事件については私も雑学として知っていたが、『モルグ街』より早かったとは初耳だった。

「ポーはその事件に触発されて『モルグ街の殺人』を書いたのかもしれませんね。――それで火村先生、その事件の真相はどうだったんですか？」

ポーで卒論を書いた彩子が、興味津々《しんしん》という目をして尋ねた。

「迷宮入りしたそうです」

おお、という嘆声が洩れた。

「自殺だったんじゃないんですか？」

この話題を打ち切るのを惜しむように杉井が尋ねる。

「自分の胸を刃物で刺して貫《つらぬ》くなどということが人間に可能なはずがありませんよ」

またもや派手な嘆声。みんな聞き上手なことだ。

「しかし、推理小説の世界では日常茶飯事になっている密室殺人も、現実の世界ではその一例だけですか」

杉井が気取った手つきで眼鏡を拭きながら言う。確かな記録は残っていない、という火村の言は無視されている。

「推理小説というのがいかに現実を足蹴にしているかという証左ですね。真壁先生なんかもう四十五回もやってるんだから」

「ほんまほんま。で、まだこの先何回やらかすことやら」

船沢はそう言って真壁の機嫌を取ろうとしたのだろう。——しかし。

「一回だけだ」

密室の巨匠がきっぱりと言い切る声が部屋中に響いた。その短い言葉が何を意味するのか、私は一瞬理解できなかった。

「一回だけ……とは？」

船沢がおっとりと訊き返した。

「密室ものを書くのはあと一回だけということだよ。今書きかけてるのが私の最後の密室ものだ」

「ちょっと待ってください、真壁先生」

船沢は、腰を上げげんばかりに身を乗り出した。

「それはどういうことなんですか？　まさか筆を折るというおつもりやないでしょうね？　パーティジョークとしてはいただけませんよ」

「筆を折るなんて言ってはおらんよ。もう密室ものの推理小説を書くのは打ち止めだ、というだけのことだ」

「何故です？」杉井も色めきたって問いを投げる。「何故、〈日本のディクスン・カー〉が密室ものを打ち止めにしなくてはならないんですか？　先生ならこれからまだ優れた作品を生み出していけるじゃありませんか」

もう一人の編集者、彩子はさらに質問をかぶせるようなことはせず、黙って真壁を見つめていた。返答を待っているのだ。

「私は転向させてもらうよ。そうしたいんだ」

真壁は面倒がっているふうでもなく、穏やかな口調で答える。ただ、この場の全員が投げかける視線が少し眩《まぶ》しいのか、俯き加減で前方の銀色の砂糖壺を見たままだった。

「そんなにあっさり転向のひと言ですませられては困ります。読者は先生の書く密室ミステリをこれからも読みたいと希《ねが》っているんですよ。それに応えるのが推理作家としての務めだとはお考えにならないんですか？」

杉井の言うことはあまりにも常識的でありすぎて、かえって私にはピンとこなかった。それはそうかもしれないが、だからといって真壁聖一にその義務があるとも思わない。結局、彼は担当編集者としての自分の都合を口走っただけではないのか？

「密室ものの推理小説に対する興味をもう喪失してしまった、とおっしゃるんですか？」

彩子が小首を傾げるようにして尋ねた。真壁は顔を上げようとしない。

「そうだな。興味が失せたというのが手っとり早い説明か。同じような話ばかり書くことに倦《う》んだ、と言えば喜ぶ評論家が大勢いるだろうな」

「評論家に嫌みを言ってる場合じゃありませんよ」

杉井は首筋を掻く。

「どうしてなんですか？　何がきっかけで興味をなくしてしまわれたんですか？　聞かせてください」

石町慶太、高橋風子そして私は無言のまま巨匠の返事を待った。とても後輩が口を差し挟める雰囲気ではない。火村は無表情のままさくさくとメロンを頰ばっていた。

「特別なきっかけがあったわけではないんだ」

真壁は、ぽつりぽつりと話し始めた。

「私はもう五十だ。元々量産ができない物書きだし、これからそうたくさんの作品を書き上げることはできないだろう。だから、かねてから書きたいと思いながら書けないでいたものに挑んでみたいということだよ。それがどういうものかを説明するのは少々骨が折れる」

「お聞きしたいですね」

石町が促した。真壁は若い推理作家に一瞥《いちべつ》をくれる。

「私はいわゆる純文学やSFに転向するために推理小説を捨てたがっているわけではない。書きたいと思いながら書けなかったものというのは、他ならぬ『推理小説』なんだからね。では本格推理小説からハードボイルドに鞍替《くらが》えするのか、と言うとそうでもない」

「判らないな」石町はじれったそうだ。「それでは何のことだか。——もしかして先生は、密室ものなど推理小説ではない、なんて過激なことを言いだされるんじゃないでしょうね？」

「そんな極端なことは言わない。これまで自分が書いてきたものを否定するようなことはしない。私は精一杯いいものを書こうとしてきたし、時にはそれはうまくいったと自惚《うぬぼ》れている。——ただ、奇抜なトリック、捻りの利いたプロット、常識の虚を突くロジックを塗り込めただけの推理小説を目標に置くことはやめにしたいんだよ」

「小説として完成度の高いものを目指すということですか？」

石町は挑発的に語尾を上げて言った。彼のように、真壁に対して遠慮のない話し方をすることは私にはできない。そんなことをすれば巨匠の不興をかうことは目に見えている。しかし、石町はそれを許させてしまう憎めないキャラクターなのだ。——彼は続けて問う。

「先鋭な社会性、同時代性。文章の彫琢《ちょうたく》。主題の文学性といったものを追求していこうということでしょうか？　もしそうなのなら、先生に置いてけぼりを食う読者の失望はさぞ大きなものになるでしょうね。もちろん私を含めて」

「それも違う。そんな大時代な文学コンプレックスなどは抱いてない。私は本格推理小説というものを否定しているんでもないんだ」

真壁は落ち着いた口調のまま言うと少し言葉を切り、やがて話をこんなふうに転じた。

「始祖ポーが永らえていたらどんな推理小説を書いていたか、と考えたことがあるかね？『モルグ街の殺人』や『マリー・ロジェの謎』や『盗まれた手紙』といった短編から、われわれはトリックなるものを抽出してそれを継承発展させて楽しんできたが、それは必然的な流れだったんだろうか、という疑問が私にはある。あり得たかもしれない別の豊かさへの道から逸脱してしまったのではないか？」

石町は何か言いかけて口を噤《つぐ》んだ。そして、話の腰を折るよりもひと通りの話を聞こう、というように反り返って椅子の背にもたれる。

「その豊かさというのを説明することが難しい。ただ言えるのは、私が考えるそれは、ゲーム性やパズル性と文学性の幸福な結婚などといういやらしいまでに穏便《おんびん》なものではないということだ。まして、犯罪の渦中に投げ込まれた等身大の人間たちが何をやらかすかを描出する、という物語――そんな普遍的なものに何故『推理小説』などという特別の呼称が必要なのだろう――でもない。

何であれ事物をむやみにカテゴライズすることは感心しないが、推理小説はそれ以外の小説と区別するしかないという性質を内包している。推理小説はポーの『モルグ街の殺人』をもって嚆矢《こうし》とするということが定説になっているが、考えてみるとこれはとても奇妙なことだ。何故原初の一作を特定する定説などがあるのか？　それは推理小説が文学の世界の特異点である証拠ではないのか？　光さえもが直進を拒まれる〈空間の歪み〉を科学者が宇宙に発見したように、おそらくは〈推理小説〉も発見された特異点なのだ」

「その特異点では何が起きるんでしょうか？」

不意の質問者は火村だった。そのことが意外だったのか、真壁は斜め前の彼の顔を見た。そして言葉を幾分丁寧にして、こう回答をした。

「謎と分析、あるいは神秘と現実、つまり感性と悟性が永久運動を行なう。互いに相手に圧力を加え合いながら、苦しげに、しかし美しい運動を続けて、幾何《きか》学のファンタジー、昏《くら》い夢がこの世の外へ向けて輻《や》のような光を放つんです」

「非常に抽象的ですね」

火村は目を細めてスプーンからメロンの汁を啜《すす》っている。

「それほどまでに抽象的だということは、そんな推理小説はこれまでに一編も書かれていないということでしょうか？」

「そうなんです」

真壁は、我が意を得たりというように大きく頷いた。

「おそらく私は、推理小説とはかつて書かれたことのない物語である、と極論したいのでしょう。古今東西の名作と呼ばれる作品名のリストを見る時、私はいつしかかぶりを振っています。そこに並んでいるのは、私を含めた数知れない人間を夢中にさせてきた作品群には違いないのですが、私は安らかな満面の笑みを浮かべようとして、それを止めてしまうのです。——推理小説はどこか他所《よそ》、彼方にあるのではないか、と考えて」

「ではそのリストに並んでいるのは何なんでしょう。推理小説以前のものなんですか？」

火村は追及した。唐突に始まった推理小説の異端審問に彼がこうまで興味深そうに参入していくとは、私も意外な気がした。

「不遜《ふそん》な言い方かもしれませんが、それらは〈地上の推理小説〉とでも言うべきものではないかと思います。それはそれで愉悦《ゆえつ》に満ちた楽園です。しかし……」

巨匠は言い淀んだ。火村は口許のメロンの汁をジャケットの袖で拭《ぬぐ》いながら、それに代わって言った。

「まだ見ぬ〈天上の推理小説〉があるはずだ、とお考えなわけだ」

「ますます具体性のない答えになってきましたな」

真壁は苦笑を浮かべた。そうですね、と言うように火村は肩をすくめる。

「いいんじゃないですか。ここは算盤塾《そろばんじゅく》じゃないようですから」

「先生は今後その〈天上の推理小説〉とやらを目指そうというおつもりなんですか？」

彩子の問いに真壁は「そうだ」と答える。少し気負《きお》いの感じられる声だった。

「アンチ・ミステリという奴ですね？」

石町がするりと割り込んだ。

「先生、あれは教義すら曖昧な流行《はや》りの新興宗教のようなものです。思わせぶりが信条の、見え透いた作品ばかりじゃありませんか」

「待て待て」真壁が止めた。「アンチ・ミステリというものが私にはよく判っていないが、もしかするとその提唱者の一部は同じようなことを言っているのかもしれない。ただ、アンチ・ミステリという呼称のせいかもしれないが、私などの書いてきたもの――テーゼとしてのミステリの尻を撫でさすった上でステイトメントをひと言加えるおしゃべりなもの、という印象もある。私はアンチの向う側が見たいんだ」

石町は釈然としないようだった。

「二十年も密室ものひと筋で書いてこられた先生がどうしてそんな心境に至ったのか、という疑問は残りますね」

「さっきも言ったとおり、特別なきっかけはない。こんなとりとめのない考えが芽ぶいたのはずっと以前、おそらく二十本ほど密室ものを書いた頃からだろうな。作品もそれなりに評価され、職人的な推理作家だと呼ばれだしたりした。そのことを私は心からうれしく思ったが、ふと新たな野心が頭をもたげた。——職人《アルチザン》が芸術家《アーチスト》になりたい、と思い始めたということかな」

私は相変らず何も言えなかった。遠慮だけのせいではない。私にとっては、職人という存在が今はまだ眩しいのだ。だから、それを乗り越えたいという野心は実感を伴って伝わってこない。

「もうやめよう、この話は。座が白けてしまった」

真壁はきっぱりと言った。こんな宙ぶらりんのままでは編集者にとってたまらないだろうが、そう宣言されては他の者は従うよりなくなってしまう。

「じゃあ、とりあえずこの場はここまでにしましょう」と杉井が言う。「また後ほどお話を伺うことにします。しかし、今お書きいただいている作品を『真壁聖一最後の密室トリック！』なんていって売り出すつもりはありませんよ。そうならないことを信じていますから」

「弱ったね」

巨匠の苦笑の中に、そう言われてまんざら悪い気はしない、というニュアンスを私は嗅ぎ取った。

駄々をこねてみせているだけかもしれないな、と思った。

第二章　焦茶色《こげちゃいろ》のサンタクロース

1

食事の後、私たちはダイニングに隣接した小さなホームバーがあるラウンジに移動した。佐智子が水割りを作り、石町がシェイカーを振ってカクテルを作る。彼は大学生の頃、アルバイトでバーテンをしていたというだけあって腕も恰好も一人前だ。二十畳ほどの室内には、私が好きな『ゴールドベルク変奏曲』が流されていた。バッハが不眠のカイザーリンク伯爵《はくしゃく》のために書いたという世にも美しい子守歌。今ゆったりと流れているのはチェンバロではなく、ピアノの演奏だった。

「グレン・グールドですね？」

火村が少し聴いただけで――グールドの独創的な『ゴールドベルク』は冒頭の数秒

を聴けば彼の演奏だと私にも判るが——言った。佐智子がそうだと答える。

「光司君のお気に入りの一枚なんです。——あら、噂をすればきたみたい」

光司は真帆と一緒だった。彼は戸口で一旦立ち止ると、「いらっしゃい、今晩は」と火村と私に一礼した。十代の一年は変化が大きい。にきび一つない白い顔はまだ幼さを残していたが、口許が男性的に引き締まり、肩幅も広くなっていた。

「有栖川さんもこの曲、お好きでしたよね。『ゴールドベルク』を聴かないと正月が迎えられないって、コンサートにいらっしゃるんでしょう？　今年はもう行きましたか？」

少年っぽさが抜けて太くなった声で訊いてきた。

この曲の演奏公演はベートーベンの『交響曲第九番』と同じく、理由もないのにわが国では年末によく上演されるので、私は十二月半ばによく聴きに出かける。外の木枯《こ が》らしをしばし忘れ、優美なちろちろというチェンバロの調べに浸《ひた》るのがいい。『第九』は聴きに行かない。年の暮れに耳につき過ぎて「さぁ、皆さん、大掃除です！」の大合唱に聞こえてしまうのだ。——ベートーベンよ、私を赦したまえ。

「この男はグールドのファンでね——」

私がそう言って火村を紹介すると、光司の目に興味の色が浮かんだ。犯罪学者という部分ではなく、グールドファンという点に共鳴したのだろう。

「グールドファンでしたか。レクター博士と同じだ」

カウンターの向こうから石町が言うと、真帆が目を輝かせた。

「レクター博士って『羊たちの沈黙』のアレでしょ？　殺人鬼の天才。私、ファンなんだ。へぇ、火村先生もですか」

真帆は感心したように火村を見た。殺人鬼の天才のファン、か。確かにハンニバル・レクターというキャラクターはよくできている。

「ねぇ、このCD変じゃない？」突然彼女が声を低くする。「何か気持ちの悪い声が聞こえる。ピアノに合わせて誰かが歌ってるような声が時々微《かす》かに入ってない？」

幽霊の声が入ってるとでも勘違いしているのではないか。

「グールドが歌ってるんだよ」

光司が即座に答えた。そして、「コンサートは死んだ」と宣言してレコード録音に専念し、五十歳で逝ったこの奇矯《ききよう》な天才ピアニストについて喜々として話し始めた。

「まぁ、座ったらどうや、二人とも」

私は、彼と真帆をソファの向いの側に座らせた。肩を触れんばかりにして並んだ同い年の二人は、似合いの恋人同士のようにも見える。

「ほい、ぼっちゃんお嬢ちゃん」

石町がオレンジジュースを注いできて、二人の前に置いた。

「ありがとう、優しいんだ、石町さんは」

真帆が胸の前で拍手の真似をして喜ぶ。光司は「すみません」と行儀よく頭を下げた。

「ええ、お優しいですとも、石町さんは。ねぇ、安永さん？」

風子はそう言いながら隣に座った彩子を肘で突《つ》ついた。その様子に含まれた意味を察して杉井が膝を乗り出す。

「おや、高橋先生、それはどういう意味ですか？　もしやもしや、ひょっとして……」

「そのひょっとして、です」

一座の注目が彩子に集まり、次に石町に移る。彩子は当惑したように顔を伏せ、石町はきょとんとしていた。風子は愉快そうだ。

「お二人を先日お見かけしたんです。六本木《ろっぽんぎ》の〈ブーレ〉というディスコのＶＩＰ席でおでこを寄せ合って語らっていらっしゃるところを。その時わたくしがフロアで華麗に舞っていたのにお二人は気がつかなかった」

　ディスコで華麗に舞う、という表現は私ならしないな、と思った。それにしても——風子のディスコ通いは有名だったが、石町と彩子もまさかそんなところに彼女の目が光っていたとは露知《つゆし》らなかったのだろう。

「彩子さんが石町先生とおでこをくっつけてたって？　わぉ、大変だ」

　真帆は目を丸くしてみせた。風子のスクープに大喜びしているらしい。

「困るな、フーコ先生」

　石町は渋い顔で言った。フーコというのは風子が好んで呼ばれたがる愛称である。

「困りますよ、オーバーな言い方をされちゃ。ちょっと一緒にディスコで遊んでただけなんですよ。僕は誤解されても何でもありませんけど、彼女が迷惑しますよ」

「いいえ、私は迷惑なんてしませんけれど」

　彩子がかぶりを振る。

「彩子さん、顔が赤いわよ」

　真帆がからかって言うと、光司が「よせよ」と囁《ささや》くような声で咎《とが》めた。真帆は平気だ。

「いいカップルだわ。すごいこと聞いちゃった」

　これしきの話のどこがすごいんだ、と私はおかしかったが、スクープではあった。

ディスコで遊んでいただけ、と石町は抗弁したが、彼がさっき見せた驚きようと彩子の照れ方からすると、二人の仲が単なる友だち同士でもなさそうだと推察できる。

「ばれちゃうんですよ、石町先生。天網恢々疎《てんもうかいかいそ》にして洩らさず、と言うじゃありませんか」

杉井も不適切な言葉で二人をからかった。

「さっき真壁先生が安永さんに謝ってらしたじゃない。『彼氏と一緒のクリスマスの邪魔をして悪いね』って。でもそれは大間違い。ちゃっかり彼氏のそばにいるじゃないですか、って言いたくて口がむずむずしたわ、あの時は」

そして、堪《こら》えきれなくなって暴露したわけだ。

「乾杯しましょうよ、お二人の秘密の漏洩を祝して」

彼女がグラスを取るとみんながそれに倣《なら》い、二人の方にグラスを翳《かざ》してばらばらに発声した。

「乾杯」

「うまくやってください」

私は「ディスコには気をつけてくださいい」と忠告した。ささやかなハプニングに座がいっそう和《なご》んだような気がした。

咳払いに振り向くと真壁が喉《のど》をさすっていた。彼だけはグラスを手にしていなかったことに気がつく。

「今夜はここらで失礼させてもらう」

彼は掠《かす》れ気味の声で言うと腰を上げた。私は反射的に壁の時計を見た。まだ九時半。宵《よい》の口もいいところだ。

「どうしたんですか、先生。年に一度の集まりだっていうのに、まさか締め切り寸前の短いものを抱えてらっしゃるんじゃないでしょうね？」

誰もが奇異に思ったに違いないが、最初に尋ねたのは杉井だった。

「そんな段取りの悪いことはしていないよ。ちょっと風邪をひきかけていて調子がよくないんだ。明日の夜もあることだから、今夜は早目にベッドに入ろうと思う」

一座の者は少し拍子抜けをしてしまった。言われてみると、食事の後、真壁は口数も減って体がだるそうではあった。

「勝手をして申し訳ないが、こういう時はひと晩早く寝るとすぐに治るんだ。みんなはゆっくりしてもらえばいい。うるさい親爺《おやじ》抜きというのも話が弾《はず》むだろうしね」

風邪気味だからベッドに行きたい、というのを引き止めるわけにはいかない。真壁はもう一度「愛想がなくてすまないね」と詫びると、足を引きずるようにしてラウンジを出ていった。一階奥の寝室の方に足音は遠くなっていき、ドアがバタンと閉まるのが聞こえた。

少しの間、しんとなる。

「さぁ、私も飲ませていただきましょう。皆さん、これからは本当に無礼講《ぶれいこう》ですよ」

佐智子が景気をつけるように明るい声を発し、自分で水割りを作りだした。中断されていた会話がそれを合図に再開される。

「真壁先生はあまり元気でもないみたいですね。昼間は無理をしてらしたんでしょうか？」

彩子が言うと、佐智子はそんなことはないと否定した。

「風邪をひきかけているようですけど、体調そんなには悪くないと思います。皆さんがきてますます元気が出ているはずです」

「次の小説のことで考えたいことがあるのかもしれません。あの人はそういう時、人から離れて考え込みたがる」と船沢が言う。「構想は完全にできてて書き始めてらっしゃるそうやけど……何か障害ができて詰まっているのかもな」

「小説と言えば夕食の際のあのお話、どう思われます？」

風子が、ぐるりと見渡しながら言った。

杉井が「密室トリック卒業宣言のことですか？」

「ええ。私、ショックを受けてしまいました。まさか真壁先生の口からあんな言葉が飛び出すだなんて、思いもよらなかった」

杉井はふんと鼻を鳴らし、やや皮肉っぽい口調で言う。

「〈天上の推理小説〉だなんて、何のことだかさっぱり。先生はご自分で予防線を張ってらっしゃいましたが、つまるところ文学コンプレックスから出た迷いなんじゃないですか？」

彼は面白くなさそうだ。裏切りにあった気がしているのかもしれない。

「石町さんのお考えは？」

風子の質問に対する彼の返事はそっけなかった。

「誇大妄想《こだいもうそう》っぽいですね」

「誇大妄想？」と風子が繰り返す。

石町は煙草をくわえた。

「真壁先生は流行作家ではないものの、日本を代表する推理作家という評価をすでに内外から受けています。しかし、まだまだ満足なさっていないんでしょうね。仕事が一番できる人間の一人、ではなく、真壁聖一ただ一人という存在になりたいという野心を抱かれたんだと思います。——感銘を受けました。脱帽です」

石町はハット・オフのしぐさをした。

「何に対してどう脱帽するんですか？」杉井が訊く。

「親方《マイスター》の地位に満足せず、さらに野心を燃やすその精力に対して。精力絶倫《ぜつりん》は私の憧れです」

「まぁ、いやらしいのね、石町さんたら」

風子が笑う。フーコさんこそいやらしい。

「あの……先生は密室ものをもう書かないと宣言したんですか？」

おっとりと光司が口を挟んだ。彼は真壁のことを先生と呼ぶ。夕食の時の話についつて彼はもちろん知らない。

「そうなの」と風子が答える。「〈地上の推理小説〉には飽き足らなくなったので〈天上の推理小説〉を目指すとおっしゃって。どういう意味なのかよく判らないんだけど、突然のことなんでみんな仰天してしまったのよ。特に編集者のお三方は大変だ、って」

「どういうことなんだろう……」

光司は怪訝《けげん》そうな顔をした。彼も真壁の書くもののファンの一人なのだ。

「伯父さんの気紛《まぐ》れじゃないかしら」真帆は呑気《のんき》そうに言ってオレンジジュースをひと飲みした。「そんなことを言って編集者の方の気を惹《ひ》こうとしているのかもね」

「まさかそんな。高校生の女の子じゃあるまいし」

杉井は渋い顔だ。そんな彼に私は尋ねる。

「先生の次の作品はいつ完成の予定なんですか？」

「来年の春ということになっているんですが、真壁先生のことだから季節一つずれて夏になるでしょうね。八月に出せれば御《おん》の字だと思っています」

「もう書きだしてるんだから大丈夫よ。いくら仕事が遅いったって、四月頃にはあがるんじゃないかな」

真帆が生意気な口調で言う。

「ありがたいね、そんなふうに真帆ちゃんに太鼓判《たいこばん》を捺《お》してもらえると」

杉井はナッツを口にほうり込み、ぼりぼりと嚙み砕いた。

2

「あ、そうそう」

真帆が不意に何かを思い出したようだ。

「何だよ?」

「家の周りで変なおじさん見なかった?」

「いつ?」

「今日」

「どんな?」

「おじさんっていうよりお爺《じい》さんかなぁ。禿《は》げてて猫背で……ちょっと気味が悪いの。ちらっと見ただけなんだけど、顔のこのあたりに」と右頬から首筋を指す。「火傷《やけど》みたいな跡があるのよ」

「ふぅん」

「ふぅんって気味が悪くない、光司君?」

光司の気のない返事に、真帆は心外そうだった。

「それ、いつ?」

「お昼過ぎ。二時前ぐらいかな。うちの家の門の前に立ってたの。表札を覗き込んでるみたいだった」

「君はそれをどこから見たの?」

「自分の部屋の窓から。何気なく外を見たらいたのよ」

「よく火傷まで見えたね」

光司は興味なさそうに応じている。そんなやりとりを私は聞くともなしに聞いていた。周囲の他の者たちも同じらしい。

「その時は火傷らしいものまでは見えなかった。それは夕方、また見た時に気がついたのよ」

「夕方？」

「うん。今度は家の裏。白樺林の中をうろうろしてたみたい。あんなところに誰が何の用があって入り込むっていうの？　変じゃないのさ。雪も降ってたのよ」

「うん……」

「私はその時は庭にいたの。車の中に置き忘れていた読みかけの本を取りにいこうとして。火傷みたいなものはその時に見たのよ」

「目が合った？」

「うん、真正面から。そしたら笑ったのよ。歯を見せてにたーって。とっても下品な笑い方だった」

「それで？」

「それだけ。ぷいと振り向いて林の奥に歩いていっちゃった」

「何してたんだろう？」

さすがに光司も気になってきたらしかった。

「知らない。何だかうちの様子を窺《うかが》ってるみたいだったけど」

佐智子が「本当なの、真帆ちゃん？」と尋ねる。

「本当よ。読んだばっかの推理小説の話してるんじゃないんだから」

「変ね」母親は言う。「今このあたりの別荘にきてる人はいないはずよ。半径一キロほどには私たち以外に誰もいないはずなのに、うろうろしてる人がいるというのがおかしいわ」

「この近辺に住んでいる人は他にいないんですか？」

火村が尋ねると、佐智子は「ええ」と答えた。

「別荘荒らしといった輩《やから》かもしれません。戸締まりに注意なさった方がいい」

臨床犯罪学者はしごくありきたりの忠告をして、ソーダで割ったバーボンのグラスを傾けた。

「そんな人を見かけませんでしたか？」

真帆は一座に尋ねた。

「そう言うたら……」反応したのは船沢だった。「私がここへ着いたんは昼過ぎの一時半ぐらいやったけど、その途中でてくてく歩いてる人間を車で追い越した。猫背いうんか小柄で、ええ年配の男みたいでした。リュックを背負っていましたね。後ろ姿しか見てないから火傷の跡やらは判りませんけど」

「焦茶色のブルゾンを着ていませんでしたか？」

「それははっきり覚えてませんなぁ。その時は気にも留めてなかったんで。——けど、ちょっと考えてみたらけったいなことですね。小雪が舞う中を歩いてどこへ行くていうんやろう、と今になって思う。ここらには別荘の他は星火荘しかない。まさか自分の別荘に北軽の町から徒歩で行く人間はおらんでしょう」

「そんな人がいるわけないわ。歩いたら一時間はかかるでしょうからね」

風子が、滑走を始めた飛行機に制止を命じるかのごとく両手を派手に振りながら言った。

「じゃ、そいつは何者だろう？」

石町がブランデーグラスを照明に翳しながら言った。気取ったしぐさだ。

「別荘荒らしでしょうね、火村が言うたように」

私の言葉に石町は絡《から》んできた。

「それでは夢がないじゃないか。もっと想像力を働かせてみよう」

「どういうことや？」

「もっと奇抜な真相がないかと考えて遊ぼう、ということ」

彼はグラスを置くと、シャーロック・ホームズのように十本の指先を合わせる。

「その男は熱烈な推理小説のファンなのかもしれない。彼は昨今の堕落した推理小説に強い不満を抱き、深く憂《うれ》えていた。が、ついに堪忍袋《かんにんぶくろ》の緒《お》が切れた」

「それで？」と合いの手を入れてやる。

「情報通の彼は、クリスマスに星火荘に推理作家とその担当編集者らが集まることを知っていた。くだらない作品を垂れ流す者たちに天誅《てんちゅう》をまとめて下すにこの時この場に勝《まさ》る好機があるだろうか？　彼は昼過ぎに星火荘に着くと入念に周辺の様子を確かめ、寒さに耐えながら夜を待つ。そして、みんなが寝静まったとみるや、手に猟銃を提げて星火荘に突入して、われわれを皆殺しにしようとしているんだ。――おや、何だ、あの物音は？」

石町がはっとして言うと、「きゃっ」と真帆が悲鳴をあげた。

「はは、冗談だって」

「もう、石町先生って幼稚なことばっかりするぅ」

「大丈夫やて、真帆ちゃん」私は彼女に言った。「君やお母さんは助かる。光司君も。つまらない推理小説なんか書いてへんのやから」

「俺も助かるな」火村が言う。

「君は判らん。巻き添えということがあるからな」

「ちぇっ、そんな犬死には嫌だな」

笑いが起きて、真帆も微笑した。

「恐ろしいことばかり考えないでください、石町さん。私ならもっと素敵な仮説を立てます」

彩子が思わせぶりに言う。

「ほぉ、君の仮説ってどんなの？」

「そのお爺さんの正体は」彼女は、石町ではなく真帆にウインクを送る。「サンタクロースかもしれない」

「わぉ、彩子さんってやっぱりロマンティストだ。ファーザー・クリスマスか。ホワイトクリスマスだもんね」

「サンタさんにしては冴えない後ろ姿でしたよ。小さなリュックを背負ってたけど、プレゼントが詰まってるような袋を担いでなかったし、トナカイもいてへんかったし」


目撃者の船沢が水を差しても彼女は平気だった。

「サンタさんを外見で判断するべきではないと思います」

「こら参ったな」

船沢は、禿げ上がった額をピシャリと叩いた。

「冗談は抜きにして戸締まりには気をつけるようにしましょう。皆さんも窓に施錠なさるようにしてくださいね」

「窓に施錠と聞くだけでうれしくなるね。密室ものの推理小説みたいで」

石町が言うと「病気ですね」と彩子がからかった。

「まだちらちらと降ってますよ」船沢が窓の外を見て言った。「焦茶色のブルゾンを着たサンタクロースは何してるんやろうな、この寒空の下」

「決まってるじゃないですか、今夜のプレゼントの準備ですよ」

真帆が明るい声で言った。

ふと会話が途切れる。

『ゴールドベルク変奏曲』が終ろうとしていた。三十のバリエイションを経て、手を触れると折れてしまいそうな最初の繊細《せんさい》なアリアに戻ったのだ。

夜の静寂《せいじゃく》そのものが歌っているような、哀しく美しい調べだった。

3

明けて十二月二十五日。クリスマスの朝が訪れた。

私が目を覚ますと火村はもう着替えをすませていた。黒いTシャツの上に白いジャケットを羽織《はお》って窓辺に立っている。身なりはこざっぱりしているが頭髪はぼさぼさのままだ。彼は少女趣味のカーテンをまくって、外の雪景色を眺めているようだった。

「降ってるか？」と訊く。

「いいや。けれどどんより曇ってる」

「北海道生まれのくせに雪景色が珍しいんか？」

「そうかもな。北海道は六つの時までだから」

その後彼は、父親の転勤に伴って広島、大阪、京都、金沢、東京と渡り歩いたと聞いている。凄《すさま》じい転勤があったものだ。彼は京都の大学を選んで入学し、大学院を出てからも助教授になって居着いている。両親は去年と一昨年に相次いで他界し、現在の彼には身寄りがない。学生時代からの下宿の婆ちゃんには息子のように可愛がられているが。

「何時？」

「まだ七時半。お前にしたら上出来だよ」

「よう言うわ。寝坊は君の専売特許やないか」

「俺は他人様の家にきたら七時前にはぱっちり目が覚める」

「デリケートにできてるんやな」

「ああ。デリケート過ぎて生きにくいぐらいだな」

「アホ、そんなことは初対面の人間にだけ言え」

階下へ降りると、食堂には半分ほどの顔が揃っていた。ほどなく残りの者も降りてきて、最後に真壁聖一が現われた。グレーのタートルネックを着ている。

「先生、お風邪の具合はいかがですか？」

挨拶をすませるなり杉井が尋ねた。

「ありがとう。だいぶよくなったみたいだ。やっぱり風邪には睡眠が一番の妙薬のようだな」

血色はいい。大したことはなかったのだろう。

「安心しました。これで遠慮なく次回作の打ち合わせができるというものです」

杉井のその言葉に真壁は鼻白んだような顔をした。

「ここへは遊びにきてくれと言ってたはずだけどね」

「ほんのついでに仕事の話もできれば、と私は思って参ったんですが」

「ちゃんと働いてるか見にきたというわけかな」

「いいえ、そんなつもりはありません。先生を信頼していますから。——ただ、少し次回作の内容について伺いたいだけです。来年度の企画報告書をまとめなくてはなりませんので」

「仕方がない。それじゃあ、朝飯の後にでもすまそうか」

真壁は諦めたように言った。

彩子と真帆がクロワッサンとベーコンエッグ、濃厚なミルクを運んできた。佐智子がコーヒーを淹《い》れて回り、朝食の匂いが部屋中に広がる。

給仕を終えると、佐智子と真帆はキッチンに戻っていった。光司と三人で朝食をとるのだろう。

「窓から雪景色を見ながら、暖かいお部屋でこんなおいしそうな朝食がいただけるというのは素敵です」

風子が幸福そうに言っている。

「いつもの朝食と大違い。それに、大勢だと楽しいわ。一人ぼっちで前の日の残りものを淋しく食べるだけだから」

思わず真壁の表情を窺ってしまった。風子が口にした「一人ぼっち」という言葉に何らかの反応を示すのではないか、と思ったからだ。しかし彼は、風子が言うことなど耳に入らなかった様子で、コーヒーカップにミルクを注いでいた。

私が真壁の反応を見たのには理由がある。彼と風子の間に一時、非常に親密な関係があったと聞いていたからだ。全くの新人だった頃の私でさえ耳にしたことがあるのだから、もちろんこの世界の人間の多くが知っていたことだ。今この場にいる者もみんな承知しているだろう。――ただし、二人が有名人であるにも拘《かか》わらずこのスキャンダルは写真雑誌で報じられていないため、世間一般には伝わっていない。誰しも気がついていることだが、写真雑誌は小説家のスキャンダルは避けて通ることになっているのだ。流行作家をやっかんで言うのではないが、これはずるい。

さて、その親密さがどの程度のものだったのかというと、それは想像の領域になってしまう。二人がしばしば赤坂《あかさか》のシティホテルで密会をしていたことは噂になって広まっていたのだが、単なる大人同士の遊びだったのか、双方もしくは一方が結婚を考えていたのか、それは判らない。風子の方はかなり熱を上げていたとも聞いているが、結局は三年ほど前に切れてしまったらしい。

これも噂を耳にしただけのことだが、真壁聖一は若い頃からなかなかの艶福家《えんぷくか》だったそうだ。こんな閑寂《かんじゃく》なところに引っ込んではいるが、今も月に数日は息抜きに東京へ出ている。

そんな情報のせいか、先ほどの風子の言葉が、自分を孤独に置き去りにした真壁への当てつけのように私には響いたのだ。もちろん、それはとんだ邪推にすぎないのかもしれないが。

「ところで、火村さん」

主が友人に呼びかけた。

「はい？」

助教授はクロワッサンを頬ばったまま答え、顔を上げた。

「犯罪に興味を持たれたきっかけは何かあるんですか？」

火村は、口の中のものを呑み込むまでちょっと待ってください、というように片手を上げてみせた。

「人を殺したい、と私自身が思ったことがあるからです」

彼の精神に大きな屈折があることを私は知っていたが、朝っぱらからそんな物騒なことを言わなくてもいいではないか、と思った。周りの者たちは、冗談なのか本気なのか判断がつきかねているらしい。

「ほぉ」

真壁は真面目な答えだと受け取ったようだった。

「それは誰に対する殺意だったんですか？」

「ノーコメントです」

「ふむ」真壁は唇を尖《とが》らせた。「……それはそうでしょうな」

船沢が疑わしそうに尋ねる。

「火村先生、それは、ほんまなんですか？」

「ええ、本当です。ですから、人が人の生命を侵害しようというのが、どんなに追い詰められた状態であるかということは実感できるつもりです。その一方、人はものの弾みで人の生命を奪ってしまうこともありますが、こちらは少し想像力があれば誰しも理解できるのではないでしょうか。――人間というのは恐ろしいほどの複雑さと呆れるほどの単純さの混血児ですよ」

「それゆえ人は小説を書き、それを読むわけだ」

杉井が軽く言い、彩子が火村に別の質問をする。

「火村先生は犯罪捜査にも関心がおありで、実践《じっせん》もなさるそうですが、その際は何をお考えになるんですか？　犯罪捜査の動機は犯罪者に対する共感からくる一種の慈悲心なんでしょうか？」

火村はよくするように人差し指で唇をひと撫ですると、真剣な眼差《まなざ》しを彼女に向けた。

「共感は関係がありません。いつ犯罪が発覚するのかと怯《おび》え、錯乱状態に陥っている彼らを楽にしてやるために骨を折ろうとしたことなど、ただの一度もない。むしろ犯罪者に対する憎しみが私を動かします」

「犯罪者が憎いんですか？」

彼女は火村の目を見返しながら訊く。

「一日の勤めを終えて、やれやれと安堵《あんど》しながら帰宅した男がいるとします」と彼は言う。「わが家に帰り着いた彼は、玄関が半開きになっていることを不審に思いながら中に入る。『帰ったよ』と声をかけるが返事がない。様子が変だぞ、と思いつつリビングに入ると、強盗に襲われた愛する妻と子が朱に染まって倒れている。——こんな悲惨に私は我慢ができないのです」

「……それは確かに悲惨この上もないことです」とだけ彩子はコメントする。

「あるいは捜査官たちが現場から家族に凶事を告げるためにかける電話。吐き気がするほど痛ましい」

「ええ……」

「そんなものを私は憎みます」

ガタンと音をさせて石町が椅子に掛け直した。

「血気《けつき》盛んな若手刑事のようなことをおっしゃる。――でもね、先生。世の中にはやむにやまれぬところまで追い詰められた人間が、極限状態で犯す犯罪というのもたくさんあります。さっき先生自身もそんな精神状態を体験したと言ったじゃないですか？」

「私は徹底的な無神論者です。無意味に宇宙を創造したスピノザの神なら信じますが――」

火村は突然そう宣言する。

「この世界は耐え難いほどの不条理に満ちています。生き抜くというだけのために、人は日々どれだけのリスクを回避しなくてはならないでしょうか？　朝一歩家を出た者が、その夜無事に元気で帰宅できるという保証はもとよりなく、どんな理不尽《りふじん》な運命が次の曲がり角の向こうで待っているやも知れない」

それを聞きながら石町は、何を判りきったことをしゃべっているのか、と思っているかもしれない。

「無免許の少年がふざけて乗り回していた車に撥《は》ねられて命を落とす人間がいれば、頭上の工事現場から落ちてきた鉄骨に潰《つぶ》されて死ぬ人間もいる。これほど理不尽な不運、不幸に満ち溢れているというのに、それでも意志ある神を信じることなど私にはできません。だから無神論者になるよりない」

「それがその前の話とどう結びつくんですか？」

「崇拝《すうはい》すべき神など非在の無情の世界で、運命と名づけられた不可避な力が私たちを隷属《れいぞく》させています。そんな認識から私は逃れられないのです。そしてこんな哀れな俘《ふ》囚《しゅう》の中に、同胞のたった一つしかない、彼だけの所有物である生命を剝奪《はくだつ》しようとする者がいることが、私には赦せない」

「随分ともって回った言い方のヒューマニズムに聞こえますがね」

石町はそう言いながら煙草に火を点けた。

「それに、犯罪というのが殺人だけを指すようになっているようですけれど」

「ああ、おっしゃるとおりですね。私の最大の関心がそこにあるためと、私自身が最も接近したことがある罪が殺人だったからでしょう。——少しこのまま続けてよろしいですか？　私は神を否定し、人という悲しいものを愛《いと》しく思います。それゆえに、神であるかのようにふるまう殺人者に限りない嫌悪を覚えます」

「死刑についてはどうお考えですか？」杉井が尋ねた。「国家権力が神のようにふるまい、人を殺害するあの制度については？」

それは私と彼の間で見解を異にする問題だった。

「肯定します。人を裁けるのは人だけです。神なんかじゃない。『では汚れ仕事を役人に任せず、絞首台の床を落とすスイッチをお前も押せ』と言われたならば、私はそれを引き受ける覚悟もあります」

「法が裁く罪というものはそれほど絶対のものでしょうか？」

「法が絶対だなどということは断じてありません。しかし、人の世界には相対化できない価値もあるんではないですか？　そうでなければ何を語っても不可知論になってしまう。絶対の罪というものはあると思います。それは人が神のようにふるまうことです」

「神のようにふるまいたがるのは犯罪者かな。それは権力者でしょう。あなたが協力関係を結ぶ警察機構を手下に従えた権力などもそうではありませんか？」

「私は権力のための秩序回復を願ってその走狗《そうく》となっているわけじゃない。人の尊厳のために、なけなしの能力と労力を振り絞っているつもりです」

「人の尊厳を蹂躪《じゅうりん》する巨悪は別にあるのではありませんか？」

「私には私の闘争の仕方がある、としか言いようがありません」

その答えに納得をしたのかどうか判らないが、杉井は質問の鉾先《ほこさき》を収めた。

「ただ――」

火村は何か補足したいことがあるらしい。

「私はひたすら殺人者を嫌悪しているわけではありません。むしろ、抗《あらが》いがたい魅力に惹き寄せられて彼らに接しています。すべての極端なことの属性である聖性が、彼らから後光のように発しているのを目撃したことも一度や二度ではない。彼らは、どこか彼方へ架かった橋の橋脚の一つ一つなのかもしれません。彼らについて考えることは彼方について想いを馳せることであり、そしてかつて彼らの隊列に加わりかけた私自身について知ることにもなるでしょう。

また私は、犯罪者をこの世から完全に排斥《はいせき》しなくてはならない、犯罪の一掃を実現しなくてはならないという実現不可能な信念を抱いているわけではありません。ただ、彼方へ飛んだ犯罪者ははたき落とすことが、こちらに留まった者の礼儀としても正しいと思います」

ほぉ、と風子が嘆息した。

「私の書く小説にも名探偵が登場するものがありますけど、彼は何をどう考えて探偵をしているのかしら。それが少し気になってきましたわ」

「火村先生、もう一つだけ聞かせてください」船沢が言った。「これは皮肉やなしに素朴な疑問なんですけど、今おっしゃったことを実践するためには、教職者や研究者であるより警察官である方が便利なんやないですか？」

「彼らはほころびだらけの法律を絶対のものとして遵守《じゅんしゅ》しなくてはなりません。そのためしばしば巨悪の前に退却する。私はそのことから自由なゲリラでいたいんです。ゲリラ一匹に為せることは警察機構に比すればはるかに小さいかもしれませんが、時として非常に有効だと思います」

「それ、いいわね」風子が呟く。「私の探偵さんもそう考えて仕事に精進《しょうじん》していることにしましょう」

火村はコーヒーのおかわりを佐智子に頼んで、煙草を一服つけた。朝の軽い運動を終えたようなさっぱりとした顔をしている。

「火村さんがおっしゃった犯罪者、後光が差している殺人者についてまた後で拝聴したいですな」

真壁も二杯目のコーヒーに口をつけながら言った。

「それは結構ですが、新しい密室トリックのヒントなどは提供できないと思いますので、ご了承を」

そんな軽口にみんなはにこりとしようとしたのだが、真壁は違った。

「そんなものはいりません。もう必要ないんだから」

昨夜の脱密室宣言の念を押すような言い方だった。杉井が即座に口許を引き締める。

「そのお話も膝をまじえてさせていただきましょう。この後で」

「いいとも。書斎でゆっくりやろう。時間はたっぷりとあるんだから」

そう、時間はたっぷりある。私たちはありがたいことにクリスマスの今日一日、何もせずにのんびりと過ごすことができるのだ。

そして、この無宗教の国の都会では、とても正気とは思えない狂躁《きょうそう》が繰り広げられていることだろう。酔漢《すいかん》と、泡のような愛を語り合う虚《うつ》ろな男女が街を満たして。

4

私がラウンジでぼんやりと半月ほど前の週刊誌を読んでいると、誰かが寄ってきて傍らに立った。見上げると石町だ。

「町まで出るんだけど一緒にこないか？」

少し後ろに彩子の姿がある。彼女と北軽の町に買い出しに行こうというのだろう。

「お二人の邪魔をしてええんか？」

「いいって。ここで何年ぶりかに再会したわけじゃないんだから。——退屈してるだろ？」

幸いなことに、子供の頃から空想癖のおかげで退屈するということを知らない。しかし、外の空気を吸いたいという気はあった。

「邪魔でないんやったらついていく」

「火村さんは？」

「真壁先生に攫われていった。書斎で犯罪談議でもしてるのかもしれん」

「じゃ、行こう。酒を買って、ちょっとそこいらをひと回りして帰るだけだけど、家の中に閉じこもってるより面白いだろう」

彼は、私が手にしている雑誌に視線を落とした。

「なかなか写りがいいじゃないか」

巻頭のグラビアページに並んで写っているのは真壁聖一と船沢だった。『名コンビ近影』という連載もので、いつもベテラン作家と担当編集者が並んだ写真に、その一方が書いた短いエッセイが添えてある。今回は船沢が思い出話を綴《つづ》っていた。

「古い週刊誌が置いてあるな、と思ったら真壁先生と船沢さんが載っていたからか。確かに名コンビだろうな」

「先生がデビューした時からの付き合いで、もう二十年になるって書いてある」

真壁と最初に対面した時「この人は大物になる」と予感したことと、彼の作品が英訳に漕ぎ着けるまでの紆余曲折《うよきょくせつ》を、遠い昔を懐《なつ》かしむような調子で書いたエッセイだった。いつか私もこのページに載ることがあるだろうか、と思ったりする。

「写りがいいのは結構だけど、近影とは言いがたいな。星火荘の前で撮った写真らしいけど、これは去年のクリスマスのものだろう？」

そのとおりだ。杉井がパチパチと撮ったものの一枚らしい。

「ご両人ともこの写真が気に入ってたみたいやから、近影と言うにはちょっと古いけどこれを載せて欲しかったんやろうな。雑誌が出る季節にも合《お》うてるし」

彩子が所在なげに待っている。私は週刊誌をマガジンラックに戻した。

「行こか」

彼の車はまだ新しいゴルフだった。白が鮮やかだ。私は彩子に助手席に乗るように勧めたのだが、彼女はそれを固辞して運転席の後ろに座った。向こうから誘ってきたというものの、どうも邪魔をしているようで気がひけた。「悪いね」などとつい口走る。

「O型のくせにあんまり気を遣うなって。似合わないぞ」

石町がエンジンをかけながら言った。大の男が何が血液型だ、と私は逆襲する。

「馬鹿にしてるみたいだな。言っておくけど血液型占いっていうのは統計学なんだぜ。迷信じゃない」

彼がそんなことを言い返してくるので、私は肩をすくめてみせた。

「あいにくO型は血液型占いを信じへんのや」

「言ってくれるね」

車を公道に出すと、石町は「よいしょ」と言いながらステアリングを切った。後部座席で彩子がよろける。

「真壁先生のお風邪が大したことなくてよかったわ」

体を起こしながら彩子は言った。

「ああ、よかったよ」

石町は、ルームミラーの中の彼女に応える。

「熱が出て起きられないなんていうことになったらこっちも気が重くなる」

思いやりのないことを言うものだ。

「ほんまに風邪やったんかな。安永さんを君に奪われて真壁先生は意気消沈しただけかも知れへんぞ」

何の気なしに言っただけなのだが、石町は気に入らなかったらしい。

「つまんないこと言わないでくれよ。先生が彼女のことを『可愛い子猫ちゃん』と呼んでたと思ってるのか？」

思いがけず硬い声に、私は軽く狼狽《ろうばい》した。

「いや、そんなことはない」

「だったら言わないの」

私は「すまん」と言い、斜め後ろの彩子にも「お気を悪くされたのなら謝ります」と言った。

「私は全然気になんかしていません。――石町さん、有栖川さんが本気にしてらっしゃるじゃないの。気難しがるのはファンの前だけでいいんじゃない？」

「なーに言ってるんだ」石町は歯を見せて笑った。「ファンの前でしかめっ面をするのは十年早いよ。お顧客様《とくい》の前に出たら、俺は満面の笑みをたたえて揉み手あるのみさ。旦那衆に『どうか今後ともよろしゅうご贔屓《ひいき》に』ってな」

「蠅《はえ》みたいに手を擦り合わせながらな。お互い、早くしかめっ面の先生になりたいもんやな」

「そうさ。そうでなければ指紋が擦り切れてなくなっちまう」彼はこちらを向いて「ところで、この前の君の作品、初版は何部だった？」

「後輩に対して遠慮のない質問やなぁ。いつも石町先生の初版の八割や」

「どうして俺の初版部数を知ってる？」

「そう思ってたら気分がええんやないか、という提案や。多分、事実そんなところやないかな」

「てなこと言いながらベストセラーを狙ってるんじゃないだろうな？　本格もの書いててそんな野望を抱いてたら赦さんからな」

「俺の野望は真壁先生を追っての海外進出だけや」

石町が「よく言うよ」と笑ったのはいいとして、ミラーに映った彩子までがくすりと口許を押えたのには傷ついた。私は内心で舌打ちをしながら、指紋が薄くなった掌を石川啄木《いしかわたくぼく》のようにじっと見るのだった。

雑談としかいいようのない、そんなとりとめのない話を続けているうちに町に着いた。ワインとウィスキーを買い込み、真帆と光司へのプレゼントにチョコレートを買った後、近くの照月湖《しょうげつ》に寄った。湖とは名ばかりの池のようなものだ。夏場は家族連れやカップルのボートで賑うのを知っていたが、今は人影もなく、ただ風が冷たいばかりだった。彩子はコートの前を合わせながら「帰りましょう」と甘えるように石町に言い、私たちはすぐに車に戻った。

「火村先生とは学生時代からのお付き合いなんですか？」

彩子が訊いてきた。

「ええ。二回生の時です。おかしな奴だな、という第一印象どおりおかしな奴でした」

その時のことはよく覚えている。五月の七日。ゴールデンウィークが明けたばかりのよく晴れた日だった。天国から降っているのかと思えるような、暖かくて柔らかい光が階段教室の窓から注いでいたのを思い出す。その最上段の席で、私は背中を丸めて小説を書いていた。親族相続法の講義が頭上をそよ風のごとく流れていく。教室に入った時は真面目に受講するつもりだったのだが、始まって十分ほどたった時にはもう机の上に原稿用紙を取り出していた。狙っていた推理小説の新人賞の締め切りが迫っていて、のんびりミスター甲とミスター乙の相続問題など聴いていられなくなったのだ。場所を図書館に移すのももどかしくて、壇上の教授には失礼だと思いながら執筆を始めた。書きだすとすぐに調子が出て、三十分で四枚ができた。これまで書いた百枚ほどの上にそれを裏返して重ねていく。

「ふぅん」

右の傍らで誰かが唸る声がした。ガサガサと紙の鳴る音も聞こえる。私はちらりとそちらを見た。

と、皺《しわ》くちゃの白いシャツを着た男が、ぼさぼさの頭をゆっくり掻き回しながら私の原稿を読んでいた。時折、人差し指で唇を撫でながら、真剣に悪筆に目を走らせている。鼻が高い、いい横顔だった。

――おかしな奴やな。

私は思った。隣に座った人間が読んでいる本や新聞が気になるのはよくあることだが、隣の人間が書いている小説を無断で読みだすというのは変わっていると言っていいだろう。もっとも、公の場で小説を書く人間自体が珍しいが。

――ほっとけ。

私はかまわずに、半年後に予選で落ちることになる小説の執筆を続けた。その間も隣の男は原稿を読み進み、ついには私が書いているところにまで追いついた。すると、今度は首を伸ばして私の手許を覗き込もうとするではないか。さすがに照れるとともに、無礼な奴だと思うようになった。咎めようとしかけたところで講義が終わり、ほっとした。

すっかりちらかってしまった机上を片づける間、隣の男は席を立とうとしない。早く行けよ、と私は不愉快だった。

「その続きはどうなるんだ？」

よく通るバリトンで不意に彼が訊いてきたので、私は仏像に話しかけられたような気がしたものだ。標準語だったのにも意表を衝かれた。

「あっと驚く真相が待ち構えてるんや」

彼の返事は「気になるな」というものだった。

「ほんまに？」

「もちろん《アブソルートリー》」

何があぶそるーとりーやと思いながら、まんざら悪い気がしなかった。昼飯を一緒にどうか、と言うと、小説を読ませてもらった礼をすると言う。奢《おご》ってもらったのはカレーライスで、当時ひと皿、百五十円だった。

「それが火村先生とのファースト・コンタクトだったんですね？」と彩子。

「そうです。法学部の講義の聴講に熱心だった社会学部の秀才です。そしてそれ以来、私は恐怖に顫《ふる》えずに眠れる夜はなくなってしまったのです」

ホラー映画のナレーション風に言ってみたがまるで受けなかった。道化になることも今日はできないようだ。

「じゃあ、火村先生は有栖川さんがゴールドアロー賞をお取りになった時、感慨無量だったでしょうね」

かけてくれた言葉は「やったな」のひと言だけだったが、それが心からの祝福だとはっきり感じた。だから私も彼の言葉にだけは心から「ありがとう」と礼を言った。

――一つ訂正しなくてはならないのは、私はゴールドアロー賞受賞者ではなく、その佳作入選者にすぎないということだ。

「持つべきものはよき友だな」

石町は、ぽつりと言った。

そんなことを話しているうちに、もう星火荘まで帰ってきていた。門をくぐり、車庫に向かう。

その時だ。私は車庫の裏手に何か動くものを目にした。どうやら人の影らしい。

とっさに、私の頭に昨夜真帆から聞いた話が浮かんだ。焦茶色のブルゾンを着たサンタクロースのこと。

「おい、あれ」

私が指差した時、小川の向こうの木立ちの間を重たげな足取りで歩いていた小柄な人影はぴたりと立ち止まった。顔をこちらに向けると、私とまともに視線がぶつかる。その右頬から首筋にかけて、火傷に似た赤黒い跡があるのがはっきりと見えた。真帆が言っていたとおりだ。年齢は五十代前半、いや六十前後か。彼は最初驚いたようだったが、すぐに鼻の周りに皺を寄せてねっとりと笑った。

「あそこ見てみろよ」

「え？」

火傷の男は雪を蹴りながら白樺林の奥へと逃げだした。まるで私が銃口を向けでもしたかのような慌てぶりだ。

「どこ？」

石町は私が指差す方を見たが、一瞬遅かった。その存在を目撃した私にも、もう人影を見つけることはできない。木々の枝が落とす影は濃く、空からの光も弱々しかったためだ。加えて男の逃げ足も速かった。

「何も見えないぞ」

石町は怪訝そうに言い、車を車庫に入れた。停車すると私はすぐに飛び降り、男がいたあたりに駆けた。「どうしたんだよ」と石町の声が背中でする。林に五、六メートルほど踏み込んでみると、確かに足跡が残っていた。それは大きく乱れて道もない林の奥へと続いている。

「焦茶色のサンタクロースは実在したな。真帆ちゃんが話してたとおり。顔の火傷も見た」

追ってきた石町と彩子にそう報告した。

「ほぉ」と石町は足跡を見て言った。「その火傷っていうのは、煙突から入ろうとしたところを炙《あぶ》られてできたのかな」

そんな発想ができるとは気がつかなかった。

「それがほんまやったら、何とも気の毒な話やな」

「気味が悪いですね。こんなところで何をしていたのか……」

彩子は不安そうに言った。

「何か悪さをしてたんやないやろうな」私はそれが心配だった。「調べてみよう」

車庫の車を見たが異状はない。その隣の物置も覗いてみたが、幸い何もなかったのでひとまずほっとした。

「今夜こそ厳重な警戒が必要だな」

物置から出ると、石町は白い外壁の星火荘を仰ぎながら言った。

「あら、どうして『今夜こそ』なの？」

決まっているではないか、というように彼は恋人の顔を見た。

「まだプレゼントをもらっていないからさ」

第三章　夜の贈り物

1

　ラウンジにはビング・クロスビーの『ホワイトクリスマス』が流れ、窓の外ではそれに合わせたように雪が舞っていた。その窓ガラスには室内のクリスマスツリーが鮮やかに映っている。

「ご馳走《ちそう》、美酒、談笑の声。清らかで静かな夜とは言えないでしょうけれど、まずは絵に描いたようなクリスマス・パーティになりましたね」

　頰を薔薇《ばら》色に染めた杉井が、石町に作ってもらったアレキサンダーを飲みながら言った。

「談笑と言えば」石町がカウンターの中で私のためにカカオ・フィズを作りながら

「私が使ってるワープロでこの単語を打つと、まず出てくるのが〈男娼〉――野郎の娼婦なんです。おかしなことを考える機械でしょう」

「ありますね、そういうの」と杉井。「うちの坊やで宮城県の仙台《せんだい》を打とうとしたら、何より先に鹿児島県の川内《せんだい》が出る。あれを作った奴は間違いなく鹿児島県人だと思いますよ」

風子も参加してくる。

「そうそう。おかしなことばっかり言うのよね、ワープロって。まだ初歩的な機械を使っていた時のことだけど、ちぇっ、ていうあの舌打ちを漢字に変換しようとしたら、恋い慕《した》う血液――〈慕う血〉って出たの。いくら人殺しの小説を書いていたとしても、夜中に一人で画面とにらめっこしている時にそんな字を目の前に突きつけられたらぞくっとするわよ」

「ありますねぇ、そういうの。しょっちゅうや」

船沢は、酔いが回ったせいで砕けた調子になっている。

「ある先生のワープロ原稿の中にあった変換ミスなんやけど、これがまたシュールな間違いで――」

ごく罪のない雑談が続いた。何の緊張感もない。ソファに深く身を埋めて、平和な夜だ、と私は心から寛いでいた。

「石町先生と彩子さん、チークでも踊ったら？」

会話の切れ目に真帆が冷やかすように言った。私はにやにやとし、佐智子も「いいわねぇ」と囃《はや》し立てかけた。他の誰でもない真帆の無邪気なリクエストなのだから、照れてばかりいないで踊ってみせれば、と思ったのだ。

ところが――

「お断わりします」

石町の声が飛んだ。不必要なほどきっぱりとした調子だった。

「あら、どうしてですか？　それぐらいはいいじゃ……」

真帆は笑いながらカウンターの方を振り返り、途中で言いかけた言葉を呑み込んでしまった。私も石町を見た。――シェイカーを手にしたまま静止した彼の目には、思いもよらないほど強い拒絶の色が窺えた。

「どうなさったの、石町さん？」

彼の普通ではない反応をやはり訝《いぶか》しく感じたのだろう。風子が真顔で尋ねた。

「いえ、別に」

彼は少し冷静さを取り戻したらしく、微かに笑みを浮かべた。いかにも慌ててこしらえたような微笑みだった。

「すみません。そういうことを言われるのに慣れていないものですから。つい向きになってしまいました。——ごめんね、真帆ちゃん」

真帆は「ええ」と首をすくめるように頷いた。この間、彩子はひと言も発することなく無表情のままだった。何を考えたのか読み取れない。

「あーら、初心《うぶ》なこと言うじゃないの、石町さん。それなら代わりに私が踊ろうかな、真壁先生と」

風子は隣に座っていた真壁に科《しな》を作ってもたれかかろうとした。軽い冗談のつもりだったのかもしれないし、本気でチークダンスを踊りたいと思ったのかもしれない。何しろまんざら赤の他人でもないはずだ。もちろん、ふだんならそんなことはしないだろうが、今宵は楽しいクリスマス・パーティであるし、酒も入っている。これまた無邪気な申し込みだったはずだ。

「悪いが今はそんな気分じゃないんでね」

真壁は風子の小さな体を押し返した。その押し方はやんわりと穏やかだったものの、まっぴらごめんですというニュアンスが込められているような感じがした。

風子自身だけでなく、周囲の者も一瞬きょとんとする。ダンスが嫌だったとしても、それほど露骨《ろこつ》に断わらなくてもいいではないか。先ほどの風子ではないが、私は「どうかなさったんですか、先生？」と訊きたいほどだった。

「失礼。この年齢になって人前で女性とダンスでもあるまいと思ってね」

真壁はそんな釈明めいたことを言ったが、そう言いながら私たちの視線をうるさがっているようでもあった。

何かおかしい。ついさっきまでの和《なご》やかな雰囲気が失せ、気詰まりな空気が水面に落とした墨のようにじんわりとこの場に広がっていっていた。

そんなことになるような原因を誰かが作っただろうか？　真帆の冷やかしが躓《つまず》きの始まりだったようだが、彼女を責める者はいないだろう。責められる者がいるとすれば、冗談と軽口の連鎖《れんさ》を最初に切断した石町だ。そして風子に礼を欠いた態度を示した真壁。――彼らが突然大人げない態度をとったのはどうしてなのかがよく理解できない。真帆や風子の言動が二人にとってそんなに不愉快なものだったとは思いにくい。仮にそうだったとしても、彼らがまるで連鎖反応のように気分を害したらしいことが少し奇異に映る。真帆の言葉―石町の反応。風子の言動―真壁の態度。この二つはそれぞれ独立した「事件」なのだろうか？　それとも何か遠回しに関連しているのか？　――私はしばし考え込んでいた。

「ねぇ」と真帆が傍らの光司に囁きかけている。

「何だい？」

「私、そんなに失礼な言い方したかな。光司君どう思う？」

彼女は心配しているのだ。光司はさりげなく答える。

「気にすることないよ。俺は失礼だなんて感じなかった」

「なら……いいけど」

彩子の様子を窺ってみると、彼女は場を取り繕《つくろ》うように誰のためということもない水割りを作り続けている。忙しそうに手を動かしながら、彼女も何か思案しているようでもあった。

残念なことに、ささいなことで一度白けたパーティはそれ以降再び盛り上がることがなかった。

「真帆ちゃん、さっきから欠伸ばっかりしてるじゃない」佐智子が娘に言った。「もう休んだら？」

私は壁の時計を見た。十一時が近い。

「うん、そうする。後片づけ、明日でいい？」

「いいわよ、お客様の前でそんなしおらしいこと言わなくても。明日ゆっくりしましよう」

「じゃ、寝る」

彼女は若草色のセーターの裾を引っぱりながら立ち上がった。「俺も」と光司も腰を上げる。

「それではこのあたりでお開きとしましょうか」

杉井が言って、お伺いをたてるように真壁の方を見た。

「そうだな。食って飲んで語らってで、眠たくなってきた。今年のクリスマス・パーティはこれにて閉会ということにするか」

「それでは皆さん、おやすみなさい」

真帆は、立ち上がって一礼した。

「おやすみなさい、真帆ちゃん」

風子は小さく手を振った。真壁にダンスを断わられた時は心なしか悄然としていたが、少なくともうわべだけはもう回復した様子だ。

「ベッドに入る前に、靴下を枕許に吊すのを忘れないようになさいよ」

真帆は可愛い子ぶって「はぁい」と応える。

と、彩子がさっと顔を上げた。

「そうだわ」

「何がそうなの？」

風子に訊かれて、彩子は「真帆ちゃんが昨日見たっていう焦茶色のブルゾンの男の人を今日有栖川さんも見かけた、というお話をお昼ご飯の前にしましたね」

みんなでひとしきり不思議がったり気味悪がったりした。

「ええ、聞きましたよ」

「戸締まりに注意しなくては。今夜やってくるかもしれません」

「どうして？」と真帆が不安げに訊く。

「だってクリスマスですもの。サンタクロースは今夜を待って忍び込んでくるつもりでしょう？　あら、サンタさんはイヴだったかしら……」

「やめろって」

叱りつけたのは石町だった。

「俺が言った戯言《ざれごと》を本気にしてるのか？　これから寝ようっていう時につまらないことを言うんじゃないよ。いい気がしないだろ」

アルコールが回っているためだろう。舌の回転がやや鈍っているし、他人行儀の口のきき方を忘れている。

「安永さんは無駄にみんなの不安を煽っているわけじゃない。用心するに越したことはありませんよ」

杉井が彩子を庇《かば》った。

「得体が知れない人物が徘徊《はいかい》しているのは確かなんですからね」

「杉井さんがおっしゃるとおりです。念を入れて戸締まりの点検をしておくことにします」佐智子が言った。「皆さんもお部屋の窓に錠をお掛けになってからお休みください」

光司が立ち上がって音楽を止めたので、しん、と部屋が静かになる。

「また明日雪降ろしをしなくちゃ」

窓の方を見て、彼はぽつりと言った。

2

散会して部屋に戻りながら、私の気分は落ち着かなかった。焦茶色の男の実在をわが目で確かめてしまったからかもしれない。

「浮かぬ顔をしてるな」

階段を昇りながら火村が言った。

「心配になってきてるんだろう？」後ろからくる石町が言う。「狂気にとり憑《つ》かれたミステリマニアの来襲に怯《おび》えてるらしい」

「相手の審美眼《しんびがん》がどの程度のものか判らんからな。それだけが心配なんや」

「へらず口叩いてていいのか？　もしかしたらミステリそのものが憎い野郎で、奴の目的は推理作家皆殺しかもしれないのに」

一夜明けたら推理作家の屍《しかばね》の山、か。なかなか悽惨《せいさん》な話である。

「一夜明けたらみんなの枕許にプレゼントがちょこんと置いてあるという可能性もあるやないか」と言い返してみる。

「そう思うんなら、もっと楽しそうな顔をすればいい」

そんなことを言い合いながら階上に上がった。階段はぐっと幅を狭めてさらに上に続いている。屋根裏部屋があるのだ。そして、石町に割り振られた部屋はその屋根裏部屋だった。

軽い調子で「おやすみ」を交わして別れようとした——が、そうはいかなかった。

「何なんだ、これは？」

彼が言う前に私も気づいていた。屋根裏部屋へ上がるためのその階段の一番下に褐色の大きな紙袋が落ちていた。火村が拾い上げて見ると、それは石灰の粉を入れる袋だった。

「これって、運動場に白線を引く時に使うあの粉が入ってる袋じゃないのか？　どうしてそんなものが……」

石町は階段の上を見上げた。つられて視線を上にやった私は、次の瞬間、彼と同時に「あれ？」と高い声を発していた。

石灰がきれいに撒《ま》いてある。階段の半ばからはその幅いっぱいに広がって、頭上の屋根裏部屋のドアにまで続いているように見えた。

「悪戯《いたずら》か？　ひどいことになってるぞ」

石町は呟きながら階段を上がりだした。火村と私もその後からついていく。私たちは白い粉が撒かれた階段半ば――十段目で立ち止まると三人して腕組みをし、その惨状を眺めた。

石灰はまるで絨緞《じゆうたん》のように厚みをもって積もっていた。石庭に敷きつめられた砂利《じやり》のような趣《おもむき》さえ感じられる。さらに、見上げた屋根裏部屋のドアには、白い粉で大きくXと落書きがしてあった。あまりに意外な光景に、私は口をあんぐりと開いて見入ってしまう。

「招待客の悪戯にしては質《たち》が悪いですね。かと言ってこのうちの方の悪戯だとしても理解に苦しむ」

火村が言うとおりだ。推理小説を書く人間、書かせる人間、そのいずれも悪戯好きという性向はあるだろうが、悪戯にも限度と節度というものがある。こんなことをして何が面白いというのだ。やや白け気味のまま終わったパーティの後だけに、疲労感さえ覚えた。

「おうちの方に言いますか？」と石町に訊く。

彼は気が進まないようだ。

「やめておきましょうか。スリッパの底が汚れるのを厭《いと》わなければ部屋にたどり着くことはできるんですから。今からこれを掃除するのはひと仕事ですよ」

それもそうだ、と思った。

「ちょっと、有栖川さん、石町さん！」

廊下の向こうから呼ぶ声がした。階段の下まで降りてみると、船沢が太った体を左右に揺するようにしてこちらに歩いてくるところだった。

「まさか皆さん方のしわざじゃないでしょうね？」

彼は苦笑のようなものを顔に浮かべている。何のことかと私は尋ねた。

「何のことて……ほんまに犯人は有栖川さんやないんですか？」

「わけが判りません。犯人ってどういうことです？」

答えかけて船沢は、床に落ちた石灰袋に目を留めた。

「何ですか、それは？」

私は黙って屋根裏部屋への階段を指差した。中ほどに立った石町が足許を示し、火村が肩をすくめてみせた。様子は船沢にもすぐ判ったらしい。

「うわぁ、誰やしらんが無茶しよるな。こら洒落んならん」

「悪戯やと思いますか？」

「これだけ見たら誰ぞが失敗して何かの粉を撒いたと思うたかもしれませんけど、そやないですからね」

「そやないって……他にも何かあるんですか？」

「それを言いかけてたんです。『犯人は有栖川さんやないんですか？』って」

「船沢さんも何か悪戯されているんですか？」

火村の問いが斜め上から降ってくる。

「まぁ、ちょっと見にきてください」

階段の二人は顔を見合わせてから、どたどたと小走りに降りてきた。それを待って、船沢は私たちを自分の部屋に案内しかけたのだが――

　いきなり傍らのドアが開き、彩子が出てきた。船沢がぶつかりそうになって「わっ！」と叫ぶ。

「あら、ごめんなさい」

　彼女は頭を下げて詫びた。

「びっくりしますよ。急に出てきたら」

「失礼しました。――部屋の様子がおかしかったものですから、どなたかにお尋ねしようと思って」

　私たちは順に顔を見合った。見合わせる顔の数がどんどん増えていく。

「大変失礼なことを伺いますけれど、どなたか私の部屋の窓に悪戯をなさいましたか？」

「……どんな悪戯ですか？」

　私が代表して訊き返した。彩子は「あれです」と言ってドアを大きく開く。

　何が異変なのかはすぐに判った。窓だ。カーテンが開ききった窓のガラスいっぱいに、白いハートのマークが描かれている。それはあまりに窓いっぱいに書いてあるものだから、外がまるで見えなくなっていた。

「あれは部屋の中から書かれてるんですか？」と火村が訊く。

「どうもそのようです。クリスマスになるとよくお店のウインドーに白いスプレーで雪の模様が書いてあったりしますでしょ？　近寄って見てみると、あんなようなもので書いてあるみたいなんです」

「近くで見てよろしいですか？」

彩子は「はい」と火村に了解を与えた。

彼はつかつかと窓辺に寄ると、窓ガラスに顔を近づけた。それから人差し指で大きなハートのマークを擦《こす》ってみる。彩子に断わってから私も部屋の中に入って、火村の背中越しに見た。

「内側から吹きつけてある。安永さんが言ったような道具を使って書いたらしいな」

「部屋に入って明かりを点けただけでは気がつきませんでした。今夜のうちにだいぶ積もるかしら、と思ってカーテンをめくってみて見つけたんです。悪戯だろうとは思いましたけど、誰かがこっそり部屋に忍び込んで書いたんだと思うといい気持ちがしなくて……」

彼女は上目遣いに石町を見やる。

「あなたじゃないの？」

「俺？」

石町は自分の胸に人差し指を突き立てた。冗談じゃない、という表現に充分だった。

「違うの？　あなたらしい悪戯でもないと思ったんだけれど、他の人が私の部屋に無断で入ったということはよけいに考えにくいものだから」

「うーん、こらおかしな話やなぁ。どうなっとるんやろう」

その言葉で思い出した。船沢の部屋にも悪戯らしきものが施《ほどこ》してあったんだった。

「まさか船沢さんの部屋の窓にも白いハートが落書きしてあったんやないでしょうね？」

「ハートの落書きでもスペードの落書きでもありません。そんなもんやったら可愛いんですけど、私の場合は嫌がらせみたいなことをされていまして——」

ごちゃごちゃ言うのを聞いているともどかしくなってきた。見せてください、と急き立てる。

「見てもらいましょ。見てもろて謎を解いてもろた方がゆっくり眠れるでしょうから」

彼の部屋は私たちの隣室だった。石町はもちろん彩子もついてくる。——と。

今度はその手前の杉井の部屋のドアが開いた。前髪が眼鏡に掛かった顔が、ぬっと出てくる。

「どうかしたんですか？　まだパーティの二次会があるんならお付き合いしますけど」

「誰や知らんけど、二次会をやりたがってる人間がおるみたいなんや」

船沢の言葉に彼は「は？」と首を傾げた。

「とにかく先に見てもらいましょ」

自分の身に起きた事件の報告がこれ以上遅れてはたまらない、とでも思ったのだろうか。彼は自室のドアに駈け寄ってノブを捻った。

「どうぞお入りください」

促されて私たちはぞろぞろと中に入った。

「私はすぐに着替えようとしてクロゼットを開けたんです。そしたら何やしらええ匂いがつんと鼻にきた。どうしたんやろと見たらこれです」

彼は半開きのクロゼットを開ききると、床を指した。彼の黒靴がきちんと並んで置いてあるだけで、最初は何がおかしいのか判らなかった。ただ、彼の注釈を聞くまでもなく、場違いな香りが仄《ほの》かに漂っていることにはすぐ気がついていた。

「靴です。よう見たってください」

「玄関でお脱ぎになった靴を誰かが持ってきたんですか？」

　彩子が尋ねる。

「ええ。けど、それだけやないんです」

　船沢が半歩動くと彼の陰になっていた靴がよく見えるようになった。――確かに悪ふざけが施されている。

「匂いますね。酒か？」

　石町が鼻をくんくんさせながら言った。

「どうやらワインみたいです」

　船沢は屈んで靴の片方をそっと持ち上げた。まだ新しそうなその靴には、溢れんばかりになみなみと透明な液体が注《つ》がれていたのだ。ふだんならあり得ないことだが、私は靴に顔を寄せて匂いを嗅いだ。なるほど、その甘酸《あまず》っぱい芳香はワインのものらしい。

「ちょっと洒落がきつすぎると思いませんか？　美女のハイヒールに注がれたワインやったらまだ何やら妖《あや》しくも美しいけど、おっさんの靴にワイン注いでどないするんです？　それも靴を玄関からわざわざ持ってきて」

笑ってもいいような気がしたが、みんな真顔のままだった。これだけなら単なる冗談や悪戯とは思えなくもなかっただろうが、その前に見たものと合わせて考えるとただの悪ふざけを越えた意志のようなものを感じる。あまり面白くもない趣向ばかりであるし、すべて実害を伴っている。船沢の新しい靴も災難だし、屋根裏部屋への階段の掃除も大変だろう。彩子の部屋の落書きはすぐ洗い落とせる塗料ではあるらしかったが、それにしてもよその家にきてする悪戯としては不適当だ。

「有栖川さんや杉井さんの部屋も悪さをされてないか調べた方がええんと違いますか?」

そう言われると心配になってくる。

「ちょっと部屋を見てみます」

私が言うと、杉井も「私も調べてみよう」と言って自室に戻っていった。

「でっかい雪だるまでも立ってたらどうする?」

火村がふざけたことを言った。それに応えず、心の準備をしてからゆっくりとドアを細めに開いた。

「どうだ?」と友人が背後で尋ねる。

鼻で溜め息をついてから振り返った。

「きっちりとやられてる」

「見せろ」

彼は私を押しのけてドアを開いた。室内の様子を見ると、ヒューと短い口笛を吹く。

「この家にはまだ紹介してもらってない腕白坊主《わんぱく》がいるのか？」

「いいや、いてへんはずや」

「お前の知る限りは、だな」

私たちの部屋の悪戯は一番愛敬《あいきょう》があるものと言えただろう。部屋中を白くて細長い帯がのたくっていたのだ。私はどこから始まっているのか判らないそれの後を目で追跡する。床一面を這い回ったその帯はナイトテーブルの脚に巻きつき、上に上がったかと思うとカーテンレールを一度くぐって垂れ下がり、最後にはベッドの上でとぐろを巻いていた。愛敬があるといったのはその帯の正体がすぐに判ったからだ。白く細長い帯とは――トイレットペーパーだった。

「まだ片づけに手間がかからない方だな、これなら」

後ろを向くと、石町と彩子がはち切れんばかりの好奇心をたたえた目でこちらを見ていた。何があったのか気になって仕方がないのだろう。

「どうぞご覧ください。こちらは他愛もない悪戯です」と私が言う。

「拝見しよう」

まず石町が、次に彩子が首を突き出した。二人はトイレットペーパーの乱舞を見て唖然とした様子だ。

「一体全体、何なんだよこれは……」

詠嘆するように石町が言った時、バタンと音をたてて残るドアが開き、風子が姿を現わした。今度は何ですか、と訊こうとして彼女が胸に抱いているものが目に飛び込んできた。真っ白な熊のぬいぐるみだった。

「どなたか知らないけれどありがとう。こんな可愛いプレゼントをくださって」

「プレゼントって……それですか？」

私が見たところ、別に変わった点はない。

「ええ。ナイトテーブルの上に置いてあったの。明日の朝お礼を言おうかと思ったんだけど、皆さんの声が廊下で賑やかにしているものだから出てきました」

彼女の顔には世にも幸せそうな笑顔が浮かんでいた。それも無理はない、と思えるほど、彼女の両腕に抱かれた白子《アルビノ》のテディ・ベアは愛くるしかった。

「ところで皆さんはどうなさったの？　こんな時間にプレゼントの交換会でも始まっ

たのかしら？」

　彼女は誤解している。

「だとしたら困ったわね。ここのクリスマス・パーティではプレゼントの交換抜きというのが慣例になっているから、私は持ってきていないのよ。次の機会の埋め合わせで赦していただけるかしら？」

「いや、フーコ先生、違うんです。プレゼントじゃなくて悪戯の発表会をやってる人間がいるようでしてね」と石町。

「あら、それはどういう遊び？」

「その前にちょっとそのぬいぐるみを見せてください」

　風子は「いいわよ」とテディ・ベアを手渡した。

「妙に重いな」

　彼は受け取るなりそう言った。「重い？」と私が訊き直したら、黙ってこちらに差し出す。手にしてみると、確かに見た目以上の手応えがあった。

　トイレットペーパーだらけの部屋から出てきた火村は、私の抱いたぬいぐるみを見て眉根を寄せた。風子や石町の言葉は聞こえていたはずだ。

「こんな可愛いプレゼントをもらった人もいてるんや。不公平やと思わんか？」

ぬいぐるみを風子に返しながらそう言うと、火村は「ん？」と低い声を出した。

「贈り主からのメッセージが書いてあるんじゃないか？　今ちらりと見えた。ほら、その首のリボンの裏に」

「何か書いてありますか？」

ピンクのリボンをめくってみた。と、サインペンで書かれた小さな文字が並んでいる。こう読めた。

キケン　ジゲンバクダン

「時限爆弾？」

——嘘つけ。

熊の胸に耳を押し当ててみる。

時計の音がした。

3

私は「あっあっ」とみっともない声をあげて、ぬいぐるみでお手玉をした。

「鳴ってる、時計の秒針の音が聞こえる！」

悲鳴があがった。風子は名前のとおり、風を喰《くら》ったように駈けだしたが、驚きのあまり脚が動かなくなった者の方が多かった。

「早く窓から捨てろ！」

石町が頭を両腕で庇いながら叫んだ。しかし廊下に窓はない。両手の中のものを床に投げ捨てたかったたが、そんなことをすれば即爆発を起こすのではないかと思うとそれもできなかった。

「貸せ」

火村が乱暴に熊をひったくった。私の手にそのぬくもりだけが残る。

「危ない、火村さん！」

彩子が泣きそうな顔で叫んだ。彼はぬいぐるみの背中の縫い目を探り、引き裂こうとしているのだ。

「みみ、みんな、離れるんや」

池の鯉《こい》のように口をぱくぱくさせて言いながら船沢が飛び退いた。私はやはり脚が動かない。

火村は唇を歪めながら熊の背中を裂いて開く。詰め物がぞろりとはみ出し、中の機械が覗いた。

「もう大丈夫です、起爆装置は解除されました」

彼は大きな声で告げると、臓物の出た熊を高く掲げて見せた。

「解除って……ほんまですか？　何もしてへんみたいでしたけど」

五メートルばかり向こうから船沢が疑わしそうに尋ねた。すぐ横で見ていた私にも、彼がそんな作業をしたようには見えなかったのだが――

「こんなところで爆弾処理の特技を披露できるとは思ってなかったぜ」

火村は私ににやりと笑いかけると、ぬいぐるみの中から小さな機械を摑み出して示した。ごく簡単な作りの目覚し時計だった。

「それは目覚し時計ですか？」

彩子がへっぴり腰で覗き込みながら尋ねた。その言い回しが、まるで中学生の英文和訳の例文のように聞こえた。

「どこから見てもそのようです。しかもごく安物らしい」

彼は「ほい」とそれを私に投げてよこした。私の心臓はまたドキンと鳴る。

「おい、びっくりするやないか」

「びっくりさせたのは俺じゃないだろ。どこかの悪戯坊主だ」

悪戯——この偽時限爆弾も一連の悪戯の一つだったのか。

「こんな時間に騒々しいですね。みんなして大声を出して」

杉井だった。自分の部屋に引っ込んでいた彼は、私たちの悲鳴の方に驚かされたらしい。

「ああ、杉井さん。大変だったんですよ。寿命が縮むような事件があなたの部屋の前であったんやから」

船沢はポケットからハンカチを取り出し、額を拭ってからその内容を話した。

「へぇ、そりゃびっくりされたでしょうね」

彼はさっさっと二度前髪を掻き上げた。

「ところで」火村が尋ねる。「杉井さんの部屋の様子はいかがでしたか？　何か変わったことは？」

問われて彼はパンと手を打つ。

「あるんですあるんです、奇妙なプレゼントが。一見したところ異状はなかったんですけど、シーツをめくってみると、どうしてこんなものがという代物が置いてあったんです」

「何なんですか？」と石町が拳を握って言う。

「見てください」

彼の落ち着いた口ぶりからするとそう危ないものではなさそうだ。激しい好奇心に駆られて、私たちは杉井の部屋に殺到した。

シーツはめくられたままで、その奇妙なプレゼントはすぐ目に入った。ぬいぐるみと同様のピンク色のリボンが中ほどに結ばれたそれは、盲人用のものと覚しき杖だった。

「こんなものを贈られる心当たりはないんですか？」

風子がそのものを指差しながら尋ねた。杉井は首を振る。

「ありません。私にはもちろん必要ないものですし、家族や知人にも視力に障害のある人はいませんからね。プレゼントとしてこれほど不適切なものもないと思います」

私たちはしばし沈黙し、唸るよりなかった。単なる悪戯にしては随分と凝ったものだし、何やら意味ありげではないか。階段の石灰とドアに書かれたX、窓にハートの落書き、クロゼットの靴にワイン、部屋中にトイレットペーパー、ナイトテーブルに偽時限爆弾入りぬいぐるみ、ベッドに盲人用の杖。これだけのものを使った悪戯をするには、かなり手間もかかったはずだ。

「これは誰かの挑戦じゃありません？」風子が言った。「きっとそうに違いないわ」

「挑戦って……どういうことでしょうか？」

彩子が強い興味をそそられた様子で尋ねる。風子は一同をゆっくり見渡しながら説明した。

「これは判じものなんですよ。まるで意味もなくばらばらに集められたんじゃなくて、何か隠された意味があるんだわ。それを当ててみろっていうことでしょう。ここにいる匿名の誰かからの出題なんだろうと私は思いますよ」

「ははぁん、推理小説でいう〈失われた環《ミッシング・リンク》〉というやつですね」

石町が納得したように頷いた。ミッシング・リンクというテーマが推理小説にある。一見して関連性がなさそうな一連の事象に隠された意味の探究を興味の主眼とした作品のことで、無差別通り魔殺人と思われていた事件の被害者に思いがけない共通点があった、という形が一つの基本形だ。エラリー・クイーンの『九尾の猫』など名作も数多い。エラリー・クイーンと言えば……

「クイーンの『最後の一撃』に倣ったお遊びやないですか？」

私は思いついて言った。

「あの作品の舞台もクリスマスの邸宅で、殺人事件に前後して謎のメッセージが次々に現われるというもんでした。そして、意味不明のメッセージの謎が解ける時、殺人事件の真相が暴かれる」

『最後の一撃』はある意味で私が最も愛しているかもしれないクイーン作品だ。

「ああ、あれだろ？　そのメッセージというのは実は——」

風子が金切り声を出した。

「言わないで！　私、読まずに残してあるんだから」

石町は「すいません」と頭を下げる。

「その小説は読んでないけど、この悪戯の隠れた意味、テーマははっきりしてるな」

火村がぽつりと言うのを聞いて、私は反射的に尋ねた。

「何や？」

石灰、ハート、ワイン、トイレットペーパー、時限爆弾、杖。これをどう結びつけるのか、私には見当がつかない。

「簡単なことさ。全部、白い」

あまりにもあっけない解答に拍子《ひょうし》抜けしてしまった。

「白い石灰、白いスプレーで書かれたハートの落書き、白いトイレットペーパー、白熊のぬいぐるみ、盲人用の白い杖。残るワインがちょっと婉曲《えんきょく》な表現だったけど、あれは白ワインだった」

「白いもの尽《づ》くしや、ということは私も何とはなしに気がついてました」船沢が言う。「けど、火村さん。白いもんをそれだけ並べることにどんな意味があるとおっしゃるんですか？」

「判りません」と彼は答えた。

「ですからそこから先が問題なんじゃありませんか？　何故私たちに白いものを贈ったのか、ということが。それを解いてみろという挑戦なんですよ」

風子は自分の言葉に頷いていた。

「しかし誰がそんな挑戦をするんやろう。ここにいる誰が犯人なのかも当ててみろ、ということとか？」

そう呟きながら私は、そこまでする人間がいるだろうかと疑問に思っていた。

「多分。『私は誰でしょう？　何故白いものに拘ったのでしょう？』という問いかけなんだわ」

「うーん、それはどうかな」と言うのは石町だ。「悪戯の道具の隠しテーマが白、ということにには単にホワイトクリスマスに引っかけたという以上の意味はないんじゃないですか？　残る問題は犯人探しですよ」

どんどんと音をたてて誰かが階下から上がってきた。みんなの注目を浴びながら現われたのは光司だった。

「……何かあったんですか？　きゃーっていう声がしたようですけど」

騒がしいので様子を見にきたのだろう。彼はもうパジャマに着替えていた。

「ごめんごめん。夜中に馬鹿騒ぎしやがってと思っただろうね」

石町が手短かに何があったかを話すと、彼は感心したように「へぇ」と言った。

「さすがは推理作家の先生ですね。そんな凝ったことをして楽しむんですか」

「楽しいか？」石町は苦笑する。「真壁大先生のお宅に招待されてきてこんな狼藉《ろうぜき》を働くだなんて、常識がないというだけだと思うけどな」

杉井がはっと顔を上げる。

「そうか、そうだ。この悪戯の犯人が判ったぞ」

「あら、誰なんです？」

風子は彼の袖口を摑まんばかりだった。

「今、石町さんがおっしゃったとおりだ。われわれの中にこんな狼藉を働く者がいるはずがないんです。ここはホテルでも旅館でもなく、真壁先生のお宅なんですからね。そのお宅で石灰をぶちまけたり窓に落書きをしたりする度胸のある人なんて、客の中にはいない。とすると、犯人は真壁先生ということになるじゃないですか」

「それもそうやな」

船沢が即座に賛同した。

「真壁先生がそんな悪戯をするかなぁ。ちょっとイメージに合わないと僕は思いますけど」

同居人の光司はやんわりと反論する。私は判断がつきかねた。杉井の説に一理も二理もあることは認めるが、光司が言うこともごくもっともなのだ。

「ところで、真壁先生はもうお休みになったんでしょうか？　光司君がびっくりして上がってきたのに何も言ってこられませんけど。他のご家族の方も気になさってないようですね」

彩子が言うと光司は「みんなさっさと部屋に入っていきましたから、聞こえなかったんだと思います。僕はたまたま食堂に水を飲みにきていたんで、二階の音がよく聞こえたんです」

「ああ、なるほど」

石町はその件についてはすぐ納得した。

「ところで、あんなに色んな悪さをする機会というのが先生にありましたかね？　いわば先生のアリバイです。パーティの最中に席をはずしたことがあるにはありましたが、かなり時間がかかったと思うんですよ」

屋根裏部屋への階段に石灰を撒き、彩子の部屋の窓にスプレーで落書きをして、それから船沢の部屋に侵入してクロゼットの靴にワインを注ぎ――と私は情景を思い浮かべて、それにどれぐらいの時間を要しただろうかと考えた。どれだけ急いでも十五分は必要なのではないだろうか？

「十分少々でできたでしょう」と船沢が言う。「もちろん道具は全部事前に自分の部屋に用意しておいてですよ」

「十分でできるかしら？　六箇所に六つの悪戯ですよ」

風子が異を唱えたが、杉井が船沢の援護に回った。

「十分で可能な気もしますよ。私のベッドに杖を入れたり、先生の部屋に熊を置いたりなんて二つ合わせて一分でできますよ。階段を真っ白にしてドアにXを書くのや、窓にスプレーで落書きをするなんていうのもそう大した手間じゃない。有栖川さんたちの部屋のトイレットペーパー地獄は力作だし、船沢さんの靴にワインを注ぐのが面倒な気もしますが、人間、十分あればできなくはないでしょう」

「いや、やっぱり十五分はかかるんじゃないでしょうか」と彩子は反対する。

「で、十分だとしたら先生にアリバイはあるかな？　十五分だとしたら？」

杉井が自分を含めた一同に問う。答えは揃って「アリバイなし」と出た。これには私も同意する。

「しかしそれを言うならアリバイなんて全員にない」船沢が言った。「パーティの最中に誰もが何度かトイレに立ったでしょ。六つの悪戯を二回に分けて三つずつしたんやとしたら、案外簡単にできたんやないですか？」

「船沢さん、せっかく容疑者を真壁先生一人に絞ろうとしているのに、話をふりだしに戻さないでくださいよ」

杉井が笑った。

石町がパチンと指を鳴らす。

「真壁先生じゃなくて、われわれ七人の中に犯人がいる方が犯行に無理がない。つまり、このうちの誰かが犯人だとしたら、六つのうちの一つ、つまり自分の部屋に関する悪戯はパーティが始まる以前にすませておくことができたんですよ。見つかる危険を冒《おか》しての悪戯は五つでよかったことになる」そこでちらりと火村と私を見て「まして有栖川君と火村さんが共犯者だったのなら、その五つを手分けして行なうことができたわけだから、これはもう一番容易だったはずだ。うん、これは怪しいな。二人が犯人だからこそ、自分の部屋の悪戯は一番念入りにできたという理屈もつく」

「やめてくれよ」私は情けなくなった。「揉み手で指紋が擦り切れかかってるぐらい小心な俺に、こんな大胆な犯行ができるわけがないやないか。それに英都大学の助教授が初めて招かれてきた家でそんなことをすると思うか？」

「火村先生は一種の実験としてこのパフォーマンスを企画したのかもしれない。——いかがですか？」

友人はぼりぼりと頭を掻いていた。

「休暇中にそんなことを企画するほど研究熱心じゃありませんよ」

オチがついたようだ。

「さて」杉井が大きな欠伸をしながら「この続きは明日にしませんか？　どっと疲れて眠くなってきました」

「賛成です。明日の朝食の席で真壁先生の自白があるかもしれませんからね」

船沢もつられて欠伸をした。

「僕じゃありませんからね」

光司が真面目な顔で言ったので、みんな笑った。

「そうだ、君の犯行ということもあり得るわけだ。真帆ちゃんや佐智子さんの可能性だって――」

そう言って面白がる男を彩子がたしなめる。

「もうやめましょう、石町さん。夜遅いんだし」

しごくもっともな意見だった。

こんなふうにして、ホワイトクリスマスのパーティがようやく終わった。

めいめいが自分の部屋に戻り、床に就いたであろう頃には、雪はごく小降りになっていた。

4

目が覚めた。

朝か、と思ったが違った。部屋の中はまだ暗く、どうやら夜の只中らしい。

スリッパを履いて窓に寄り、外を見ると雪はすっかりあがっていた。林は白く、ぼんやりと輝いている。冷たく静謐な高原の空気が満ちているのを感じた。

友人は私に背を向けてすやすやと眠り込んでいる。一体何時なのだろう、と時計を見るとまだ二時半だった。とんでもない時間に目が覚めたものだ、と少し呆れる。昨夜はパーティとその後の騒動でぐったりとなってベッドに倒れ込んだものだから、放っておかれたら何時までも眠ってしまうだろうと心配していたのに。

眠り直すことにしよう。私はベッドにもぐり込むと、新年早々に取りかからなくてはならない書き下ろしの構想を練りながら寝ることにした。双子を使ったアリバイトリックを頭の中でこねくり回す。全く推理作家という人種にはおもちゃが要らない。

そんなことをしているうちに素晴らしい名案が閃《ひらめ》けばありがたいことこの上ないのだが、そううまくいくものではなかった。思考がものの十分もしないうちに堂々巡りになり、だんだん不快になってきた。あっさりと諦めることにする。——それはいいのだが、どうしたことか目が冴えていっこうに眠ることができない。こんなことは久しぶりだった。

私は二十七まで会社勤めをしていた。印刷会社の営業というなかなかの激務をこなしていたのだ。無茶苦茶に急《せ》かされた注文や誤植のクレーム処理のため、茶封筒に入った版下を抱えて夜中まで駈け回ることがしばしばあった。特に年末の忙しかったこと。その頃なら、ああ早く寝なくては明日の朝がつらいぞ、と焦っただろうが、自由業に転職してからはそんな悩みはなくなった。まして今は休暇中だ。そう思うと、おかしなぐらい楽しい気分が湧いてくる。

「サンタさんは勤務中かな」

つまらない独白をしながらまたベッドから出て、窓を見た。夜の雪景色をもう一度観賞しようとしたのだ。

と、さっきは気がつかなかったものが目についた。薄ぼんやりと光る雪の上に、車庫の裏手から点々と足跡が続いている。そしてそれは、この星火荘の裏口にまで達しているらしかった。窓を開けて首を伸ばしてみたが、足跡がどこで途切れているのかは死角になっていて定かでない。

まさか本当に泥棒が侵入したのでは、とにわかに不安になってきた。もう一度見直してみたが、その足跡はこちらに向かってきたもの一対だけで、帰った跡がない。ということは、侵入者は今この邸内にいるとしか考えられない。しかし、戸締まりは佐智子が充分に確認したはずだ。どうやって中に入ることができたというのか？

ここに突っ立って考えていても仕方がないので、階下へ様子を見にいくことにした。火村を起こそうか、とも思ったのだが、熟睡しているらしい寝息を耳にすると躊躇《ためら》われる。パジャマの上にセーターを着て、一人で部屋を出た。

足許からひんやりとしたものが這い上がってきた。私は両の袖口を引っぱって降ろしながら、足音を忍ばせて歩く。当然のことながら、二階にも一階にも人の気配がまるでない。

私は緊張感を影のように引きずりながら裏口を調べに向かった。金色のノブを捻ってみたが、ドアはやはりちゃんと施錠されていた。誰も忍び込むことなどできなかったはずだ、と安心しかける。――しかし、だとすれば窓から見たあの片道だけの足跡は何なのだろう？　疑問に思いつつドアを開けてみると、確かに足跡はすぐ戸口まできていた。爪先はこちらを向いており、まるで透明人間と向き合っているような錯覚を覚える。

安堵したのは束の間で、それを目の当たりにすると実に不可思議な気になってきた。やはり外部の何者かがこの家の中に潜入しているらしい。そいつは何らかの方法で鍵を開け、中に入ると自分で再び施錠したのだろう。そうだ、そういうことになる。

二階の部屋はすべて客でふさがっていたが、一階には真壁聖一、佐智子、真帆、檜垣光司の部屋の他にキッチン、食堂、ラウンジ、浴室、トイレ、そして聖一の書斎がある。それらのうちのどこかに闖入者は潜んでいるかもしれない。

私は一度小さく武者顫《ぶる》いをしてから、まずはキッチンを見てみた。誰もいない。次に食堂。誰もいない。次にラウンジ。宴の後のまま無人だ。さらに浴室、トイレと見て回ったが、猫の子一匹隠れていなかった。

真壁の書斎を最後に回したのは、大先輩の仕事場を無断で覗いていいだろうか、と気後《きおく》れがしたためである。書斎は真壁の寝室と隣接していた。私は書斎の前に立つと、ドアに耳を押しつけて中の様子を探ってみた。

何か聞こえる。床に近い、ごく低い位置で音がしていた。一瞬、小人がもごもごと呟いているように思えたのだが、よく聴くと何のことはない、ものが燃えている音のようだった。

——何だろう？

私は激しい好奇心に駆られて、不用意にドアを開いた。

部屋の中に一歩踏み込むと同時に、何か鈍くて重いものが後頭部に振り下ろされた。経験した記憶のないほどの激痛が走る。

右手で体を庇いながら倒れる途中、ドアを開いた瞬間に見たもの、感じたものを思い描いた。

暖炉に上半身を突っ込んで倒れた男の姿。肉が焼けるおぞましい臭い。

――あれは何だ？

私の脳はけなげにもそれを認識しようとしかけた。が、体が床に叩きつけられるより早く、そんな意識もふっと失われた。

第四章　不浄の夜《アンホーリー・ナイト》

1

水底から湧いてくるような、朧《おぼ》ろげな声が私の鼓膜に届いた。私の名を繰り返し呼んでいる。

――しっかりしろ、おい、起きてくれ。

私はそれに応えようとしたが、突然甦った後頭部の痛みに思わず呻いた。ずきずきと脈打つような痛みだ。

「大丈夫か？」

焦点が合うと、目の前にあるのが石町の顔だと判った。紺のパジャマを着ている。

「どうしたんだよ、こんなところに寝っ転がって」

ゆっくりと体を動かし、どうにか半身を起こした。痛むのは頭だけだ。

「……殴られた」

「殴られた？」

彼は私が何を言っているのかまるで判らないようだった。

「先生の書斎から物音が聞こえたんで様子をみてみようとしたら、ガツンと頭をやられた。誰かこの家に忍び込んでる」

「誰か忍び込んでるって、泥棒にやられたのか？」

「多分そうなんやろう」

ようやく周囲を見渡すだけの気力が戻ってきた。

「今何時？」と訊く。

「三時だ」

十五分間ほど、気絶していたらしい。

首を捻ってみると、壁の掛け時計がまさに三時を指していた。

「ここはどこや？」

「どこって、見てのとおりラウンジじゃないか。——ここが軽井沢の真壁先生の家だって判ってるか？」

どうやら私の脳波に異常が発生しているのではないか、と心配してくれているらしい。

「もちろん判ってる」

確かに星火荘一階のラウンジだ。書斎に入ったところで殴打《おうだ》されたのだから、私は何者かにここまで運んでこられたのだろうか？

そんなことを考えている場合ではない。

「一緒に書斎にきてくれ」

「泥棒がまだいるのか？」

「いや、それどころやないんや。殴られて気を失う直前に死体を見たような気がする」

石町は「おい」と言いながら私の頭を指差した。これはいよいよ危ないと思っているのだ。

「ほんまなんや。――いや、もしかしたら勘違いかもしれん。それを確かめるためにきてくれ」

「頭は大丈夫か？　いや、中味じゃなくて先に手当をしなくていいのかという意味だけど」

「それは後でええ。書斎へ——」

「よし、行ってみよう」

彼は私が立ち上がるのに手を貸してくれた。その時になって初めて疑問に感じて尋ねた。

「君はなんでこんな時間にここにいてるんや？」

「トイレに降りてきたんだ。用を足して出てきたらラウンジのドアが半開きになってて、人の足が廊下に突き出てたんで見たら君が伸びてたってわけだよ。そっちこそどうして夜中に書斎を覗いてみようなんて思ったんだ？」

窓から足跡を見て、というところから説明しようとしたのだが、その間もなく書斎の前まできた。さっき私を昏倒《こんとう》させた人間がまだ中に留まっているとは思えなかったが、今度は無防備にドアを開く気にはなれなかった。

「誰もいないようだな。俺が開けよう」

私の怯えを感じとったらしく、石町はそう言ってノブを掴んだ。

「ん？」

妙な声を出す。力を込めてノブを捻り直したようだが、ドアは開かなかった。

「どうしたんや？」

「開かない」

そんなはずはないだろう。私は横から手を伸ばして、自分でノブを捻って回した。やはりドアは開かない。

「掛け金が降りてるんだ。だから開かないんだ」

「いや、そんなはずはない。内側から掛け金が降りてるやなんておかしいやないか。俺を殴り倒して逃げる時間があったのに、泥棒が籠城《ろうじょう》を始めるわけがない」

書斎に掛け金が掛かることは知っていた。受け金に落とし金をパチンと降ろす、あの古典ミステリでお馴染みのものだ。密室の巨匠の書斎にふさわしいように取り付けたのだといつか真壁が言っていた。

「ほら」石町がノブを引くと、ドアはわずかに動く。「ドアそのものには鍵は掛かってないのに開かない。掛け金が降りてるということだよ」

「鍵は掛かってないって……このノブには鍵穴がないぞ」

「そういやぁ、もともと錠なんてついてなかったっけな」

私は猛烈に気味が悪くなってきた。扉一枚を隔てて凶暴な何者かと自分は対峙《たいじ》している、しかも相手は息を殺しているのか物音ひとつたててない。そう思うと、背筋にぞくりと悪寒が走った。

「窓から覗いてみるか」

石町が顎を撫でながら言った。

「誰か呼んできた方がええ。逃げられる恐れがあるし、捕まえようとしたら抵抗されるかもしれん」

「その方がいいだろうな」

私は声を落として「火村を呼んでくる」

「ああ。俺はここで見張ってる。中の奴が飛び出してきてやばそうだったら無理はしないから」

ドアの向こうの耳を警戒して、石町も囁くように言った。

「気をつけろよ」

私は、ずきずき痛む頭を揺すらないようにして階段へ向かった。降りてきた時のまま暗かったので、壁のスイッチを捜して明かりを点ける。

上りかけて、爪先をこちらに向けた白いスリッパの足跡が階段に続いているのに気がついた。これは何だ、と思ったがすぐに理解した。石町が降りてきた跡なのだ。屋根裏部屋への階段に撒かれた石灰のカーペットを踏み越えてきたために、こんな白い足跡を残してしまったのだろう。ちらりと廊下を振り返ってみると、そこにも同じ足跡がうっすらとスタンプされていた。トイレの前で直角に折れ、ラウンジへ続きながら薄くなって、フェイド・アウトしている。

それはいい。

それはよかったのだが、階段を上るうちに、あるものが私の目に留まった。階段の上から三段目についた、白い左足の跡。その側面が少し擦《こす》り取られていたのだ。石町の足跡を踏んだ者がいるらしい。——私はその意味を瞬時に悟った。

石町の後からこの階段を使った人間がいる。

変だ。そんな人間を見てはいない。もしそんな人間がいたなら、石町と私の間の騒動を無視したはずがないだろう。しかし、現にこのような痕跡があるということは——その何者かは私たちに気づかれないように忍び歩いたということになる。私たちの騒ぎの傍らをこそこそと通り過ぎて階上に上がったとは、どういうことなのだろう?

不審に思ったが、そんなことを考えている場合ではない。深い考えがあってのことではないが、私は石町の足跡を踏まないように注意しながら二階へ上がった。

火村は相変らず壁を向いてよく眠っていた。肩に手を置いて名前を呼ぶと、彼は寝《ね》惚《ぼ》け眼《まなこ》で私を見た。

「きてくれ。階下の書斎に変な奴がいてるんや」

「三十二歳にして実物のサンタクロースを目撃したのか？」

「これは冗談やない。石町がドアの前で見張ってるんや。早くきてくれ」

彼は両目を擦ってベッドから出た。もう何も尋ねようとはしなかった。

階段を降りる際に、私は火村に注意を促した。

「これは石町が降りてきた足跡なんやけど、ちょっとおかしなところがあるんや」

私は上から三段目の、側面が欠けた足跡を指差した。そして、何者かが石町と私の目を盗んで階上に上がった可能性を話した。

「何だか判らないけど、このまま保存しとくか」

その時の彼はそう言っただけだった。

書斎の前に戻ると、中腰で見張りをしていた石町が手招きをした。何も動きはない、と手振り身振りで伝える。

「俺と火村が窓から覗いてみる」

私が耳打ちすると、彼はＯＫと指で輪を作った。

裏口から外へ出る。私は車庫の裏の林から続いている足跡を火村に指で示した。

「な？　昨日から話に出てた焦茶色のブルゾンの男がきたんや」

「そいつが書斎に籠城していると何故判る？」

彼は足跡を目でたどりながら尋ねた。それに詳しく答えている時間が私には惜しかった。

「内側から掛け金が降りてる。誰かが中にいてるんや」

それだけ言ってもピンとこないだろうと思い、私は「後で話す」と加えた。

スリッパの裏から伝わる雪の冷たさに耐えながら書斎の窓まで回り込むと、私たちは左右からそっと中を見た。

「おい、あれは……？」

火村が驚きの声をあげた。私も同じものを見ている。

それは、暖炉に上半身を突っ込んで倒れている男の姿だった。その上体の表面は焼けて黒く炭化しかけている。焦茶色の服はまだ燻《くすぶ》っているらしく、煙が上がっていた。私が昏倒する直前に見たものは、幻ではなかったのだ。

「俺はさっきあれを見たんや。焦茶色のブルゾンを着てるところまでは見てなかったけれど」

「中で何があったんだ？」

「知るもんか」

私は視線を暖炉から引き剝《は》がし、部屋の中を見渡した。明かりはついていないが、暖炉で燃えている残り火でおよその様子は窺える。誰の姿もなく、人がいる気配も感じられなかった。

「入ってみよう」

火村は少し離れたところに落ちていた拳大の石を拾い上げると、私に何を言う間も与えずアルミサッシの窓ガラスに叩きつけた。分厚いガラスが破片を散らし、手が入れられるぐらいの穴が開いた。そのとたんに嫌な臭気が鼻を突いた。

「蛋白質《たんぱくしつ》が焼ける臭いだ」

火村は怯むことなく、自分が開けた穴から右手を差し入れた。半月形の錠を回転させて素早く解錠する。そして、窓を大きく開くと、窓枠にスリッパのままの足を掛けてひらりと中に飛び込んだ。私もすぐその後に続く。

火村はスリッパを脱いでドアの脇に駈け寄り、電灯のスイッチを入れた。白色の光に一瞬目が眩《くら》みそうになる。

彼に倣ってスリッパを脱ぎながら、私は室内を見回した。

やはり誰もいない。大きな机とその左脇に高さ二メートルほどの書架が一つ。右脇には電話とファクシミリを載せた台。他には家具も調度品もない、殺風景なぐらいの部屋だった。人一人が身を隠せそうな場所はどこにもない。

「誰もいないじゃないか？」

「けど、内側から掛け金が……」

私はぱくぱくと口を動かしたが、言葉になったのはただそれだけだった。

「掛け金はあそこで倒れてる男が降ろしたということになるのかな」

彼は腰に手を当てて暖炉の方を見たが、私はそちらを向く気にはなれなかった。そこから漂ってくる悪臭だけで耐えられない。そんな私の目に、電話台のそばに灯油缶が一つ転がっているのが見えた。死体にわざわざ灯油を掛けて火を放ったらしい。残酷なことをする。

爪先に何かが触れた。見ると床に転がったそれは、植木鉢ほどもある大きなガラス製の灰皿だった。二十分ほど前、私の頭に振り降ろされたものはこの底の深い灰皿だったのだろう。殴られた瞬間の衝撃が思い起こされて、私は顔をしかめた。

「どうした？　どうなってるんだ？」

石町だ。ドアを叩きながら訊いている。

私はよろよろとドアまで歩き、掛け金に手を伸ばしかけて動作を止めた。何千という推理小説を読み、何十という殺人現場を描いてきたからブレーキが掛かったのだろう。私はセーターの裾に手をくるみ、指紋をつけないようにして落とし金をつまんだ。

「中はどうなってんだ？」

ドアを開くと、すぐ目の前に石町の不安そうな顔があった。

「誰も隠れてない。人が一人死んでるだけや」

「何？」

百聞は一見に如かずだ。私は彼の顔を見たまま暖炉を指差した。彼は目を見開いて息を呑む。

「皆さんに知らせてください。警察にも連絡をしなくては」

火村はそう言うと、暖炉につかつかと歩み寄る。屈み込んで死体の検分をしようというのかもしれない。

「俺がまずこの家の人を起こしてくる。警察へ電話を頼む」

石町に言われて私は頷いた。後頭部はまだ疼いていたが、もうあまり苦痛に思わなくなっていた。痛みに慣れるなどということはないだろうが、焼け焦げた死体を見た衝撃のために神経が麻痺しかけているのかもしれない。

火村は死体を少し眺めただけで私の方にやってきた。そして、掛け金を少し見ていたが、やがてゆっくりと顔を上げた。

「出よう。ここは警察がくるまで指一本触れずに保存しておかなくっちゃな」

彼は私の背中を軽く押しながら部屋から出、まるで何かの祈りを込めてでもいるかのように、そっと静かにドアを閉めた。

「俺はここにいる。電話を」

「判った」

仕事を割り振られた私は、警察に告げる言葉を頭の中で組み立てながら、ラウンジに向かった。電話がその片隅にあることは知っている。深呼吸をしてから受話器を取った。

「こちら真壁聖一の星火荘です。お判りになりますか？」

相手は知っていた。さすが著名作家の家だ。

「変死体を発見しました。至急きてください。……私ですか？　先生に招かれてきている客です。有栖川と申します。……はい、すぐお願いします」

大役を果たした私は、喉がからからに渇いていることに気がついた。唾もなかなか出ない。水をひと口とも思ったが、そんなことをしている間もなかった。

「火村先生」

石町が助教授を呼んでいる。

「どうしました？」火村の声。

「一階の人たちをまず起こして回ったんですが、真壁先生が部屋にいないんです」

私が彼らのところに戻った時、佐智子、真帆、光司の三人も蒼《あお》い顔で起き出してきていた。

「兄が部屋にいない？　二階でしょうか？」

佐智子は、不安げに眉をひそめている。

「ともかく二階の方たちに事件を知らせましょう。先生も二階かもしれない」

石町が言った。が、何故こんな時間に真壁が二階にいるのか、私には理由が思いつかない。

「私とアリスの二人で知らせて回りますから、皆さんはラウンジにいらしてください」

火村が鞭打つように言った。伝令の役を買って出たというより、他の者にその役を譲るわけにはいかない、と言わんばかりの調子を、私は妙に感じた。

「それから皆さんは二階に上がってこないでください。もし、その必要がある場合は、どうか階段に遺《のこ》った足跡を消さないようにしていただきたい」

「足跡って？」

光司が尋ねる。火村は簡単に説明をした。「いいですね？」と念を押してから、ついてくるよう私に目で言った。

階上に上がると、まず彩子の部屋のドアを叩く。しばらく間があって、パジャマ姿の彼女が顔を出した。こんな時間に何事かと不審そうな表情で「どうかしましたか？」と訊く。

「階下で厄介な事件がもち上がりました。皆さんに降りてきていただかなくてはなりません」

詳しい説明を省かれて彼女はさらに訝しそうだったが、何か羽織って降ります、と答えた。

「何をお召しになっても結構ですが」火村は部屋の中に向かって「スリッパは履かずにきてください」

2

午前三時四十分。

星火荘のすべての人々は石町と火村と私にベッドから追い立てられて、ラウンジに集まった。いや、すべての人々というのは正確ではない。主の真壁聖一の姿がなかったからだ。

どうしてこんな時間に起こされたのかについては、私たちの説明でみんなすでに理解していた。何故見知らぬ男の変死体が書斎に出現したのかは皆目判らなかったが、とにかく何が起きてしまったかは理解した、ということである。

「スリッパを履かずに降りてきてください」と言われたことについて、質問する者はなかった。事件の衝撃と真壁の不在の疑問に吹き飛ばされてしまったためだろう。二階の全員に彼がそんなお願いをした理由について理解しているのは、私だけだ。石町の足跡を踏んだ人間のスリッパには石灰の粉が付着しているはずだ。彼はそれを保存したかったのに違いない。

「ここで警察を待ちましょう。電話をしましたから、もう十五分もしたらきてくれるでしょう」

私はそう言って事情説明を締め括った。

佐智子が黙って壁に寄り、エアコンのスイッチを入れる。機械が温風を吐き出す音が力強く響き始めた。

「座って待ってるってわけにはいかないでしょう。真壁先生を捜さなきゃ」

派手なチェックのパジャマの襟を神経質そうにしごきながら杉井が言うと、風子が頷いた。

「ええ、そうですとも。まさかこんな夜中に外に出たはずはないのに、どの部屋にもいないだなんて不思議ですもの」

「あ、有栖川さん」

私はそちらを見て「何ですか、船沢さん？」

「まさか、書斎で焼け死んでた男っていうのが先生やっていうことはないでしょうね？」

「それは違います」火村が断言した。「私は死体に近づいてよく見ましたが、あれは真壁さんではなかった」

「顔は焼け焦げて判別がつかへんのやなかったですか？」

「死体にはほとんど頭髪がありませんでした。それに小柄で肉づきもよくない」

「やっぱり私や有栖川さんが見た変なおじさんなのかしら。焦茶色のブルゾンを着てるそうだし」

真帆が呟いた。もしそうだとしても、死体の顔が焼けているのなら私たちが首実検《くびじっけん》をすることもできない。

「とすると、先生はやっぱりこの家の中にいるんだ。そうとしか考えられない」

杉井の言葉に反応して、光司がぼそりと何か言った。

「え、何、光司君？」と真帆が訊く。

「地下室じゃないかな。こんな時間に用はないと思うけど」

「地下室ねぇ」佐智子は顔を上げた。「そうね。他のどの部屋にもいないのなら、あそこしかないわね」

この家の地下室は書庫になっている。一万冊の蔵書が詰まったそこを、私も一度見せてもらったことがあった。

「でも、あそこは椅子の一脚もないお部屋でしたね。長い時間いられるようなところではないような……」

彩子は腑に落ちないようだったが、まだ捜していない部屋はそこしかない。

「行ってみましょう」

火村が腰を上げた。「行こう」と私が立つと、石町、船沢の順でそれに倣った。「僕も」と光司がついてくる。

火村を先頭にして私たち五人は地下への階段を縦隊になって降りていった。屋根裏部屋へのものと同様の狭い階段だったが、明かりは空々しいほど眩しい。

「まさかこんな時間に調べもんいうことはないやろうなぁ」

後ろで船沢が独白した。そして、それを耳にしたとたんに、私は嫌な予感に襲われた。何かよくないものが地下で待ち構えているような気がしてきたのだ。

地下に降りると、すぐドアだった。火村がその前に立つと、私の後ろの船沢、石町、光司は階段の途中で足を止めなくてはならなかった。

「真壁さん、いらっしゃいますか？」

火村は大きな声で呼びかけた。少し待ったが返事がない。

「いらっしゃらないんですか？　返事をしてください」

やはりドアの向こうからは何の応答もなかった。

「ここしか残ってねぇのにな」

火村はノブをガチャガチャと鳴らす。

「開かない。どういうことなんだ、これは？」

彼は振り返って私に尋ねた。

「この部屋にも掛け金がついていたけど……」

「それも先生の洒落か？」

「お飾りみたいなもんで、ほんまに使うことはないようやったけどな」

私が言い終らないうちに、彼は両掌でドアを強く叩きだした。

「いないんですか？　中にいるんなら開けてください」

私はちらりと後ろを見た。船沢たち三人は、不安そうに火村が叩くドアを見つめている。

「掛け金なんだな？」と彼は私に念を押した。

「そうや。ほら、このドアにも鍵穴がないやろう。ドアが開かんということは、掛け金が降りてるからやとしか思えん」

私がきっぱり答えると、火村はちっと舌を鳴らした。

「破るぞ」

「破る？」

「このドアをぶち破る」

いきなり乱暴なことを言いだしたものだ。彼はそんな私の内心を読み取って、

「中へ入るにはそうするしかないだろう。俺はドラえもんじゃねぇんだから」

彼は一歩下がると、右脚を振り上げてドアに蹴りを入れた。二発目はない。

「こんなことで破れるようなもんじゃないな。何か道具がいる」

待て。待ってくれ。ありきたりの推理小説のように斧《おの》でも持ってこいと言いたいのか？　本当にそんなことをしなくてはならないのか？

「光司君、何か適当な道具はないか？」

火村に大声で訊かれて、光司は少し考えた。

「あの、えーと、あの、金槌でもいいですか？」

「上等だよ。持ってきてくれ」

「はい」と応えて彼は階段を駈け上がっていった。

「火村さん、先生は中にいてるんでしょうか？」

船沢が腰を折って尋ねた。

「そんな気がします。だから返事がないのが気がかりなんです」

「この部屋にも暖炉があるんです。まさか……」

船沢はそれに続く言葉を呑み込んでしまった。彼は先ほど書斎の死体を見ている。同じことが真壁の身にも起こったのでは、と言いかけたのに違いない。

石町は終始無言のままだった。

大きな金槌をリレーのバトンのように握りしめて光司が戻ってきた。その後ろに佐智子、真帆、杉井、そして風子、彩子の姿もある。心配になってみんな見にきたのだろう。

「サンキュー」

金槌を受け取った火村は、大きく息を吸ってから高く振り上げた。私は慌てて二歩退く。

「くそっ！」

裂帛《れっぱく》の気合いとともにドアに叩き込まれた金槌は、尖った木片を飛ばしてドアにめり込む。彼はえぐるようにして引き抜くと、もう一撃を加えた。さらに一撃。

「よし、次で決めるぞ」

公約どおり、四打目がドアに穴を穿《うが》った。

「ざまぁ見やがれ」

彼は金槌を持った手をだらりと垂らし、しばし呼吸を整えた。

「火村！」

私は叫んでいた。

「臭わないか？」

私は鼻をひくつかせながら尋ねた。書斎で嗅いだのと同じ臭いがする。今開いた穴から漂い出ているのだ。

「嫌なものを見そうだぜ」

彼は片目を細めて言うと、ささくれだらけの穴に腕まくりをした右腕を差し入れた。カチリと掛け金をはずす音がする。そして、いくつもの傷を作りながら素早く腕を抜いた。

ドアが開く。

中にこもっていた異臭は、解き放たれて私たちを包んだ。我慢できずに顔をそむけて呼吸を止める。

「アリス、見ろ！」

そんな私に向かって、火村は叱責《しっせき》するように叫んだ。

書斎で見たのと同じ光景だ。暖炉から男の下半身が覗いている。

火村は躍るように室内に飛び込み、横たわった人間に駈け寄った。

「先生ですか？　先生なんですか？」

私の肩越しに船沢が悲鳴のような声で尋ねた。

火村は呟いた。

「真壁聖一氏です」

そして振り返る。

「多分」

「多分とはどういうことです？」

石町がぎくりとした様子で尋ねた。そして彼の想像は正しかったのだ。

「服装と体つきから見て真壁さんであることはほぼ間違いありませんが、確認はできません。顔が焼けています」

佐智子と真帆が悲鳴をあげた。風子はよろけて杉井にもたれかかって支えられる。

そして他の者は、棒を呑んだように立ち尽くしていた。

第五章　謎を数える

1

ほどなく長野原《ながのはら》署のパトカーが到着し、私たちはラウンジに集められた。エアコンがよく効いて暖かい。各自、警察がくる前に部屋に戻って服に着替えていた。

署長を先頭に駈けつけてきた所轄署の刑事たちに二つの死体発見の経緯を説明し終えた後、群馬県警本部からの一団が着いた。名士、真壁聖一宅に深夜続々と到着するパトカー。これが街の中なら近所の家々の明かりが次々に灯って野次馬が参集してきただろうが、ここではそんな騒動は起こりようがない。

「群馬県警の鵜飼《うかい》です」

まず挨拶をしてきたのは、まだ火村や私とあまり年の違わないように見える若い警視だった。いわゆるバリバリのキャリア組なのだろう。本部にいたのか自宅のベッドから叩き起こされてきたのか判らないが、髪にはきれいに櫛目が入り、モスグレーのスリーピースで隙なく身を包んでいる。九谷焼きらしいネクタイピンといい、よく磨かれた靴といい、なかなかお洒落な男のようだった。

彼の傍らには長野原署の大崎《おおさき》という大柄の警部が寄り添って、私たちからの事情聴取に当たった。二つの死体発見現場を検証してきた彼らは、仄かな死臭をまとっているように思えた。

「地下室の被害者は真壁聖一氏であることに間違いありませんね？」

私たちが自己紹介をすませると、鵜飼警視は歯切れのいい口調で尋ねた。

「服装、体格からしておそらくそうです」

火村が代表して答える。

「ただ、あのとおり顔が焼けていて断定する自信はありません」

「すぐにはっきりさせられるでしょう。地下室の遺体の方は両手が損傷していませんから、指紋が照合できます。問題は書斎の遺体の方です。身元を明らかにするようなものは身につけておりませんし、両手の十指もすべて焼けて損傷しています」

大崎警部は私たちにではなく、隣の鵜飼警視の方を向いて言った。警部の方が十歳以上は年長に見える。鵜飼は小さく頷くと、切れ長の目で私たちを見渡した。

「皆さん方の中で、何か心当たりのある方はいらっしゃいませんか？」

「正体が何者なのかは知りませんが、見覚えがある人物のようです」

私が発言すると、彼の目はすっとこちらに動いた。

「と言うと？」

私は昨日の昼前に焦茶色のブルゾンの男を車庫の裏の林で見かけたこと、そしてその前日から同じ男がうろついているのを真帆が見ていたことを話した。当然、質問の鉾先は真帆に移る。彼女は緊張で身を固くしながら、懸命に自分が目撃した男の様子を証言した。

「他にその男を見た人はいますか？」

「後ろ姿だけなら私も見ましたよ」

船沢が手を上げて、星火荘の方へ向かって歩いていた男の風体を話した。ただ、彼の証言は私と真帆のそれを水で薄めたようなものでしかなかった。

石町と彩子が、その姿は見ていないが足跡なら見た、と私の話を裏づけしてくれた。大崎警部が鉛筆の先をなめながらメモを取っている。

「焦茶色のブルゾンを着てた五十歳から六十歳ぐらいの男。ふぅん、それは確かに書斎の遺体の外見的特徴に合致しますね。頬から首筋にかけて火傷らしきものがあるというのは確認できませんが」

「お尋ねしてもよろしいですか？」

佐智子が二人の刑事を等分に見ながら言った。

「何です？」と鵜飼。

「そのぅ……つまり、この家で一体何があったんでしょうか？　書斎で誰だか判らない人が死んでる、と夜中にいきなり起こされて、寝室にいない兄を捜したら今度はそれも地下室で死んでいるのが見つかって……何が何だかさっぱり判りません。私、兄が亡くなったというのに、涙も出てこないんです。夢の中にいるような心持ちで……」

「誠に残念ながらこれは夢ではなく現実です。そして、何が起こったのかを今みんなして調べているわけです。よろしいですか？」

鵜飼はクールに言った。佐智子だけでなく、周りの真帆や船沢も一緒にこっくりと頷く。

「何が起こったのか、ということですが」鵜飼は咳払いをして「現段階で判っていることは書斎に身元不明の男性、地下の書庫に真壁聖一氏が非常によく似た状況で死んでいるということ。そのいずれもが頭部を殴打されての他殺死体だということです」

「……他殺」

何人かが口の中で呻くように言った。二つともまともな死ではない、自殺や事故死とも思えないことはみんな承知していただろうが、他殺という言葉が出たのはこれが初めてのことだった。

「頭を殴打されたことが死因かどうかは、司法解剖の結果を待たなくては断定できません。二つの遺体のいずれにも大きな裂傷があります。殴殺の後に火で焼かれた模様ですが、もしかすると死因は火傷死という可能性も残っています」

肺の中の煤《すす》の有無を調べるということだろう。

「生きながら焼かれたということですか⁉」

佐智子が両手で顔を覆った。真帆がその肩に顔を押しつける。ひどいショックを受けたのだろう。

「まだそうと決まったわけではない。その可能性もあると言っただけです」

鵜飼は少し慌てた様子で言い足した。

「その可能性は低い。二つの遺体が暖炉から逃れようとした形跡はまるでありませんから、火を点けられた時にはすでに完全に絶命していた公算が大です」

少し沈黙が訪れた。書斎の方で捜査員たちが動き回っている音が聞こえてくる。

「では」鵜飼はまた咳を払った。「最初の遺体の発見時の模様を伺います。——火村さん、有栖川さん、石町さんのお三方でしたね？」

彼の流儀なのか、別室に一人ずつ呼び出すのではなく、ここでまとめて話を聞くつもりらしい。最初の死体発見の経緯説明ということになると、やはり私から口を切らなくてはならないだろう。

「私から話します。夜中にふと目が覚めたんですが——」

「何時です？」

間髪容れず鵜飼の質問が飛ぶ。そんなに剃刀《かみそり》刑事ぶらなくてもいいだろうに。

「二時半です。正確に言うと、もちろん午前二時半ですよ」

私はそんなつまらない嫌味を言ってしまう。

「それで？」

私は窓から足跡を見て気になり、一人で階下へ様子を見に降りたこと。裏口を開けてみると足跡がそこまできていたこと。食堂やラウンジ、キッチン、浴室には異状がなかったので書斎を最後に見ようとしたこと。一歩踏み込むなり昏倒させられたこと。意識がなくなる直前に異臭を嗅ぎ、炎が燃えるような音を聞き、暖炉の死体を見たこと。石町に起こされて気がつくとラウンジで寝ていたこと、を順に話した。

「石町さん、あなたが倒れている有栖川さんをご覧になったのは午前何時頃でしたか？」

警視は素早く視線を転じて石町に訊く。

「三時頃です」

私が殴打されたのは二時四十五分頃ということだ。

「あなたはそんな時間にどうして階下へ降りたんですか？」

「トイレに行っただけです。部屋に戻ろうとして、ラウンジから寝転がった誰かの脚がはみ出しているのに気がついたんです」

「有栖川さんがラウンジで倒れていたんですね？」

「ええ、うつ伏せに伸びてました」

「その後どうされました？」とまた私に質問を移す。

「死体を見た上、ひどい異臭を嗅いだような気がしたものの、私自身そのことに関しては半信半疑でした。ただ、庭から裏口まで不審な足跡が遺っていたことと、何者かに殴り倒されたことだけは確かですから、泥棒が侵入したことは疑っていませんでした。泥棒だとしたら、私を殴った後ずっと書斎に留まっているはずはないんですが、まずは自分が見た死体らしきもののことが気になります。そこで、石町さんの手を引くようにして書斎に様子を見に行ったんです」

大崎警部が鉛筆を構えて聴き入っている。

「石町さんがドアを開けようとしたんですが、開かないと言うんです。私が試すとなるほど開かない。内側から掛け金が降りていたんです」

「掛け金？　錠ではなく？」

「ええ。あの部屋に限らず、この家の各部屋には、トイレと浴室を除いて錠はついていません」

「それで？」

「掛け金が降りているということは、中に誰かがいるということですから、私たちは思案しました。どういうわけなのか判らないが泥棒はまだ中にいるらしい。外に回って窓から確かめられるけれど、相手はおとなしい人間ではなさそうなので援軍を呼んだ方がいい、ということになって、私が火村を起こしに行ったんです」

「その間、石町さんはどうしました？」

「書斎のドアの前で見張っていました。誰かが出てきたら大声でみんなを呼ぼうとして」

「ところが誰も出てこなかった？」

「そうです。耳を澄ましていましたが、物音一つしませんでした」

「で、有栖川さんは火村さんを起こして戻ってきた？」

「はい。——あの、その前にお話しすることがあります」

私が話の流れを堰《せ》き止めたのが愉快でなかったのか、鵜飼は一瞬ぴくりと眉を上げた。

「何です？」

「階段に石町さんが降りてきた時についた白い足跡があったんですが……」

「白い足跡とはどういうことです？」

そこから説明しなくては判らないか。

「実は、彼の部屋の前に誰かが悪戯で石灰の粉を撒いていたんです。それで、彼が降りてきた時に白い足跡が遺ったというわけで——」

それは何とか判ってもらえたが、警視は納得するや否や質問を飛ばしてくる。

「ふむ、しかしそれがどうかしたんですか？　部屋の前に粉が撒いてあったんですから、石町さんの足跡が遺っていても不思議はないでしょう？」

「ええ、それはいいんです。いいんですけれど、別の足跡も見つけたんです」

「白いの？」

「いいえ」せっかちな刑事だ。「私が見たのは、彼の白い足跡を誰かが踏んだ跡です」

鵜飼は少し黙って考えていた。

「……それはどういうことですか？　石町さんが降りてきて、トイレに入って、出てきて、あなたを介抱している間に」

ゆっくりしゃべりながら考えているらしい。

「何者かが階段を上がるか降りるかしたということですか？」

「この場合、上がったんでしょうね。後になって二階の皆さんを起こして回った時に、どなたも部屋にいらっしゃいましたから」

「……しかし、それはおかしいな」

刑事の独白だ。

「倒れていたあなたを石町さんが介抱するのを尻目に二階へ上がった人間とは……そいつ何をしていたんだ？」

「犯人かもしれません」

火村が鵜飼の自問自答に割って入った。

「犯人？」

「その可能性があります。そこで、私たちは階段の足跡を保存するとともに、二階の全員のスリッパも保存しています。──ここに集まっている中で、スリッパを履いていないのが該当者です」

「スリッパを保存した、とは？」

「二階にいた皆さんのスリッパは部屋に置いたままになっています。その底を調べれば、どれかに石灰が付着しているかもしれません」

「そういうことだったのか」

杉井がぼそりと呟いた。スリッパを履かないようにと指示された理由が、ようやく理解できたのだろう。

「なるほど、調べてみることにしましょう」鵜飼は話をもとの軌道に戻す。「それで火村さん、あなたは有栖川さんに起こされてからどうしましたか？」

長い両脚を投げ出していた火村は、ゆっくりと座り直す。

「彼について降りました。外から侵入した何者かが書斎に籠城しているという説明しか聞く間もなかったんです。階下に降りてみると石町さんが書斎の前で立ち番をしていた。そこで打ち合わせをして、有栖川と私が外に出て窓から覗いてみることにしたわけです」

「私は立ち番を続けました」と石町。

「ふむ。それで窓へ回って見るとどうだったんですか？」

警視は、まっすぐ火村の目を見ながら先を促した。

「暗いながらも中の様子はおよそ判りました。暖炉に男が上半身を突っ込んで倒れているること、他に人影らしいものがないこと。私と有栖川は手近な石を拾って窓ガラスを割り、中に入りました」

「待った。その時、窓は施錠されていたんですか？」

「そうです。そうでなければガラスを割ったりしない」

「続けて」と鵜飼はやや横柄《おうへい》に言った。

「部屋の中にはやはり誰もいませんでした。人が隠れられるような場所はありませんから、すぐに判った。それで、現場を保存してすぐ警察に通報することにしたんです」

「待った。掛け金は？　掛け金は本当に降りていたんですか？」

これに答えるのは私だ。

「はい。降りていました。私は指紋を残さないよう、注意しながらそれをはずして出ました」

いい心掛けだ、と褒めてもらうことはできなかった。

「確かに？」

「確かです」

火村が「私も見ていました。確かです」と駄目を押した。

「おかしいではありませんか。部屋の中には頭を割られた死体しかいなかったんですよ。どうして掛け金が降りていたりするんです？」

「全くおかしなことですね」

火村がぽつりと言った。鵜飼はそれを聞いて面白くなさそうに、

「いくら推理作家の家で推理作家が集まっていたからって言って、そんなおかしなことはないでしょう。もし掛け金を降ろした人間がいるのなら、その者はどうやって書斎から外に出たと言うんです？　廊下へ通じるもの以外にドアはない。窓も閉まっていた。残るは暖炉の煙突だけですが、あれの断面は一辺三十センチばかりの正方形だし、上には雨や雪よけのカバーがついているから、幼児でもなければ通れたもんじゃない。どこから脱出できたんです？」

「方法はいくらでも考えられます」

火村の返答に鵜飼は思わず「何？」と訊き返した。

「ここにお集まりの先生方にお聞きになればいい。何百という密室トリックをご存じでしょうから」

「密室トリック。しかし、そんなものを実際に試す人間がいるか……？」

最後の方は自分自身に向かっての問いかけらしかった。鵜飼はすぐ気を取り直したように、

「何かお考えがある方はいますか？」

真っ先に答えたのは風子だった。

「火村先生がおっしゃったとおり、推理小説の世界では、密室トリックというものは何百何千と考案されています。そのうちのどれかが当て嵌《はま》るかもしれません。でも、それには現場の状況を見てみなくては」

「見せろとおっしゃる？」

鵜飼は、彼女の方に顔を突き出し気味にして尋ねた。そして風子は大胆にも「ええ、できれば」などと答えるのだった。

「考えておきましょう」

どうもいつもと勝手が違う、とエリート警視は思いかけているに違いない。

2

「書斎の遺体を発見してからのことを伺いましょう」

誰が話せばいいのだろう、と私たちはきょろきょろと互いの顔を見合った。軽く手を上げて火村がその役を引き受ける。

「非常事態ですから、家中のみんなを起こして集まっていただくことにしました。ところが当主である真壁聖一氏の姿が寝室にない。一体どうしたことだろうと言っているうちに、地下の書庫だけを見ていないことに気がつきました。そこで私と有栖川、船沢さんと、石町さん、光司君とで地下室に見にいったんですが、押しても引いても開かないんです。またも掛け金が降りていたのです」

鵜飼が口を挟みかけたが、火村はおかまいなしに続けた。

「やはり中に誰かがいるわけです。しかしいくら呼びかけ、ドアを叩いても返事がない。今度は窓へ回って覗き込むこともかなわない。そこでやむなくドアを壊すことにしました」

「ノブの脇に穴が開いていましたね」

「私が金槌で開けました。そこから手を入れ、掛け金をはずしたんです」

警視は長い人差し指を蠟燭《ろうそく》のようにピンと立てた。

「確かに掛け金は降りていたんですね？」

「ええ。未来の妻の名に賭けて」

そんな言《い》い種《ぐさ》に、警視は小鼻に皺を寄せた。

「真実だけを簡単明瞭に語ってくだされればいい。——火村さん、あなたは犯罪学の学者だそうですが、ご自分が証言していることの重要性を認識していますか？」

「今は何も考えず、ただ事実だけを語っています」

「それは結構。しかし、どうも話が矛盾していますね。内側から掛け金が降りていたというのに、開けてみると中にはまたしても生きた人間はいなかったんでしょう？」

「はい。——しかしその現象をもって私の話が矛盾していると責められることはないでしょう。すべてありのまま供述しているんですから」

「ありのまま？」

「はい。初恋の人の名に賭けてもいい」

それはもういい、と言うように鵜飼は手を振った。

「しかし、今度は書斎と様子が違ったはずですね？　あそこは壁面が作り付けの書棚で埋まっているだけでなく、部屋の中央にも背の高い書架が三つも立っていた。人が隠れる余地は充分にありますから」

大崎警部が口を開いた。浪曲師《ろうきょくし》のようにしゃがれた声だった。

「おっしゃるとおりです。ですから、何者かが潜んでいないかと調べました」

「書架の陰を調べても誰もいなかったと言うんですね？」

鵜飼の問いに「はい」と火村は答えて背もたれに体を倒した。警視はそれを見て唇を嚙む。理屈に合わない供述を涼しい顔でする火村が気に障《さわ》るのだろう。しかし、一座の誰に尋ねても話す内容は変わることなどないのだ。

「生きた人間はいませんでした。捜して見つけたものは、空になった灯油の缶一つだけです」

その缶は暖炉から一番遠い書架の裏側に転がっていたのだった。私や船沢ら、何人かが見ている。

「とすると、この密室についても推理作家の皆さんにご意見を伺うことになるんでしょうかね」

警視は皮肉っぽく言って私たちをじろりと見た。刺激してはいけないと思ったのか、さすがに風子も神妙な顔で黙っている。

「火村さん」と大崎警部が言った。

「何でしょうか？」

「事実だけをお話しいただいてきましたが、ここで一つ違う質問をさせてください。地下室のドアを開け、死体を発見したところが室内には誰もいなかった。そのことを知った時にあなたはどうお感じになりましたか？」

この質問は私の意表を衝いた。自分はどうだっただろう？　そう、私はしばらく状況を飲み込むことができなかった。おや、変だな。何か勘違いをしているかな、とまず思った。いや、そうではない。これは推理小説でお前も扱ったことがある状況ではないか。密室の事件なのだ、と思い至ったのは数分の後だった。恐怖などというものはなく、まだ何か見落としをしているような気がするばかりだ。

「警察に説明するのに骨が折れるな。私はそう思いました」

火村が答えると、警部は口許をへの字に曲げた。

「どちらの部屋にも暖炉がありましたが、今時珍しいものがあるんですね」

気を取り直したように口調を改めて鵜飼が言った。

「掛け金と同じで、暖炉も実用に供していたわけではありません。言わば装飾用の暖炉です」と佐智子が答える。

「ん？　と言うとふだんは使っていなかったんですか？」

「はい。もちろん二つとも実際に使える暖炉ですけれど、もっぱらエアコンか灯油ストーブで暖を取っていました。ですから、この家には薪《まき》の用意もありません」

「灯油、灯油ね」と警視は繰り返した。「なるほど、二つの遺体は灯油を振り撒かれた上で火を点けられてました。——地下室に転がっていた灯油缶はご覧になりましたか、奥さん？」

「私、奥さんと呼ばれる立場ではありません」

やんわりと言い返されて、鵜飼は「失礼」と詫びた。

「お尋ねの缶ですが、私も見ました。ええ、あれはうちで使っているものと同じ種類のものでした」

「灯油缶はいつもどこに置いてあるんですか？」

「裏口の脇に。車庫の隣の物置に入れてあるものもあります」

「今、未使用の缶がいくつあるはずなのか、お判りですか？」

「裏口の脇に二つ、物置に二つ……多分、四つです」

物置にふた缶あるのは私も見た覚えがある。

「うん、四つあるはずよ」と真帆が母親を力づけるように言った。

大崎が手帳に控えた。当然、確認すべき事項だ。

「その四つのうちの二つを犯人が持ち出したのかもしれません。いずれにしても犯人は、この家の内情に詳しい人物でしょうね」

鵜飼がそう言った時、これまで彫像のようにじっとして聞いていた杉井が身を乗り出した。

「それはどういう意味なんですか？　灯油缶のありかを犯人が事前に知っていたらしいので、それだけで内情に詳しいと？　あんなものがどこにあるかは外部からきた者にも簡単に見当がつくと思いますよ」

ここまで話が進んできてようやく大切な問題に気がついた。この事件の犯人は星火荘の内部にいた人間なのか、それとも外部から侵入した何者かなのか、という問題だ。私は無条件に、犯人は外から来襲したものと思い込んでいたが、刑事らの目から見れば、内部犯行と考える方がずっと自然なのかもしれない。――ここの周囲何キロかに住んでいる者は現在いない。犯人が遠くからスキーかトナカイの橇《そり》でやってきたなどと思うのがどうかしている。

「外部からきた者」鵜飼は皮肉っぽく復唱した。「泥棒ですか？　泥棒が居直って犯行に及んだとおっしゃる？」

「いや、泥棒は」杉井は言い淀んだ。「泥棒は書斎で死んでいた……」

「そう、泥棒ですよ！」

いきなり船沢が大きな声で割り込んだ。警視は少し驚いたようだ。

「泥棒は二人組だったんやないでしょうか？　書斎で死んでた奴の他にもう一人おったんかもしれません。で、そいつらが仲間割れを起こして片方が片方を殺した。そこを真壁先生に見られて凶行に及んだということはありませんか？」

「無理がありますね」

鵜飼は冷たく言った。船沢はむっとしたようだ。

「検討に値すると思いますけど」

「無理があるのはあなたご自身も承知しておられるはずです。二人組の泥棒が仲間割れを起こして一方が一方を殺してしまった。それを真壁氏に見られたために殺害したとすると、その犯行現場が地下の書庫というのはおかしくありませんか？　──まあ、それはいいとしましょう。それでも納得がいかない点があります。林から裏口まで続いていた足跡はひと組だったと有栖川さんが証言しています。どうしてふた組なかったんでしょう？」

「二人の泥棒は別々にやってきたのかもしれんでしょう？　一人は雪が盛んに降って

る間に星火荘に入ってたのかもしれません」

「では、では」鵜飼はまた人差し指を立てた。「その犯人、泥棒Bがここから逃げた跡が家の周囲に遺っていないのはどうしてなんでしょう？　有栖川さんが頭を殴られた時、雪はすでにやんでいました。それから犯人は逃走したんですから、当然その痕跡が遺っていなくてはならないのに、そんなものはどこにもありません。犯人はまだこの家の中にいるんですよ」

「そんなアホなこと……」

「アホなことではない。ここにいる皆さんの中に殺人犯人がいるわけです」

ラウンジ中が水を打ったように静かになった。私は、何か重いものをどっかと肩に投げかけられたような気がした。

「犯人がまだ邸内に潜んでいる可能性もあるんじゃないですか？」

石町が作りものめいた笑みを浮かべながら言った。

「どこにですか？　この家には隠し部屋でもあるんですか？」

「そのようなものはございません」佐智子が蒼い顔で言った。「お疑いでしたらお調べください」

「そうさせていただきましょう。皆さんの部屋も捜査できると好都合なのですが」

構わない、と私たちは口々に言った。警視は満足そうだ。

「では早速そうさせてもらいましょう。――大崎警部」

それだけで以心伝心というように大崎は頷き、ラウンジを出ていった。部下に指示を与えるのだろう。

「ところで」鵜飼はポケットから煙草を取り出した。「あ、吸ってよろしいですか？」

「どうぞ」と言って佐智子が灰皿を彼の方へ押しやる。

「どうも。――ところで皆さんは何の目的でここにお集まりだったんですか？　クリスマス・パーティ？」

「そうです」杉井が答える。「毎年恒例の集まりです」

「真壁氏のご招待で集まってこられたんですね。ということは、ごく親しい方々の親睦の集まりだったわけだ」

彼は、いかにもうまそうに煙草をふかす。

「ところがそれなのに、こんな事件が起きてしまった。そのことについてお考えのある方はいらっしゃいますか？」

真壁と私たちの間に何か確執《かくしつ》があったのではないか、と疑っているのだ。そんなことを尋ねられるのは心外だ、というふうに船沢が口を開いた。

「刑事さん、失礼ですがその質問は的はずれやと思いますね。私たちはみんなで楽しくクリスマスを過ごしたんです。いがみ合ってたわけやないし、酔って口論をした者もいてません。真壁先生にはふだんからよくしていただいてる人間ばっかりで、みんな先生のことを慕ってました。問題にするべきは、書斎でことわりもなしに死んでたあの男やないですか？」

鵜飼は、余裕のある様子で私たちを見回した。

「皆さんいかがです？　今の船沢さんのご意見に同意されますか？」

「しますね」杉井だ。「彼の言うとおりです。書斎で死んでいた男こそが疫病神《やくびょうがみ》です。きっとあの男がすべての元凶に違いありません」

「なるほど。しかし、残念ながら死人に口なしですから、彼に事情聴取をするわけにはいきません。皆さんにお訊きするよりないわけでして」

生意気な関係者ばかりだ、と彼は思っているのだろう。しかし、それと同時にお前たちの中に犯人がいるんだから網の中に追い込んだも同然だ、という余裕を感じかけているかもしれない。

「死体の身元は判りそうですか？」

風子の問いに警視は「手はすでに打ちました」と答えた。顔も指紋も損傷しているのに、どういう手だろう？

「確認のために伺いますが、書斎の死人が何者なのか、どなたもご存じないんですね？　後で関係があったと判ると面倒なことになりますよ」

私たちの間から少し不満そうな囁きが洩れた。石町が言う。

「そうおっしゃいますが、あんな状態の遺体を見ただけでは断定的なことは言いにくいのも事実ですね。顔が損傷しているんですから」

「石町さんの言うとおり。私の父親でないことは確かですけど」

風子が及び腰でへらず口をきいたが、鵜飼は聞き流した。

「私が知らない人だったのは確かです」

真帆が小さな声で言った。男の顔を見た彼女と私だけは、そう言い切ることができたのだ。

どたどたと足音をたてて大崎警部が戻ってきた。彼は部屋に入るなり質問を放つ。

「屋根裏部屋に上がる階段のあれは何なんですか？」

石灰のカーペットを見て驚いたらしい。

「あれですよ」石町が溜め息をつきながら「私の部屋の前に石灰が撒いてあったと、

さっき有栖川君が話したじゃないですか。パーティの最中に誰かが悪戯をしたんです。石灰の粉が撒いてあったんですよ」

「階段に撒いてあったんですか?」

鵜飼が大崎に質す。警部は見てきたものを報告した。

「この家には石灰を使うことがあるんですか?」

鵜飼の問いに佐智子がかぶりを振った。

「いいえ、そんなもの誰がどこから持ち込んだのやら判りません」

警視は「ふぅん」と唸る。

「それがですね、警視。おかしなのはその階段の粉だけではないんです。屋根裏部屋のドアには石灰でXだかバツ印だかが書いてあるし、安永彩子さんの部屋の窓にも不審なマークが書いてあるんです。あれもご説明願わなくては」

「悪戯なんですよ、あれも」

石町が捨て鉢な口調で言うと、警視の目がきらりと光った。

「昨夜はおかしなことがまだ他にもあったようですね」

3

あまり趣味のよくない悪戯とそれが引き起こした小さな騒動。その顚末《てんまつ》を石町がひと通り説明するのを、二人の刑事は腕組みをしたまま黙って聞いていた。聞いているうちに次第に彼らの眉間に皺が寄る。

「何ですか、そりゃあ？」

大崎は、最後まで聞いてから潰れた声で言った。

「何ですかと訊かれても困るんです。空振りに終わったジョークだとは思うんですが」

「しかしね、石町さん。ただのジョークにしては随分と凝った真似ですよ。石灰、スプレー、ワインに白い杖——トイレットペーパーは除くとして——他に目覚し時計入りの熊のぬいぐるみでしょ。これだけのものを用意するにはお金もかかったはずだ。それに、何やら意味ありげな妙な組み合わせですねぇ」

「ええ、私たちもみんなそう思いましたよ。でも、これが悪戯でないとしたら、それこそどういう意味があるんですか？」

警視は二本目の煙草を出して、トントンとテーブルを叩いた。

「推理作家の皆さんが考えて判らない謎かけですから、即座には答えられませんね。宿題にして考えておくことにしましょう」

戸口に若い刑事が立ち、目顔で大崎を招いた。警部は機敏な動作で彼の許へ行き、何ごとか報告を受ける。聞き終えると彼は鵜飼に耳打ちをしだした。いい大人が伝言ゲームをしている。

「内緒話はこれぐらいにして、皆さんにも今入った報告をお伝えしましょう」

鵜飼は思っていたよりサービスがいいようだった。

「まず安永彩子さんの部屋のベッドの下から、白い塗料のスプレー缶が見つかりました。窓の落書きに使用された塗料の缶です」

彩子の口が「まぁ」という形になった。

警視は続ける。

「また、船沢さんの部屋のベッドの下からはワインの空ボトルが発見されました。白ワインだそうですから、これも悪戯に使われたものの残骸でしょうね」

よけいなコメントを加えることはせず、彼はそこで言葉を切った。こちらが何か言いだすのを待っているらしい。その期待に応えたのは風子だった。

「悪戯者はパーティの最中のわずかな時間に大急ぎで悪さをして回ったはずですけど、その後始末をする暇はなかったということでしょうね」

「後始末だけの問題ではないと思います」

私は思わず口走っていた。警視と目を合わすのは鬱陶《うっとう》しかったので、風子に向かって話す。

「大急ぎで悪さをして回るためには周到な準備が必要だったはずです。犯人は昼間のうちから小道具であるスプレーやワインボトル、それに杖や白熊のぬいぐるみをそれぞれの部屋のベッドの下に隠しておいたんやないでしょうか。それなら手ぶらで部屋から部屋へ移動しながら犯行をして回れたでしょう。私だったらそうします」

「あら、それもそうね」

悪戯の犯行に要した時間は十分だろうか、十五分だろうかと話していたが、事前準備を行なっておけば十分でこと足りるような気がしてきた。

「有栖川さんは今犯人とか犯行とかいう言葉を遣《つか》いましたね」

鵜飼が微笑をして私を見た。

「……ええ」

「単なるレトリックにすぎないのでしょうが、ちょっと気になりますね。昨夜の一連の悪戯と殺人事件との間に何か関連があるとお考えなんですか？」

そんなことは考えてもみなかった。

「いいえ」

「刑事さんは関連があるとお思いですか？」

質問されてばかりではつまらない、というように船沢が尋ねた。

「気になる、というところです。これも宿題にしておきます。――ところで皆さんの中で、ここまで車でやってきたのはどなたですか？」

突然質問の趣が変わったので、どうしてそんなことを尋ねるのだろう、と思う。これには船沢が代表して答えた。

「私と石町先生と高橋先生とです」

「三人が一台の車に同乗していらしたんですか？」

「違います。三人とも別々にきました。他の方は電車です」

「お三方のうちのどなたが悪戯の犯人ですか？」

いきなり斬り込まれて三人ははっとしたようだ。私はどういうことか、と座り直す。

「私は悪戯者を捜しにきたわけではありませんが、捜査の上で気になる点は明らかにしておきたいんです。——さぁ、自供していただきましょうか」
「そうかそうか」石町が納得した様子で「車でやってきた者の中に悪戯犯人がいると
おっしゃるんですね？　つまり、あれだけの小道具大道具をここに持ち込むためには
車が必要だったはずである、というわけだ」
「はい。ワインやぬいぐるみぐらいなら手提げ鞄に入ったでしょうが、あの石灰の袋
ほどの大きさと重さがあるものは、車のトランクに入れでもしなくては運べたもんで
はない。——いかがですか？」
もっともな話だったが、三人は揃って自分ではないと言い張った。その語気の強さ
に警視は少し驚いたらしい。
「おや、どうしたことですか？　皆さんまるで侮辱《ぶじょく》されたと言いたいようですね。あ
まり受けなかったとはいえ、たかがジョークじゃありませんか。そんなに向きになっ
て否定することはないでしょうに」
「やってないものはやってないとお答えするしかないです」
「あれは悪質な悪戯です。私はそんなことといたしません」
船沢、風子がすぐさま言い返した。
「しかし、電車できた方には無理だったでしょう」

警視が言っても三人は聞かない。

「いいえ、そうとは限りませんわ。あれが緻密な計画に基づく犯行だったとしたら、事前にこの付近に運び込んでおくことはどなたにもできたんですから」

「そんな馬鹿な」と鵜飼は嗤った。

「ま、馬鹿？」と風子が大袈裟にのけ反る。

「失礼。――しかし、そんな緻密な計画を立てるほどの悪戯なんでしょうかね、あれが？　そんなことは極めて考えにくい」

「じゃあ、宿題にしておきましょう」

火の点いていない煙草をくわえた火村が横手から言った。警視はじろりと彼を睨んだが、何も言わなかった。黙ったまま腕時計を一瞥する。

「五時が近い。皆さんもお疲れのことでしょう」

そして不意にそんなことを言うのだ。

「少しお休みいただいて、これ以上のお話は朝になってからにしましょう。その間の捜査中に明らかになることもあるでしょうから、それをふまえて今度はお一人ずつお話を伺うことにします。――皆さんから質問はありますか？」

船沢が指を開いた手を上げた。

「明日、私たちはここを出て帰る予定でした。それは無理でしょうね？」

「はい」

「やむを得んと思いますけど、いつまでここに留まったらいいんでしょうか？」

「はっきりとお約束できませんが、明日一日はここから出ないでいただきたい」

それは困る、と言い返す者はいなかった。作家たちは予定が一日伸びたところで支障はないだろうし、編集者らも年内の仕事はほとんどすべて片づけてここにくるのが常だから、会社に電話の一本も入れれば問題ではないのだろう。冬休みに入った火村助教授については言うまでもない。

「皆さん、申し訳ございません。とんだことに巻き込んでしまいまして」

佐智子が左右交互に深く頭を下げて詫びた。謝罪されて私たちは恐縮する。

「そんなことをおっしゃらないでください。一番おつらい方がそんなこと……」

彩子が自分もつらそうな顔をして言いかけたが、途中でその言葉は消え入ってしまった。敬愛していた作家の悲惨な最期に、彼女自身が相当の衝撃を受けているはずだ。

警視は「では」と立ち上がり、警部とともにドアに向かった。

「少し休みましょう。せっかくの刑事さんのお慈悲なんですから」

杉井が溜め息をつく。

「あら?」

みんなが席を立ちかけた時、真帆が窓の方を見て小さく言った。

「雪が……」

また雪が舞っていた。

「われわれがここへくる時にはもう降っていましたよ」

戸口で振り返った鵜飼が言った。

ちっとも気がつかなかった。

4

部屋に戻ると、火村は倒れるようにベッドに仰向けに転がり、私は頭を庇いながら静かに横向きに寝た。パーティ、悪戯騒動の後に二つの殺人事件に遭遇してしまい——私はその間、気絶までしている!——身も心も疲れてぐったりとなってしまっていた。

「おい、どうだ?」

向こうのベッドから友人の声が飛んできた。空元気なのか、やたら威勢のいい声だった。

「どうだって、何がどうだなんや。殺人事件初体験の感想を俺に求めてるんか？」

紙の上で何十人も殺してきた人間に、本物はどうだ、と聞いてくるとは無神経な奴。

「馬鹿。頭の具合はどうだって聞いてるんだ」

私は勘違いを恥じた。

「ありがとう、大丈夫や」

「ならいい。——ところでどうだ？」

「え？」

「今度は推理作家らしく考えてるのか、と訊いてるんだ。この事件は警察を手こずらせるかもしれない」

「そうかな。容疑者はこんなに狭い場所に閉じ込められてるんやから楽な仕事や、と思うてるかもしれんぞ」

「犯人をとっ捕まえることはできても、そいつの口から吐かせないと、何が起こったのかのすべてに説明をつけるのに手こずるかもしれない。まだデータが出揃ってないからだろうが、俺は頭の中がぐちゃぐちゃだぜ」

謙虚《けんきょ》な発言だ。

「おかしなことだらけだ。おかしなことが、もつれた糸みたいに塊になってやがる。

——どれだけおかしなことがあったか、指折り数えてみようか？」

「はったり好きのインテリがよく言うように、重要なポイントは三つあります、とやらかすつもりやな」

「三つですみゃあ苦労はない。呑気《のんき》なこと言うなよ、先生」

「呑気に聞こえて悪かったな。そしたら講義してもらおうか、先生に」

私は彼の方を見て言ってやった。

「ああ。始めるぜ、先生」火村は頭の後ろで両手を組んだ。「順不同でいくからな。

——一、パーティの後で明らかになった一連の悪戯らしきものに悪戯以上の意味はあるのか？　そしてそれは殺人事件と関連があるのか？」

「さっきも出た疑問やな」

石灰の粉、スプレーで書かれたハートの落書き、靴に注がれた白ワイン、トイレットペーパー、偽時限爆弾入り熊のぬいぐるみ、盲人用の杖。そういった品々のすべてに何か共通する意味があるのか？　もしくはそのうちのどれかに意味があるだけで他のものはカモフラージュなのか？　またはそのすべて、あるいはどれかの、白いという属性に意味があるのか？　——それが判らない。

「そう、宿題だ。——二、書斎で死んでいた男は何者なのか？」

「焦茶色のサンタクロースは本当に泥棒やったのか、他の目的があったのか？」私は言い換えた。

「三、彼はどうやって裏口を開けて入ることができたのか？」

そうか。それも疑問点なのだ。

「誰か内部の人間が開けん限りあの男は家の中に入れんかったはず、ということやな」

「泥棒のプロが自力で開けたという可能性もあるけどな。——四、男の死体は何故火を点けられたのか？」

「真壁先生の死体もや」

「それは五にしておこうか。別の理由があるかもしれない」

「そうかな？」

「というのは、書斎の暖炉で燃やされてたのが死体だけではなかったからだ」

それは初耳だ。

「他に何か燃やされてたんか？」

「紙だ。何枚かの紙が燃えて灰になってた。あれが何なのかは後で刑事に訊くことにしよう。教えてくれるかどうかは怪しいけどな」

「紙ね」

私が口の中で繰り返していると、火村は先を続けた。

「というわけで六は、その紙は一体何だったのか、ということ。七、犯人は何故書斎を密室にしたのか？」

私ははっとしてしまった。そんな基本的な疑問をこれまで抱かなかった自分の愚鈍さに呆れたのだ。そうなのだ。俄然《がぜん》、強い違和感が私を襲う。

迷惑至極なことながら、犯人には私を殴り倒す理由があった。何しろ死体と一緒にいるところへのこのこ入っていったのだから、さぞや慌てたことだろう。まさか私に殺意を覚えたということもないだろうが、殴り倒してその間に逃走しようとしたわけだ。しかし、それならさっさと逃げればよかったではないか。どうして――どれほどの手間をかけたのか不明だが――わざわざ密室を作ったりしたのだろう？

「ほんまや。それは解明すべきポイントやな」

「八、犯人は何故地下室を密室にしたのか？」

「うんうん」

「九、何故、真壁聖一は殺されなくてはならなかったのか？」

全くそのとおり。刑事たちに船沢が言ったように、私にもその心当たりがない。

「考え込んでるみたいだな、アリス」

火村は私と立場が違うからそんなことが言える。私以外の誰ともここへくるまで面識がなかったのだから、いくらでも客観視できるだろうが、こっちにとっては程度の差こそあれみんな親しい人間ばかりなのだ。ひょっとしたらあの人が、という疑惑すら浮かばない。

「当然、警察はここを突いてくるぞ。思い当たることがあるなら予行演習のつもりで俺に話してみろよ」

「そう言われてもなぁ……」

唸っていると彼は体を起こして、ベッドの縁に腰掛けた。私も同じようにして向かい合う。私の返事を待つように彼はキャメルをくわえた。

「何もおかしなことはなかったのになぁ」

「いや、あった」

彼は決めつけた。

「何があったんや？　俺らの間の人間関係に君がいつどんな鋭い洞察を加えたのか、聞かせて欲しいもんやな」

「子供じゃなかったらおかしいと気がつくことがあったさ。――昨日の夜のパーティでひっかかる場面があったとお前も認めるだろう？」

「ああ」私は察しがついた。「あんなことか」

「あんなこと？　俺が言おうとしてることが何か判ってるのか？」

もちろんだ。昨夜のパーティがいつものような盛り上がりを欠いた原因となった二つのささいな事件――一つは真帆に「彩子さんとチークでも踊ったら」と冷やかされた石町が不機嫌そうにこれを強く拒んだこと。もう一つはその直後、「先生と踊ろうかしら」ともたれかかった風子を真壁が大人げなく押し返したこと。

「この二点やろ？」

「上等だ。これって自然なふるまいか？　事件のほんの数時間前のことだ。それまでがすべて世はこともなし、だったとしたらよけい気になるじゃないか」

「うん」

「で、お前はどう解釈している？　何か言え」

私の頭の回転は彼が期待しているほど早くない。彼はわずか五秒しか私に与えてくれなかった。

「何だ、考えがないのか。じゃあ、俺が言うことに賛成か反対かだけ答えてくれ。──安永彩子という女性は、真壁聖一にとって本当に単なる担当編集者だったのか？」

「婉曲な訊き方をするやないか。要するに、彼女と真壁先生との間に男と女の関係があったんやないかと勘繰《かんぐ》ってるんやな？」

「男と女の関係、か。それこそ婉曲な表現だな。俺はそこまで言わない。俺が言おうとしているのは、彼女と石町さんの仲を知った真壁氏は嫉妬《しっと》したであろうか、という点だ」

「嫉妬……」

「彼の嫉妬を感じたから石町さんは彼の前で安永嬢と踊ることを拒み、一方、嫉妬に苛立っていたがゆえに真壁氏は高橋女史の誘いを固辞した。男女の気持ちの機微に精通した俺のこの見方、どうだ？」

「蛆《うじ》を湧かせた男やものくせに、何が男女の気持ちの機微や」

「男余り時代の被害者はお互い様じゃねぇか。──で、ご意見はそれだけ？」

私は彼が言ったことを少し考えてみた。

「否定する材料はない。安永さんと先生が仕事上の付き合いを離れてどれぐらい親密やったのかは判らん。男と女の関係ということはなかったやろうと俺は思う。けれど、先生が自分の半分ほどの年の安永さんに思慕の念を抱いていたとしても、それは外から見て判らんかったやろうな」

「これまでに思い当たる節はなかったのか？」

「特にない」

「そうか」彼は煙草を揉み消した。「十」

「何がジュウや？」

「疑問点の十だよ。――書斎の密室はいかにして作られたのか？」

「十一、地下室の密室はいかにして作られたのか？」と私は言い返した。

「解いてくれ。専門家だろ？」

「そんなもん、簡単に判るか」

「簡単に判るかもしれないぜ。推理作家じゃないんだから、殺人犯人は前例がないような独創的なトリックを使う義務はなかったんだからな」

「それはそうや。君はさっきも刑事にそんなことを言うた。推理作家に意見を訊け、やなんて、刑事を挑発するのもええとこやけどな」

「俺がこんなことを言うのには根拠がある。書斎のドアの下には糸が通るぐらいの隙間はありそうだった。それに、掛け金の落とし金にセロテープを貼って、また剝したような粘り気があったのを俺は知っている」

私は腰を浮かせそうになった。

「何やて？」

「おや、驚いたか？」

彼は文楽の人形のように眉を上下させた。

「ふざけてる場合か。今言うたことはほんまか？」

「本当さ。現場保存をして警察に通報だ、と言いながら見るものはちゃんと見て調べるべきものは調べてるのがフィールドワーカーの腕というものでね」

「自慢はええ。ということは、あの書斎の密室というのはごく原始的《プリミティブ》な密室トリックでできたというわけか……」

落とし金にセロテープを貼りつけて受け金に落ちないように固定する。そして、セロテープに糸を巻き、その糸はドアの下を潜らせる。そのままの状態で部屋を出、ドアを閉める。その後、糸が切れないようにそっと引くとセロテープはぽろりとはずれ、落とし金はぱちんと受け金に落ちる。糸を手繰れば使用ずみのセロテープは回収できる。七、八十年前に〈針と糸の密室〉として流行した単純な機械的トリックだ。当時使われたのはセロテープではなく、もっぱら針やピンセットだった。

「それが真相かどうかはさて措き、可能性はありそうだな。お前がそんなトリックを小説で使えば四方八方から石が飛んでくるんだろうが、さっきも言ったように現実の殺人犯はわざわざ新規の手品を考案する必要はない」

「刑事にご注進せんとな。そうすれば彼らも手間が省ける。——せやけど、どうしてそんな真似をしたかという疑問は残る。そんな面倒くさい真似をしてる間にさっさとその場を去ったらよかったはずや。昏倒させたとはいえ、いつ俺が意識を取り戻すか知れんのやから」

「そう」

「一本くれ」

彼のキャメルを失敬した。めったに吸わないのだが、時折吸いたくなる。それをふかしながら私は言った。

「問題は他にもある。単純な機械的密室と言うても、指をパチンと鳴らす間にできるというほど簡単なもんやない。糸を操《あやつ》るデリケートな作業なんやから面倒やったやろう。そもそも、セロテープは書斎にあったかもしれんけど、その時に犯人がたまたま糸を持ってたというのも不自然や」

　黙って聴いていた火村が口を開いた。

「実は俺には仮説がある」

　ほぉ、と私は彼の顔を見た。

「やっぱり推理小説を書いてるだけの人間と実践家は違うな。聴かせてくれ」

「あくまでも推測だと承知して聴けよ。犯人はのこのこ殺人現場に入ってきたお前を灰皿で殴って寝かせた。その後、どうしてすぐ逃げなかったのか？　その点についてはこう思うんだ。——犯人は時間稼ぎがしたかったんだろう」

「何の時間を稼ぐんや？」

「暖炉で何かが燃える時間だ。お前が意識を回復して書斎を見に戻ろうとしてもそれができないようにしたのは、何かが燃え尽きる時間を稼ぐためだったのさ」

「そうか」私は理解した。「それで俺を書斎からラウンジまで引きずっていったのか。書斎の内側から掛け金が降りてるのに気がついた時、犯人が籠城を始めたと思うたやなんてお笑い種《ぐさ》やな。犯人は俺を書斎から締め出したかっただけやったんや。ところでその暖炉で燃やそうとしてたものが何かやけど……」

　私は大いに興味をそそられて身を乗り出した。

「野郎が顔を突き出すな。――何かとは何なんだ、と訊かれてもまだ判らない。ただ、それは死体のことじゃなかったと思う。あの死体の顔と指を焼くぐらいなら、それほど時間はかからなかったろうから」

「とすると、さっき言うてた紙の燃えた灰というのが目的か？」

彼は頷いた。

「多分。犯人はあれが燃え尽きる時間が稼ぎたかったのさ。燃え滓になっても警察の科学捜査に遭えば何が書かれていたのかを復元することが可能な場合も多い。完全に灰になるまで燃やさなくては、と犯人は思って時間稼ぎをしたのだ、と俺は想像する」

「それも刑事に話そう」

「見返りに燃えた灰から何か判ったかどうか聞かせてもらいたいな」

彼の仮説は一応の筋が通っていた。何故、犯人が書斎を密室にしたか、という謎が一つ解けたような気がする。

「けれど、地下の書庫が密室になってたのはどういうわけやろう。あれも何かの時間稼ぎか？」

「さぁな。書斎を密室にしたように数分の時間が欲しかった、という事情ではなさそうだな。かといって、真壁氏の死体の発見を遅らせるのが目的だったとも思えない。他のどの部屋にも彼の姿が見えなかったら、あの書庫の中に違いないと誰しもがそのうち気がつくのは自明のことだからな」

「全く別の理由があるのか……」

私が唸っていると、彼は「十二」と言った。まだ続きがあったか。

「お前が発見した足跡は誰のものか？」

「石町の足跡を踏んだ跡のことやな？」

「そう。夜中にこそこそしてた奴は誰か？」

「そいつが犯人か？」

「その蓋然性《がいぜんせい》を考えてみよう。お前を昏倒させた犯人は、暖炉で何かを燃やす時間を稼ぐために機械的な密室を作った。さて、立ち去ろうというところに足音がして、誰かが降りてくる。石町氏だ。犯人はどこか物陰に身を隠す。そして、石町氏がトイレに入ったのを見た犯人は、この隙にと足音を忍ばせて二階の自室に戻る。——こんなことがあり得たか？」

まず時間的に不都合はないかを考えた。気を失った私を犯人がラウンジまで引きずっていくのに要したのが一分とする。犯行現場に遺留品を残していないか確認するのに二分、密室を作るのにさらに三分。ここまでで六分経過。その時、石町が降りてくる足音を聞いて身を隠す。石町がトイレで用を足すのに何分かかったか定かでないが、小用だったそうだからものの一分ほどだろう。とすると、トイレから出てきた石町が私を見つけて起こしたのは、私が一撃くらってから七分後ということになる。

「計算が合わん」

簡単な足し算の結果とともに火村に言った。

「俺は十五分間は気絶してた。石町が降りてきたのは気絶の十三、四分後というところやろう。犯人は六、七分後には二階へ戻れたはずやのに、どうして石町が降りてくるまで一階に留まってたんやろう?」

「判らん」

火村はあっさりと言った。

「その空白の数分間に、犯人は何をしてたんやろうか?」

「それも判らん。暖炉の紙以外に揉み消す必要があるものが存在していたのかもしれないし」

「もしかすると密室作りに骨が折れたのかもしれへん」

私は無器用に糸を操る狼狽した犯人の姿を想像したが、火村はそれを否定した。

「それはどうかな。『あれぇ、なかなか掛け金が降りないよぉ、ママ』なんてとろとろやってたら、そのうち暖炉の中のものは燃え尽きて、密室を作る理由がなくなったんじゃないのか？　半泣きになってセロテープや糸と格闘することはなかったろうさ」

「かもな」しかし待てよ。「もしかすると、どうしても密室を作らんといかんっていう、別の切実なわけがあったのかもしれん」

「判らない」と彼は繰り返した。

「そうでなかったら、さっき君が言うたように、何か他に湮滅《いんめつ》なり始末なりしたいものがあって、それに時間を取られたのかも」

「かもな」

話が進まないので方向を変えてみる。

「あの足跡は二階の部屋の誰かがつけたものやということは確かやのに、どうして誰も『それは私です』と言わんのか？　とにかく足跡の主が怪しい。言い換えると二階の人間の容疑が濃い」

私が力んで言うと、火村は「どうかな」と言って、またごろりと横になった。

「少し眠る」

私もそうすることにしよう。もし、できるなら――

第六章　フィールドワーク

1

七時半にドアがノックされた時、私は起きていた。

「おはようございます」

佐智子だった。目は充血し、声に張りがない。

「少しはお休みになりましたか？」

尋ねてみると、彼女は小さく首を振った。

「お食事の支度をしてありますので、どうぞ召し上がってください」

「ありがとうございます。――他の方は？」

「皆さんにお声をかけて回っているところです。食堂に降りてこられるはずです」

「警察は何をしていますか？」

「ずっと書斎や書庫、家の周囲を調べています。皆さんの朝食がすんだら順に話が聞きたい、と鵜飼警視さんがおっしゃっていました」

「着替えたらすぐに行きます」

ドアを閉めて振り向くと、火村が頭だけ起こしてこちらを見ていた。

「尋問が待ってるぞ」

私が言うと彼は黙ってベッドを出た。

「結構。俺も訊きたいことがある」

部屋を出、階下へ向かいかけて火村は足を止めた。そして屋根裏部屋への階段の様子を見る。昨夜敷かれた石灰のカーペットはまだそのままだった。階段に残った石町の問題の足跡も消されていない。

食堂に入るとほとんどの人が顔を揃えており、真帆と光司が昨日と同じ朝食をテーブルに運んでいた。杉井が大崎警部に捜査の進展の具合を尋ねていたが、警部はそれを適当にあしらっている。風子と彩子は両手を膝に置いてじっと動かず、石町は頬杖を突いて窓の雪をぼんやり眺めていた。やがて船沢が姿を現し、会話のない食事が始まった。

　私たちが陰気な朝食をすませるのを待っていたかのように、鵜飼警視がつかつかと入場してくる。声明の発表でもあるのか、と思いきや、彼は火村の傍らに寄って小さな声で伝えた。

「火村先生、よろしければあちらのラウンジでお話ししたいことがあるのですが」

　丁重な口調だった。

「尋問のトップバッターに抜擢していただいたということですか？」

「単に証人としてお呼びするのではないんです。――お越し願えますね？」

　二人は少し目と目とを合わせ、互いの心中を探り合っているようだった。

「有栖川と一緒でもかまいませんか？」

「有栖川さんはあなたの保護者なんですか？」

　微かに皮肉っぽい調子を取り戻しながら警視は言った。

「単に保護者でなく、助手として同席させたいんですが――いかがですか？」

　火村の言わんとするところを察したのか、鵜飼は右耳の下を掻きながら承諾した。

「結構です」

　それから彼は背筋を伸ばし、一座の者に告げた。

「他の皆さんはここか、ご自分の部屋でお待ちください。順にお話を伺いたいと思いますので、後ほど一人ずつお呼びします」

好きなようにしてくれ、というような生返事がいくつか返った。

「昨夜は失礼しました、火村先生」

ラウンジで膝を突き合わせて掛けると、鵜飼警視は改まって言った。

「別に失礼なふるまいをされたとは思っていません」

彼はゆっくりと脚を組んだ。

「それなら幸いです。——今朝、県警の栗田《くりた》本部長から連絡が入りました。この事件の関係者に火村先生がいらっしゃることを知っての指示なのです。そのぅ……先生の協力と助言を受けよ、という」

鵜飼はまっすぐに火村の目を見ていた。

「これまでにいくつもの事件で、先生から警察に多大のご協力をいただいていたことを聞きました。私が赴任《ふにん》する以前のことなので存じ上げませんでしたが、一＊＊号事件でも大変有益な助言をいただいたとか」

「あの時は私の方こそ本部長からお世話になりました」

風向きが変わった理由が判った。臨床犯罪学者の名が当局のしかるべき人物まで伝わったのだ。同じ反応が、東京や京阪神の事件ならもっと早く出たことだろう。

「この事件に先生が立ち会われていたのは偶然ですが、私たちにとっては僥倖《ぎょうこう》だったかもしれません。いかがでしょう、お力をお貸し願えませんか？」

「こちらから頼みたいほどでした。お邪魔にならないように充分注意します」

彼はもったいぶらずに答えた。鵜飼の表情に安堵の色が浮かぶ。本部長からの指示を受けたのに火村にへそを曲げられては厄介だ、と思っていたのだろう。彼は「ありがとうございます」と一礼さえした。

「まずご報告します。地下室の死体の指紋から、被害者は真壁聖一氏に間違いないことが判明しました。今、大崎警部が食堂で他の皆さんにお知らせしているはずです」

私たちは黙って頷いた。もしや別人では、という希望を抱き続けていた者はいなかっただろう。

「ところで、事件発生以前からここにいらした先生の目に、何か気になるものは映らなかったでしょうか？」

早速、鵜飼は本題に入った。

「部外者の私にも、この集まりの常連だった有栖川にも、同じように奇異に思えたことが一つあります」

私との検討で俎上《そじょう》に載せたこと――真壁聖一、石町慶太、安永彩子の間に三角関係が伏在していたのではないか、という話を持ち出して、そう推察する根拠を要領よく説明した。

「後で他の方にも訊いてみることにします。直接、石町さんにも伺いましょう」

その後、鵜飼は火村と私に昨夜と同じことを尋ね、私たちは同じ答えをした。そのやりとりに五分ほど費やしてから、初めて火村から質問をする。

「書斎の暖炉から何か発見できましたか？」

「何かが燃やされているのにやはりお気づきでしたか」

「ええ、燃えたのは紙だということが判った程度ですが」

「紙には違いありません」

鵜飼は唇をなめて湿らせた。

「ほとんど灰になっていましたが、わずかに燃え残った切れっ端を調べているところです。詳しいことはまだ判明していませんが、それはどうやら真壁聖一氏の創作メモのたぐいらしいのです。実物をお見せできればいいのですが、何しろ灰になりかかっているものですからここへお持ちすることができません」

そこで彼は手帳のあるページを捜して開き、逆さにして私たちの方に差し出した。

火村が見てから、と私が遠慮していると、鵜飼は「有栖川さんも」と促した。

「今言ったようにこれは推理小説の創作メモではないかと思われるのです。ですから、有栖川さんもご覧になってご意見を聞かせてください」

「はい」

私は火村の横に顔を並べて手帳を見た。それは、鵜飼が証拠物件である燃え滓に残されていた文言《もんごん》を転記したものだった。


……第一の殺人と同……………………ら監視の目が………出……なか……

Aは B、Cとの間…………………婚礼の部屋へはそれまでに一度も…………………

ので………は不可能で……と証明さ………

作中では常に……


鵜飼は何も言わずにページをめくった。また文章の断片だ。


稲葉に……は……三章……で……………い。

共犯の…能性は………………に…………………として否……ること。

……虎……………………ること。

……太陽と月と星の引力……て…………こそが犯人……世……身

…………………。


「いかがですか？」

鵜飼が尋ねると、火村は私の方を見て「いかが？」と言った。

「この中で出てくる稲葉《いなば》という名前は、おそらく真壁先生の小説に登場する、名探偵、稲葉勇征《ゆうせい》のことだと思います。ＡＢＣなどというのも登場人物を指しているんでしょうね」

「『作中』なんて言葉も入ってるぜ」

火村が口を挟んだ。ああ、そのとおり。そんなことも見落としていた。われながら大した観察力だ。

「ということは、やはりこれは小説の創作のためのメモなんでしょうね？」

「そのようです。『第一の殺人』『監視の目』『不可能』『稲葉』『共犯』『犯人』。これだけヒントがあれば、真壁先生お得意の密室殺人ものの推理小説の創作用メモだとしか、私には思えません」

「これまでに真壁氏の創作メモをご覧になったことはありますか?」

「それはありません」

「では、もし創作メモがあるなら、おそらくはこんなものであろう、という感想ですね?」

「ええ。ただ、真壁先生は創作メモをいつも書いてらしたようですよ」

鵜飼はふんふんと頷きながら手帳を閉じる。

「燃やされたのはどんな紙で、何枚ほどあったんですか?」

火村が尋ねた。警視は手帳の栞《しおり》紐を人差し指に巻きつけて弄《もてあそ》びながら、

「A4サイズのごくありふれたルーズリーフ用紙だったようです。創作メモらしきものはそこに書かれていました。枚数はおそらく十枚。うち九枚は完全に灰になっていて、私がメモに控えた途切れ途切れの文章は、すべて燃え残った一枚に書いてあったものです」

「筆跡は鑑定できそうですか?」

「難しいでしょう。もちろん調べてみますが」

私は事件の捜査中であることを少し忘れて、先ほど見せられた創作メモらしきものの断片を思い返していた。

『監視の目』『婚礼の部屋』とあったが、それはいかなる状況なのだろうか？　何やら横溝正史《よこみぞせいし》の『本陣殺人事件』めいたものが想起される。そんなことはまぁ、いい。気になるのは実に唐突に現われる『虎』『太陽と月と星の引力』なる言葉だ。婚礼の日に名家のお屋敷で起きる事件などを思い浮べているところへ、何と飛躍した言葉が割り込んでくるのだろう。真壁聖一は何を書こうとしていたのか、私は無性に気になってきた。――しかし、それは事件の捜査に関係あるまい。

いやいや。ちょっと待てよ、と考え直す。

「その紙切れが真壁先生の創作メモで、犯人はそれを湮滅してしまいたかったとしてですね――」私はおっとりと口を挟んだ。「犯人はどうしてそれを燃やしたりしたんでしょうか？　わざわざ密室まで作って」

「わざわざ密室まで作って、とはどういう意味でしょう。燃やされたメモと現場が密室であったことと何か関係があるんですか？」

鵜飼には私が言うことが判りにくかったらしい。そこで、犯人が現場を密室にしたのは、暖炉の中の紙切れが燃え尽きる時間を稼ぐためだったのではないか、という火村の仮説を紹介した。また、書斎がいかにして密室になったかについても、セロテープと糸とによる単純な機械的トリックが施されたのであろうということも話す。そこまでして抹殺したかったものがたかが小説の創作メモだとはどうしたことか、というのが私の疑問なのだ。

「なるほど。言われてみれば興味深いことですね」

鵜飼は手帳で左の掌を軽く叩きながら言った。興味深いとはまた気楽な表現だ。

「もしかすると……」

私が言いかけると、警視は膝を乗り出した。

「何かお考えが？」

「ええ。もしかすると、犯人は先生の創案した密室トリックを盗んだのかもしれません」

私の言葉に鵜飼は興味をそそられたように見えたが、火村は無表情のままだった。

「犯人がトリックを盗んだということは……つまり、その真壁氏創案のトリックによって、地下室の密室は作られたとおっしゃるんですか？」

「違うでしょうか？」

「これはまた、しかし」鵜飼は唸った。「何とも面妖な事件ですね。被害者は自分自身が考え出したトリックの中に落ち込んだだなんて、実に皮肉なことです」

彼は私の思いつきに飛びついてきた。そうあっさりと認定されるほど根拠がある推論ではないので、私は戸惑ってしまった。

「もちろんこれは想像で、そうと決まったわけではないでしょうが」

自分から断わりを加える。

「それはそうです。しかし、充分考えられることではないですか。ここにいた方はみんな、真壁氏が次作を執筆中で、その創作メモが書斎にあることを知っていたか、もしくはその存在を想像できたのでしょう？　彼を殺すためにそれを盗むこともあり得た。——どうです、火村先生？」

意見を求められた彼は、微かに首を右に傾げた。全く興味をそそられていないらしい。

「面白い想像ですが、納得がいかない点がいくつかあります」

鵜飼は口許を引き締めた。

「どういう点がですか？」

「何よりもおかしいのは、犯人がトリックを盗んでまで作った密室に何の意味があるのか、ということです。何故、わざわざ真壁氏殺害現場を密室にしなくてはならなかったのか説明が必要です」

それはこれから別途に検討すべきことだろう。私がそう思っていると、鵜飼が軽く反論する。

「盗まれたトリックは単なる密室製造方法ではなく、殺害方法だったのかもしれないではないですか。何か……特殊な殺害方法。推理小説でよくあるんじゃないんですか？　現場が密室になったのはその結果にすぎないのかもしれません」

火村は今度は左に首を曲げる。

「真壁氏が創案した特殊な殺害方法で、真壁氏本人を殺すことができるでしょうか？」

「自分が掘った落とし穴に落ちる、ということも人間にはありますよ」

鵜飼は負けていなかった。

「そうですね」と火村は折れてみせる。「それがどんなふうに特殊だったのかが不明ですから、自分の掘った穴に真っ逆様に落ちていったのかもしれない。――ただ、どうして真壁氏のトリックを盗む必要があったのかという疑問は残ります。そんなことをせず、もっと手っ取り早くやろうとすればできたでしょうに」

手っ取り早くやる、というのはやや不謹慎だが、確かに保留しておくべき疑問点だろう。――火村が続ける。

「こういう疑問もあります。何かの事情があって犯人が真壁氏のトリックを盗んだとしましょう。メモは金庫に入れられて厳重に保管されていたわけではないでしょうから、機会はいくらでもあったでしょう。ところで、犯人はいつメモの中味を盗んだんでしょう？　一昨日の夜か、昨日の朝か、昼か、夜か、それは判りませんが、当然ながらその窃盗は真壁氏殺害より前だったはずです。よし、これでいってやれ、と考えたんでしょうからね。それなのに、どうして夜中になってからこそこそと暖炉で燃やそうとしたんでしょう？　そんな間抜けなことをするから、有栖川に見つかりそうになって慌てて灰皿を振り上げたりしなくちゃならなかったんです。昨日の昼間メモを見たのなら、その時にメモそのものを盗んで破棄しておけばよかったものを、というのが第二の疑問点です」

「メモそのものを書斎から持ち出せば、真壁氏に気づかれる恐れがあったからだとも考えられます」

鵜飼は素早く反応して問い返す。

「クリスマスにこれだけの客を集めているんです。彼は事前に仕事を片づけていて、この時期筆を執《と》ることはなかったでしょう。一昨日の夜に、彼と杉井さんの間で実際にそんなやりとりがありました。ですから、あらかじめメモを破棄しておいても、真壁氏がそれに気づくことはまずなかったのでは？」

私もそれには同感だった。従って、火村の第二の疑問点は打ち消せないということになる。

と、そこでまた私はおかしなことを思いついた。

「深夜に書斎でメモを見て、燃やしたその後で、犯人は真壁先生を殺害したとは考えられませんか？」

二人は揃って私の顔を見た。思いがけない発言だったようだ。おかしなことを口走ったのだろうか？　いや、あながちそうとも言えないかもしれないではないか。

「それならさっき火村が言った第二の疑問点が解決するやないですか。犯人が夜中にわざわざメモを燃やしていたのは、その時初めてそれを手にしたからです」

「ナンセンスだ」

火村が遠慮のない言葉をぶつけてきた。

「何でや？」

「何でやって、とぼけてる場合かよ。よく考えてみろ。書斎で殺されていた男のことはこの際棚上げしておいてやる。――犯人は午前二時に書斎に忍び込んで真壁氏のメモを見た、とするよな。で、それを燃やしている最中にお前がやってきたので殴って気絶させた。伸びたお前をラウンジまで引きずっていって、書斎を密室にする。そして地下室に降りていって、そこに呼びつけていた真壁氏を殺した。それから死体を暖炉に突っ込んで、灯油を掛けて燃やした。地下室を密室にした。そう仮定してやるよ。さて、それにどれぐらいの時間を要したと思うんだ?」

私は絶句してしまった。

「お前が石町さんに起こされたのは、殴られて十五分経過した時だ。その時、犯人は今言ったすべての仕事を終えて、自分のベッドに戻っていたとでも言うつもりか? 一階にいた石町さんが犯人だとしても、そんな早業《はやわざ》ができたかな?」

「十五分では……無理やな」

「判ればよろしい」

少しおとなしくしていることにしよう。フィールドに出た助教授はふだんにも増してうるさい。

「ところで警視、真壁氏と書斎の身元不明人ですが、どちらが先にこの世を去ったか判明していますか?」

火村が質問を変えた。

「検視によると、二つの死亡時刻はかなり接近しているということですが、幾分真壁氏の方が早かった模様です」

「先ほどのお話だと死因は殴殺のようですね。火を点けられたのは死後間もなくでしょうか？」

「はい。おそらく。司法解剖の結果が出るのは午後になってからですが」

「死亡推定時刻は？」

「いずれも二時前後かと思われます」

「二つの遺体が身につけていたもので不審なものなどは？」

「ありません」

「凶器は？」

「真壁氏殺害の凶器らしき壺が庭に転がっていました。後でお目にかけましょう。また、書斎の男は有栖川さんを殴打した灰皿で殴殺されたようです」

人殺しの凶器で同じように殴られたのか、と思うと慄然《りつぜん》とする。

「その壺の出所は判りますか？」

「佐智子さんに見ていただいたんですが、物置で埃《ほこり》をかぶっていたものだそうです」

「書斎で死んでいた男の身元は？」

「調査中です」

どうやって調査しているのだろう？　もしあの怪しげな男に前科があり、当局に写真や指紋の記録が残っているとしても、死体からはそのいずれも奪われていたではないか。私はそこが判らなかった。また、火村がそのことを全く不都合に思っていないらしいのも妙に思えて、そっと訊いてみた。

「指紋を照合する手はあるじゃないか」と火村は言う。

「どうやって？」

火村はちらりと鵜飼を見た。警視は、どうぞあなたから解説を、というように目で言った。

「書斎の男は一昨日の昼過ぎからこの家の周りをうろついていたんだぜ。ブルゾンをひっかけただけの生身の人間がこの寒空の下、どうやって過ごしていたと思う？　まさかずっと林の中で両手を擦りながら丸くなっていたとは思えない。どこかにアジトがあったはずじゃないか」

「アジトねぇ。それはどこなんや？」

「この近くには空っぽの別荘がたくさんある。俺たちの部屋の窓からも隣の家の屋根が見えてたろ？　あそこなんか、ねぐらにするには一番手頃だろうな」

なるほど。そのアジトを突きとめることができれば、何か遺留品があるに違いない。指紋を検出することもできるだろう。

「火村先生がおっしゃったとおり。まさしく隣家がそのアジトだったようです」

「遺留品があったんですね？」と火村。

「はい。テラスのガラスが破られていて、何者かがいた痕跡があり、被害者のものらしいリュックが残っていました。中味は着替えの下着、タオル、財布、煙草、ライターといったものばかりで、そこから身元は判明しませんでした。ちなみに所持金は一万五百二十円だけでしたね。──それらは真壁氏殺害の凶器らしい壺と一緒に、書斎に並べてありますのでご覧いただけます。指紋は採取ずみで、本庁に照会中です」

「そのリュックは船沢さんにも見ていただいた方がいいですよ」私は言った。「二十四日の昼過ぎ、彼はリュックを背負ったブルゾンの男の後ろ姿を見ていますから、見覚えがあるかもしれません」

「それは有益なご提言です」

それ、の部分にアクセントがあった。私がこれまでにした他の発言はすべて駄弁だった、と暗に言っているかのようだ。そこまでいじけることはないか。

「スリッパの方はどうなりました？」

これは火村の質問だ。

「石町氏の足跡を踏んだスリッパに関しては、火村先生に保存していただいていた二階の方々のものだけでなく、一階にいた方のものもあわせて、鑑識に回して調査中です。この家のスリッパの裏は滑り止めのために細かいメッシュ状の模様が入っていますから、肉眼では判らない微粉が付着している可能性は高いものと思われます。検査結果が出るのにそれほど時間はかからないでしょう」

「判ったらお知らせください」

「ええ、もちろん」

「もう一つだけ」と火村は指を立てて「さっき有栖川が言いましたが、書斎の密室は糸と粘着テープのたぐいを使って作られたのではないか、と思われる痕跡がドアに遺っていました。それを裏づけるような物証が出てきたら教えてください」

「――そういうものを捜せというアドバイスですね？」

火村は膝の上で指を鳴らした。

「正解です」

「目下この家の中と周辺――ものを投げれば届く範囲――を捜査していますので、何か見つかれば報告があるようになっています。糸と粘着テープには特に留意しておくことにしましょう」

訊く者、答える者の立場が逆転したままだったが、鵜飼が私たちから聴取することはもうないようだった。

「では、これから他の方のお話を伺うことにします。——現場をお調べになりますか、先生？」

「ぜひ」

きっぱりと火村が言うと、警視は大声で大崎警部を呼んだ。

2

「いらしてください」

大崎が呼ばれたのは、火村のフィールドワークの案内役としてだった。特に許可を求めることもせず、私は当然のようについていったが、警部は何も言わなかった。火村の素姓《すじよう》が知れ、県警本部長から指示が下ったために、数時間前とはまるで異なった対応をしなくてはならなくなったことに対してどう考えているのか、彼のポーカーフェイスから読み取ることはできなかった。

「まず書斎からご覧ください」

警部の言いようは、まるで観光コースがあるかのようでどこかおかしいし、浪曲師めいた声とも不似合いだ。

書斎の戸口に立つと、火村は掛け金を指差し、触ってみろと私に言った。人差し指の腹でそっと撫でると、確かに微かな粘り気を感じた。ごく最近、セロテープを貼って剝した跡だ、という仮定には充分な説得力がある。

「な？」

彼は私にそう耳打ちすると、今度は屈み込んだ。ポケットからよれよれの薄い名刺を一枚取り出し、ドアの下に差し込んで前後に動かしてみる。そこに糸をくぐらせることが可能だったことを証明しているのだ。

「な？」

私は頷く。「判った判った」

「中を見せてもらおう」

彼は何かに急き立てられるように、大股で室内に入っていった。その後に警部が、次に私が入る。火村は歩きながらポケットから黒い絹の手袋を取り出し、両手に嵌《は》めた。これから悪事を働こうとしているようにも見えてしまう。

火村英生に臨床犯罪学者という称号を与え、彼の探偵譚をいくつも聞いてきた私だが、その探偵ぶりを目《ま》のあたりにするのは初めてのことだった。友人の講義を聴講したことは一昨日を含めて時々あったが、探偵ぶりはどうなのか、私は胸が高鳴るほど激しい興味を掻き立てられていた。うまくやれよ、とその健闘を祈りたくなる。

と同時に、彼が狩り立てようとしている殺人犯が誰であるにせよ、私のごく身近な人間に違いないことを思い出すと、どうにも気が重かった。火村と私とは立場が違う。探偵の現場に立ち会うことに無邪気に興奮するまい、と自分を戒めた。そうしなければならないほど私は——実は——興奮しかけていた。

気のせいか、室内には異臭がまだ残存しているようだった。暖房が入っていないので薄ら寒い。

彼はまず暖炉に向かった。焦茶色のブルゾンの死者が倒れていた形が床に白いテープで描かれている。火村は唇を撫でながらそれを見降していたが、やがて腰を折って暖炉の中に頭を突っ込んだ。そこで燃やされたものの痕跡を見てから、今度は頭上を振り仰ぐ。何の秘術もない。私が捜査官だったとしても同じことをするだろう。

「一辺三十センチ強か。こんな狭さじゃ幼稚園児でも通れないな」

煙突から頭を出した火村の第一声はこうだった。私は彼を真似て、暖炉の中に首を入れてみた。見上げると、正方形をした灰色の空が小さく見えるかと思ったら、ウェザーカバーがかぶさっていた。屋根の上に突き出た煙突と同様、内部も赤い煉瓦でできていて、薄く煤が付着している。この暖炉がふだんから実用に供されていたなら、煤はもっと厚くこびりついていたことだろう。

「これがあと何センチか広かったとしても、何の手掛かり足掛かりもない中を昇り降りする術がないわ」

私が顔を出すと、火村はアルミサッシ窓のクレセント錠を見ていた。

「窓にも異状はなさそうだ。やっぱりテープと糸とで掛け金を降ろしたんだろうな」

その確証が得られたわけではないが、彼はより深く納得したかったのだろう。前進したのではない。

〈日本のディクスン・カー〉真壁聖一がいくつもの密室ものを執筆してきた、大きな両袖の机。二度と主が向かうことのない、飴《あめ》色に光るその机の上には、大判の辞書、ペン立て、メモ、シム・シメールの絵をあしらった卓上カレンダーの他に、薄汚れた壺と小豆《あずき》色の汚れたリュックが鎮座していた。凶器と身元不明の男の遺品だろう。火村が机の前に立つと、相変らず無表情の大崎警部は「どうぞ」とポケットから出した片手で示した。

フィールドワーカーはまず凶器を手に取って、名品を鑑賞するかのように視線でなめ回した。汚れてくすんだ青花竜文。素人目にも値打ちものには見えない。その首は鶴のように細かったが、胴部はラグビーボールが入りそうなぐらいふくらんでいる。首のつけ根に耳のように小さな把手《とって》が二つついているのがちょっと面白い。などと思っていると、底部近くに血痕が微かに付着しているのに気づいてぎくっとする。見終わった彼が壺を置く時、ごとりと重たそうな音が響いた。

次に火村はリュックに右手を入れ、中のものを一つずつ取り出していった。丸められた下着が三着、新橋《しんばし》のサウナ風呂の名前が入ったタオルが一枚、残り少ないセブンスターがひと箱、百円ライター一個、そして豚革の財布が一つ。鵜飼から聞いたとおりのものが、横一列に並べられた。財布を検《あらた》める彼の横に立って覗き込むと、名刺や運転免許、クレジットカード、家族の写真などはなく、一万五百二十円の現金の他にはコーヒーの割引券が一枚入っているだけだった。

「それは喫茶店の割引券か？」

「ああ。〈ホワイトローズ〉だとさ。住所は軽井沢駅の近くだな。ここへくる前によった店かもしれない」

大崎が「部下を聞き込みにやっています」とすかさず言った。

「そうですか」とだけ応え、火村は並べた品々を一つずつ手に取っては、顔の前に近づけて吟味《ぎんみ》していった。が、特に発見があったようではない。

「机やキャビネットの中を調べてもいいですか？」

出したものをリュックに戻しながら火村が訊くと、警部はもう何も言わずに一度大きく頷いた。

抽斗《ひきだし》の中は整然と整頓されていて、故人が神経質なほど几帳面だったことが偲《しの》ばれた。爆発したような有栖川有栖のものとは雲泥《うんでい》の差だ。一番右上の抽斗は六つに仕切られ、最も使用頻度が高かったであろうもの——様々な筆記具、インク消しや修正液、ゼムクリップ、小型のパンチ、鋏、ステイプラー、付箋《ふせん》、スティック状の糊《のり》、そしてセロテープとメンディングテープが収まっていた。

「セロテープ、セロテープ」

火村は、おかしな節をつけて小声で呟いた。

「君の仮説が正しいんやったら、犯人はこのセロテープを使って密室を作ったことになるな」

「見ろよ」

彼は話題沸騰《ふっとう》中のセロテープと、その隣のメンディングテープを取り上げて、私に二つを同じ角度で見せた。

「真壁氏が几帳面な性格だったことは机の周囲を見ただけで容易に想像がつく。そういう人間はセロテープ一つにしても、がさつな誰かとは使い方が違う。一度使った後で、この次の使用の際に剝しやすいよう、切り口を少し折ったりしておくもんだ。メンディングテープの方はそうなってるよな。ところがセロテープの方はどうだ？　こっちは伸ばした爪の先でかりかりやらないと、簡単には剝れないみたいだぜ。それだけのことで断定はできないけど、この二つのテープを最後に使った人間は別人だと推測できる。もちろんメンディングテープを使った方が主、真壁聖一氏だ」

「そのありふれた推測に、一応、俺も同意する」

私が慎重な言い方をすると、彼は二つのテープを掌に載せたまま大崎警部を振り返った。

「この二つのテープの指紋を採取してみてもらえますか？」

警部は、白い手袋を嵌めた手で受け取った。

「犯人が触れた可能性があるんですか？」

「はい。ただ、うっかり指紋を遺してくれている可能性は低いでしょうね」

「犯人がセロテープを使ったなどということが、どうして判るんですか？」

大崎は合点《がてん》がいかないようだった。

「この部屋のドアの外にいながらにして掛け金を降ろすのに使ったと思われます。ここに長さ二メートル程度の糸があれば実演してみせられるんですが」

火村はそう言いながら二段目、三段目を調べた。彼はさらに左側の三つの抽斗も調べたが、そのどれにも文筆業を生業《なりわい》とする人間の必需品が詰まっているばかりで、求める品はどこにもなかった。

「糸もそれに類するものもない」

彼はちょっと小首を傾げた。

「とすると、犯人はそれをあらかじめ用意していたのか？」

しかし、それは彼の仮説に矛盾する。火村説によると、犯人は、私という思いがけない闖入者が現われたために、急遽《きゆうきよ》書斎を密室にする必要ができたということになっていた。その犯人が何故、密室製造用の糸を所持していたというのだ？　それとも、その糸は全く別の用途のためにたまたま犯人が携えていたということなのか？　では、その用途とは？

「ま、焦らずに考えよう」

彼は猫が毛繕いをするように頭を掻いてから、気を取り直したように警部に尋ねる。

「この現場で何か特別なものが採取されたということはありませんか？」

「採取して科警に回したのは毛髪ぐらいのものです」

大崎は明瞭な声で即答した。

「そうですか」

火村は次にスチール製のキャビネットを調べだした。『殺害方法』『犯行現場』『手掛かり』『シチュエイション』『トリック』『人物造形』あるいは『東京』『信州』『歴史』『人物』『衣』『食』『住』など様々な項目に分けられた資料がファイリングされて、やはり整然と並んでいた。火村がその何冊かを取ってページを繰ってみると、新聞や雑誌の切り抜き、コピー、ルーズリーフ用紙やチラシの裏に殴り書きしたメモなどでびっしりと埋まっていた。普通だったらとても接することができなかった真壁の企業秘密を拝めて、少し胸がどきどきとした。

「ちょ、ちょっと、その、『トリック』というルーズリーフのファイルを見ていいか？」

私は上ずった声で聞いた。これは純粋に好奇心からのリクエストで、事件の捜査から逸脱していることは自覚していた。火村はそれを咎めも冷やかしもせず、私が望んだものを取り出すと、自分が持ったまま開いて私の方に向けた。彼が開いたページが、『歩く扉』という作品に使われた密室トリックの創作メモであることはすぐに判った。自分だけが読めればいいものであるにも拘わらず、真壁は覚え書きも丁寧な文字で綴っていた。図はフリーハンドではなく、ちゃんと定規を使って描かれている。

「ざっと目を通したい」

私が言うと、火村はゆっくりと機械的に一定の間隔をおいて一ページずつめくっていった。次々に現われるトリックのメモがそれぞれ何という作品に使われたものなのか、問われればすべて答えることができた。

「飛ばして最後のあたりを見せてくれ」

彼はそのページを開く。ふと気がつくと、知らない間に大崎警部が私の横に立っていた。

文字が書かれた最後のページに発見があった。バインダー部分に、破り取られた用紙のものらしい紙屑《くず》が微かに遺っていたのだ。

「どうやら暖炉で燃やされたのはここにあったメモらしいな」

火村は失われたページをつまんでめくる真似をした。紙のサイズはＡ４。暖炉の燃え滓の大きさと一致する。

「破られたページの前の内容はどうだ。覚えがあるか？」

私は一瞥しただけできっぱりと答える。

「最新作『45番目の密室』の真相がこれや」

読んだばかりの作品の最後で暴かれる密室の謎解きが、ややラフな形で記されていた。

「おっと、そうか。俺は読み終えてなかったんで気がつかなかった」

「俺も役に立つことがあるやろう？」

そう言うと彼は「助手だものな」と応えて、私の鼻先でファイルを閉じた。

「『46番目の密室』はやっぱり盗まれたのか……」

そのトリックが、トリックの作者自身を葬ったのかと思うと、下手なブラックジョークを聞いたような気がした。

「地下の書庫を見に行こう」

助教授は手袋をきつく嵌め直した。

3

書庫のドアは私たちの到来を待つかのように、半開きのままだった。ノブの脇にぽっかり開いた穴から、室内ののっぺりとしたコンクリート壁が覗いている。空気の逃げ場がないために、ここにははっきりと不快な異臭が漂っていた。

火村はこの地底の密室の前に立つと、両手をポケットに入れたまま、しばしドアを見つめていた。それからまた屈み込むと、自分の名刺を取り出してドアの下と床との隙間に差し入れようとした。今度はなかなか入らない。

「こっちの方がタイトだ。糸をくぐらせるのは難しいな」

「書斎と同じトリックで密室になったんやないのか？」

屈んだままの彼に私は尋ねた。隙間がなかったために、彼の手の中の名刺はMの形に折れ曲がってしまっている。

「どうも様子が違う。こっちが密室になっていた理由も判らないしな」

大崎警部は無言で私たちを見ていた。彼ら捜査官たちは、現場にやってくるなりドアの下に名刺を差し入れようなどとはしないだろう。

彼は体を起こすと、掛け金に指を掛けた。ゆっくりと押して受け金に嵌める。

「死体発見時には気がつかなかったけど、結構、抵抗があるな。細い糸で引っぱったぐらいじゃ、これを降ろすのは無理かもしれない」

となると、やはり犯人は他の方法を用いたことになるのだろう。今はあまりその方法に拘るまい、と私は思った。推理作家——あるいは推理小説愛好家——としては誠に虚無的な考え方だが、密室トリックなど星の数ほどあるのだから。

火村は手袋を一度脱ぎ、じかに落とし金に触れて、書斎のそれにあったような粘着物が剝された痕跡がないことも確認した。

両手を後ろで組んだ助教授は、書庫の中をゆっくりと一周して回る。ドアのある壁に向かって直角に並んだ書棚の間を、彼の姿が見え隠れした。足音が止まる。どうしたのかと見に行くと、書棚の陰で立ち止まって足許の何かを眺めていた。転がっているのは灯油缶だ。彼はそれを起こして持ち上げ、重さを確かめるように振った。

「空だ」

火村はそう言ってからも、まるで宋代の壺でも鑑賞するかのように、あらゆる角度から缶を見、床に置いた。その時、あるものが私の目に留まる。

「ちょっと見せてくれ」

私は、肩幅よりわずかに広いだけの書架の谷間を彼のいるところへ早足で進んだ。

「これが見たいのか？」

「そうや。今向こうを向いているラベルを見せてくれ」

火村は再び缶を拾い上げ、私にラベルのある面を向けて見せた。顔を近寄せて、油と泥で汚れたそれを凝視する。！の形にこびりついた泥。

「この泥の形に見覚えがある」

「どういうことだ？」

火村の興味を惹いたようだ。

「昨日の昼前、ブルゾンの男が車庫の裏の林にいてるのを見たって話したやろ。あの時、何か悪さでもされてないかと車庫やその隣の物置を点検してみたんや。異状はなかったんやけどな。その時に灯油缶が二つあるのを見た。片方の缶にこんな汚れがあった。エクスクラメイション・マークの形に跳ねた泥の跡と、ラベルの左上の隅が少し破れてるのにも覚えがある」

「確かか？」

「自信がある。石町や安永さんに訊いてもろてもええ」

火村は私が指摘した印をじっと見ながら「変だな」とぽつりと言った。彼が考えていることが私には判る。

「俺も変やと思う。犯人は真壁先生を地下室で殺害する前から灯油を用意してたのか、あるいは殺害後に灯油を持ち込んだのか判らんけれど、いずれにしてもわざわざ戸外の物置から運んできたことになる。灯油はふた缶、裏口の脇に置いてあったのに、そっちを使ってない。そのことを知らんかったとしても、物置へ行こうと裏口を開けたら気がついたはずやのに」

「意味があるんだろうな」

火村はまた缶を床に戻し、背筋を伸ばした。灯油缶の問題はひとまず措いて、というふうに軽く首を振ってから暖炉に向かう。

蔵書の背表紙に視線を走らせながら、私もついていった。原書が並んでいる。その中の一冊がきらりと輝いて目を射た。黄色い背に黒い活字で刷られたその書名。

『Locked Room Murders――Adey』

――ロバート・エイディの『ロックド・ルーム・マーダーズ』か⁉

私は時と場所を忘れて歓声をあげそうになった。ミステリやマジックに造詣が深い松田《まつだ》道弘《みちひろ》の本で紹介されているのを読んで猛烈に気になりながら、手に入れる努力をしなかった密室殺人小説の研究書だ。もちろん実物を見たこともなかった稀覯《きこう》本だが、真壁聖一が蔵書に加えていたとは知らなかった。私は思わず手を伸ばしそうになった。しかし、火村が始めた暖炉の検証を見逃すこともできず、本を横目に見ながら通り過ぎた。

「書斎の暖炉と同じ作りだ。人間にはくぐれっこない」

私に聞かせるためにだろう、火村は見たことと感じたことを声に出して言う。

「煤もついたばかりのようだ。これまでは使われてなかったんだな」

「わざわざ煙突を汚すために遺体を燃やしたみたいやな」

ふと思いついたことを口にしてから、待てよと考えた。

本当にそれが目的で遺体を燃やしたのではないのか？

仮説――犯人は何らかのトリックを用いて密室内の真壁を殺害した。そのトリックがどんなもので、何故そんな方法をとったのかは判らないが、煙突が重要な役割を果したのだろう。その結果、煙突内部にある種の痕跡が遺ることが予測できた。そこで、黒く塗り潰してしまえ、というわけで犯人は火を起こした。死体を燃やしたのは、それ自体を燃やす必要があったためではなく、煤を作り出す手段に過ぎなかった。

いかにも推理小説的な発想だ、と思いつつ、私はその仮説を火村に伝えた。

「煤で黒く塗り潰した、か」

「新しい見方やろう？」

感想を求めると、火村は小さな声で歌った。今度は自作のセロテープの歌ではなく、ローリング・ストーンズだ。

「ペイント・イット・ブラック……ペイント・イット・ブラック……」

馬鹿にされているのだろうか？

「有栖川説によると、この煤を全部洗い落とせば驚くべき何かが現われるというわけだな」

彼は暖炉の中で中腰で立ち上がった。肩が支《つか》えてまっすぐ立つことはできないようだ。彼はその不自然な姿勢のまま、体の向きを変えていった。私が言ったような、何らかの痕跡がないか調べているのだろう。

「おっ、おっ」

こちらに背中を向けた彼が妙な声を出す。

「何かあったんか？」

「有栖川説の正しさを立証するものかどうかは不明だけど、非常に意味ありげなものがここにあるぞ」

何だ何だ、と私は尻尾《しっぽ》——もしあれば——を振って暖炉にもぐり込みたかった。

「大蛇が這った跡でもなければ、戦車のキャタピラーの跡でもない。——文字が書いてある」

意外だった。

「中腰で立った俺の目の高さに書いてある。床から一メートル五十センチぐらいのところだな。煤でよく読めない。ちょっと拭いてやれ」

大崎がローラースケートに乗ってでもいるかのような早さで飛んできた。煤を拭うのはちょっと待った、と言うのかと思ったが、違った。

「何と書いてあるんですか、火村先生？　読んでみてください」

警部の呼びかけに「承知しました」と彼は応えた。

「ん？　しかし、わけが判らねぇな」などと言う。「英語です。すべて大文字でこう書いてあります。……ROSES OF YOUR GARDEN BLOOM IN VENICE.……ここから先は行が変わってて、小文字になっています。in curved air」

「それはどういうことや？」

――あなたの庭の薔薇がヴェニスで咲く。

――カーブした空気の中。

とんでもなく出鱈目《でたらめ》な文章に思えた。

「俺の考えるところこれは……」

「これは？」

「謎々だな」

拍子抜けがした。

「アホか、何が謎々や」

「アホとは失礼な奴だな」

火村は煙突に顔を突っ込んだまま、平然と言う。

「これが謎々じゃないんなら、何なんだ？」

「知るかい、そんなこと」

私たちのやりとりを薙《な》ぎ払うように、そこで警部が言う。

「もう一度読んでみてください」

火村は繰り返し、警部は手帳に鉛筆を走らせた。なるほど、ちょっと気取った謎々に聞こえる。

「何だかあざとい言い回しだな。推理作家としてこんな言葉に聞き覚えはないか？」

海外ミステリの原題になかっただろうか、と少し考えたが、思い当たるものはなかった。

「それはどうやって書かれていますか？」

警部は真剣な顔で尋ねた。

「色は黒。細いサインペンのようです。今読んだすべては横にした葉書ぐらいの面積に書いてあります。――ご覧ください」

彼は暖炉から出て、大崎と体を入れ換えた。警部は「ほぉほぉ」と感心したような声を出す。事情を知らない人間が見たなら、男二人が交代で覗き見をしていると誤解されかねない光景だ。

警部が出てから、私も見せてもらった。彼に聞いたとおりの文章が、聞いたとおりの大きさで書いてあったが、思っていたより一つ一つの文字は小さかった。元印刷会社営業マンらしく言うなら十ポイント活字ほどの大きさ。煤がなかったとしてもあまり読みやすいものではなかっただろう。

「こんなもんに、よう気がついたな」

「お前のサジェスチョンのおかげさ」

口の悪い男に評価された。しかし、私の仮説とこの奇妙な文章とは少しもつながらないではないか。瓢箪《ひょうたん》から駒が出た、と火村は言いたかったただけなのかもしれない。

私は真上を仰いだ。黒く煤けたその壁面に他に何か興味深いものはないか、と目を凝らして探ったのだが、新たな発見はできなかった。私の仮説はやや怪しくなってきた。

「煤を全部洗い落とせば何か現われるかもしれませんね」

大崎の声がした。この食い下がっていく姿勢こそ、プロの捜査官のものだろう。

暖炉から出てみると、友人はまた部屋の中をうろついている。そして、歩きながら剝き出しのコンクリートの床に、窓のない四方の壁に、灰色の天井に彼は視線を這わせた。

「隠し扉のようなものがあって、秘密の通路がどこかに通じているということはなさそうですね」

これは彼から大崎に向けた言葉だ。

「はい。一見してそう思えます。また、実際に天井、壁、床を叩いたり押したりしてみましたが、何も変わったところはありませんでした。しかし、火村先生や皆さんのお話がすべて事実だったとするなら……」

「困ったことになりますね」

火村の口調は、言葉とは裏腹にどことなく楽天的に聞こえた。

「はい。ですから、皆さんが何か勘違いというか、錯覚をなさっているとしか思えないんです。いかがでしょうか？」

「残念ながら訂正すべきことは思い当たりません」

「そうですか」

警部は本当に残念そうだった。

「ところで警部、ここで他に何か判ったこと、見つかったものはありませんか？」

「これといった発見はありません」

「ふむ、今のところなし、か……」

彼は、手袋を嵌めた手を額に当てたまま呟いた。やがてその手を下ろすと、また室内を一周し、最後に戸口で立ち止まって現場を眺めた。沈黙が続き、その間、一階から足音や話し声が聞こえていた。

「戻ろうか」

一分ばかりの沈黙の後、彼は手袋を脱いで言った。

「その前に、警部さん」と私は呼びかける。「お願いがあるんですが」

「何ですか？」

私は書棚に寄り、先ほど目をつけた本を取り出した。あの『ロックド・ルーム・マーダーズ』だ。

「この本を持ち出してもいいでしょうか？　読んでみたいんです」

警部は「どうしてですか？」と訊く。特別の事情もないのに、むやみに現場からものを持ち出すことは許可できないぞ、と言いたいのだろう。私はとっさに事情をこしらえることにした。

「この本はロバート・エイディという推理小説の研究家の著書で、内容は密室トリックのコレクションなんです。古今東西を通じて前例がないほどの規模の収集で、ここで紹介されている密室トリックは一二八〇例に及びます。これを読めば、この地下室の密室がどうやって作られたかを解くヒントが得られるのではないか、と思ったものですから」

「見せてください」

警部が差し出した肉の厚い手に、私は本を渡した。表紙を見てひと言「英語の本ですか？」

「はい」

「私には読めない」

大崎は本を両手に持ち換え、横文字ばかりの本文をめくってみる。当惑したように眉根が寄った。

「警部、私にも見せてください」

火村に本が渡った。彼はその何ページかに目を斜めに走らせると、警部を見た。

「参考になることがあるかもしれません。私もこれに目を通してみたいんですが、いかがでしょう？」

私の味方についてくれたわけだ。ここで彼の力を借りるつもりはなかったのに。

大崎はしばし考えてから承諾した。

「いいでしょう。先生がそうおっしゃるのでしたら、どうぞお持ちください」

火村は礼を言って、本を私の手に戻した。

「そんな大事な本なら部屋に置いてこい。これからまだ調べるところがある」

「どこや？」

「色々あるさ」

4

玄関から外に出ようとして、私は面喰らった。美しくも寂寞《せきばく》とした雪景色だけが待っているものと思っていたのだが、その予想は裏切られる。まず、離れたところからフラッシュが私たちに浴びせられた。前庭を隔てた家の前に並んだ何台もの車、人だかり。どこから湧いてきたのだ、と一瞬考えたが、何の不思議もない。——報道関係者だ。テレビの中継車まで出ている。

「彼らはこの家の敷地内に一歩も入れません」

大崎は感情のない声で私たちに言った。

「世間では大変な騒ぎになっているんでしょうね」

火村も同じような声で言う。それはそうだろう。真壁聖一は当代きっての流行作家というわけではないが推理小説の世界では巨匠であったし、海外で評価された数少ない作家としてその名は本の売れ行きとは不釣り合いに有名なのだから。いや、殺されたのが真壁でなく、駈け出しの私だったとしても騒動にはなっただろう。推理作家が殺害される、などということだけでも前代未聞、その上舞台はクリスマスの北軽井沢の屋敷とくれば人々の好奇心をいたく刺激するに違いない。

「星火荘の滞在客が誰々というようなことはもちろん伏せてあったんですが、彼らは独力ですでに摑んでいます。真壁氏のクリスマス・パーティが恒例のものだったためでしょう」

そのとおり。最近の週刊誌にも紹介されていた。

「火村先生が滞在していることだけは彼らも知らなかったはずでしたのに、写真を撮られてしまいましたね。私の不注意です」

警部は恐縮だと言ったが、友人は意に介していなかった。

「平気です。事件記者の皆さんに私の面は割れていないでしょうから。――それより、彼らの目があるところで、私がこの家の周りを見て回って差し障《さわ》りはありませんか？」

警部は自分の白い手袋を差し出した。

「これを嵌めていただければ鑑識課員に見える、と私は期待しますが」

「見えなければ私自身の責任です」

見えないだろう。黒いシャツに白いジャケットでは。

小雪がちらつく中、私たちは星火荘の周囲をぐるりと一周し始めた。彼と警部が前を歩き、私は数歩下がってついていく。雪に埋まった庭やドライブウェイ、白樺の木立に、証拠品を求めて猟犬のように散った捜査官たちの姿があった。忍耐のいる作業だ。

「何か出たか？」

全身雪まみれで這いつくばっていた華奢《きやしや》な刑事に、警部が声をかけた。部下は顔を上げて肩の雪を払う。

「はい」そして遠くの同僚を呼んだ。「おーい、さっきのものをこっちに持ってきてくれ！」

凍結した池の畔《ほとり》にいた刑事がベージュのコートの裾を翻《ひるがえ》しながら、大股で駈けてきた。手にビニール袋を提げている。

「つい先ほど、そこの植え込みで発見しました」

白い息を吐きながら刑事はドライブウェイ脇の植え込みを示し、袋を警部の目の前に掲げた。中に入っていたのは、何かリール状のものだった。

「テグスだ」

火村は興味深げに覗き込んだ。価値あるものと彼の目に映ったようだ。

「テグス？　釣り糸ですね？」

どちらでもいいことなのだが、警部が言い直す。

「ようやく期待していたものが登場したじゃないか」

私はそんなものの出現を期待していなかった。

「これだよ、俺が鵜飼警視に『見つかったら知らせて欲しい』って言ったものは。ただの糸じゃなかった、テグスだったんだ」

「というと……これで犯人は密室を作ったっていうんか？」

「これとセロテープでな」

火村は植え込みから視線を転じて星火荘を見た。距離は二十メートルほどだろうか。

「ラウンジの窓からでも投げればここまで届いただろう。犯人は密室を作り、伸びたお前を引きずっていった後で、不要になったこいつを投げ捨てたわけさ。もちろん、そんなイージーな始末の仕方ではいずれ発見されることは承知の上だったろうけどな」

手許に置いておくわけにはいかなかったのだろう。

「袋から出してみていいですか？」

火村は逐次《ちくじ》、警部の許しを得るようにしていた。大崎は黙って頷く。テグスはまだ真新しいもののようだった。釣りを趣味にしていない私でさえ聞いたことがあるメーカーの名が、プラスチックのケースに刻印されている。

「新しいな」と言うと、火村は首を振る。

「もう中古品さ」

彼は手袋を嵌めた不自由な指先でテグスの先端をつまみ、両手を広げていった。糸は確かに純粋な新品とは言えず、ところどころに一旦折り曲げられた形跡があった。悲しむべきは、それがこの持ち主が魚釣りを楽しんだ名残《なご》りではない、ということだ。

火村は真剣な眼差しを私に向けた。

「亡くなった先生は釣りをしたか？」

「いや、聞いたことがない。釣りぐらいしたことがあっても不思議はないけど、趣味にはしてなかった」

「あの家に釣り竿は？」

「さぁ。見た覚えはないな」

火村は「家族に訊こう」と言って、さらにテグスを引っぱり出し始めた。出した糸は地面に垂らしていく。ほどいた先に何があるとも思えなかったのだが、彼はその作業をなかなかやめようとはしなかった。周りの私たちは黙って見ている。

「ここまでか」

やがて手を止めた彼が呟く。

「何がそこまでなんですか？」

警部が落ち着いた声で尋ねた。

「ここまで使用された形跡があります。この先は機械が巻き取ったとしか思えないほどきれいでしょう？　――アリス、手伝ってくれ」

「何を？」

「俺の腕を物差しにして、この長さを測りながら巻き取るんだ」

彼は、自分の腕の付け根から伸ばした中指の先までの長さを知っていた。だから物差しになるのだという。測定の結果、使用された形跡のあるテグスの長さはおよそ九十メートルにも及んだ。

「九十メートルは長いな」と考え込む。「しかし、まさか偽装工作として不必要な長さまでわざわざ一度引っぱり出したとも思えない。……どうしてこんなに長い？」

書斎を密室にするためだけなら、ものの二メートルもあれば充分だっただろうに、理屈が合わない。が、そのことに火村が困惑したということでもなかった。

「つまり、このテグスは密室作りの道具以前に何事かに使われたということだ。それでいいんだ」

「そうか？　俺はよくないと思うけどな」

「どうして？　もしこれが密室作りに使われた形跡だけを留めていたらそれも不可解なことだぜ。犯人は突発的な事情で密室を作ったという仮定に矛盾する。どうして夜中にテグスを持って歩いてたかという疑問が残るじゃないか。テグスのお世話になる何らかの事情が先行して存在していたのさ」

「そう考えたところで、まだ疑問は残ってるやないか」

「ああ、承知してる。声を揃えて言おうか？」

私たちはそうした。

――テグスは何に使われたのか？

「それは後で検討しよう」

火村はテグスをビニール袋に戻した上で、その発見者に返した。鵜飼警視に報告するように、と大崎が命じた。

火村を先頭に再び歩きだす。ゆっくりと一周する間、彼は終始無言のまま四方に観察の目を注いだが、特に発見はないように見受けられた。

裏口までやってくるとそこで佇《たたず》み、彼は薄く雪を被った灯油缶を見下ろした。

「一つしかない」

彼は誰にともなく言った。

「ここにふた缶置いてあった、と佐智子さんや真帆さんが言ってた。アリスも証言したっけ。それから、地下室に転がっていた缶は物置から運ばれたものだったとアリスは断言した。ということは、書斎の死体に振り掛けられたのは、ここにあったふた缶の一つということになる」

「そうですね」

珍しく警部が相槌を打った。

「また私たちの前に疑問符が立ちはだかったようですね」

「どんな点でですか？」と警部。

火村は、また話をややこしくしてくれるようだ。

「犯人は、真壁氏とブルゾン氏の遺体にそれぞれひと缶分の灯油を掛けています。何故そんなことをしたのかという動機は不明ですが、灯油はふた缶必要だったわけです。犯人はそのうちのひと缶をここ裏口の脇で調達し、もうひと缶を車庫の隣の物置で調達しています。――どうして、ふた缶ともここで調達しなかったんでしょう？ふた缶とも物置から持ってきたという方が、まだ理屈をつけやすいような気がしますよ」

「確かに理解しにくい行動です」警部は腕組みをした。「ま、理解できないことはたくさんありますけれど」

「二つの殺人が行なわれた順序は確定的ではないものの、まず真壁氏が殺されてから書斎のブルゾン氏が殺されたと見られていますね。ということは……」

そこまで言って火村は不意に口を噤んだ。声に出さずに思索を始めたらしい。込み入った問題を考えるため、よけいな相槌を入れられたくないのかもしれない。

「物置を見にいこう」

何か閃いたのかどうか判らないが、彼はそう言って歩きだした。

物置で確認したことは一つだけ。複数の人間が二つあったと証言した灯油缶が、一つに減っているということだった。やはり私は正しかった。地下室の書棚の間にあったのは、ここにあったものなのだ。真壁殺害の凶器の壺が置いてあった場所が、ぽっかりと空いているのも見た。

「次は？」

もう家に戻るんだろう、と思いながら尋ねたのだが、彼はふらふらと裏の林に向かいだした。

「ブルゾン氏のアジトが見たい。――よろしいですか？」

大崎はこの希望がやや意外そうではあったが「結構ですよ」と了承した。

火村は表の道に出ずに、林の中を通って隣家に行こうとした。報道関係者の目を気にしたというよりも、ブルゾンの男と同じ道をたどってみたかったためだろう。正確に言い直すとそれは道ではない。ただ、雪に踝《くるぶし》まで埋まりながら、木立の間を抜けるだけのことだった。

やがて二階の部屋から眺めたマンサード屋根の隣家の裏に出た。持ち主には小さな子供がいるのだろうか、庭にはブランコがしつらえられ、その傍らに可愛らしい三輪車がころんと倒れている。カーテンが引かれたリビングの窓が、鵜飼に聞いたとおり破られていた。無法な侵犯の跡だ。

「一体、奴は何者なんだ」

火村の口調は苦々しそうだった。ブルゾン氏の正体に見当がつかないのが苛立たしいのだろう。こればかりは当局の調査を待つしかなく、考えて判るものではない。

「この家の持ち主はどんな方ですか？」

「小林一樹《こばやしかずき》さんという東京の銀行家です。事件に関係している可能性は薄そうです」

警部は火村を促した。

「どうぞ上がって見てください。捜査については小林さんの許可を得ています」

「では」

私たちは靴を脱いで、不運な銀行家の別荘に上がらせてもらった。リビングは二十畳ほどもの広さがあり、装飾過多に思えるシャンデリアがぶら下がっていた。アンティークなチェストの上に中東風の壁掛け《タペストリー》が掛かり、その他にも海外で買い求めたらしい雑多な小物が飾り棚に並んでいる。当然ながら、小林一樹氏はかなりの暮し向きの人物らしい。彼に対する同情の念が私はふっと薄れていくのを感じた。みみっちいルサンチマンだ。

不法侵入者は土足で上がり込むほど無作法な真似はしていなかったが、煙草の吸い殻がいくつもフローリングの床を焦がしていた。テーブルの上にパンの滓がちらかり、部屋の隅にはコーヒーの缶が転がっている。

「あの空き缶からも鮮明な指紋が採取されています」と警部が言った。

火村がスイッチを押してみると、エアコンはすぐに温風を吐き出し始めた。リビングを出て他の部屋を見て回ったところ、キッチンにはインスタントコーヒーを淹《い》れた跡があり、浴室ではバスタブに湯がはったままだった。

「お客様は快適に過ごせてご機嫌だったろうな」と火村は苦笑する。

二階へ上がってみる。夫婦のものらしい寝室のダブルベッドを使った跡があり、その枕許の灰皿にも吸い殻が数本あった。ブランデーのボトルとグラスもある。男にとって理想的なアジトだっただろう。

「どうや、収穫はあったか？」

彼は「いいや」とだけ答える。そして、私たちを拒むように背を向け、ジャケットのポケットに両手を入れて、レースのカーテン越しに窓の外に目をやった。白樺林の向こうには星火荘。自分たちの部屋の窓を眺めているのかもしれない、と思ったのだが——

「屋根に昇りたい」

そんなことを言いだすのだ。

5

もちろん、彼が言わんとしたのは銀行家の別荘ではなく、星火荘の屋根の上に昇りたいということだった。いきなりのことで驚いたが、彼はそれを最初からフィールドワークのコースに組み込んでいたらしい。

「煙突なら今朝早くに捜査ずみです。変わった点はありませんでしたが」

遺漏《いろう》はない、と大崎は言いたかったのだろう。火村は「全部を見てみたいだけです」と笑みを浮かべながら応える。警部はそれ以上何も言わなかった。

屋根へは、屋根裏部屋の破風《はふ》窓から出なくては上がれない。私たちは石灰のカーペットが掃いて除かれた階段を昇って、石町の部屋をノックした。「どうぞ」と返ってきたのは杉井の声だ。

「あれ、杉井さんもいらしたんですか」

「うん、石町さんと私的な捜査会議をしていたんだ。おやおや、有栖川さんこそどうしたんですか？　火村先生と刑事さんに挟まれて連行されてきた」

「こっちは公的な捜査をしてるんですよ」

「ほぉ」と二人は意外そうな顔をする。

「失礼ですが、ちょっとその窓を通って屋根に上がらせて欲しいんです」

　火村が窓を指差した。

「ええ、どうぞ」石町が応える。「でも、警部さんは今朝もお上がりになったんじゃありませんか？」

　大崎は「再調査です」と短く答えた。

　四つん這いで屋根の上に出ると、さすがに風が冷たかった。朝の捜査でついたものらしい複数の足跡が、ちらつく雪で消されかかっている。周囲に高い建物が皆無なため、四方に白い林の眺望が開けて、聖堂の鐘楼《しょうろう》にでも上ったような気がする。勾配は緩やかに見えていたのだが、実際に上がってみるとやはり恐怖感があった。積もった雪が突然ずるりと剝《は》げ落ちるように崩れてしまうのではないか、と不安になったりする。こんなことでは捜査どころではないな、と思って這っているうちに、ほどなく慣れて立つことができた。

　もっとも、へっぴり腰でもたついていたのは私だけで、火村と大崎は五、六メートル向こうで煙突を覗き込んでいる。火村は用意してきた懐中電灯で内部を照らしているようだ。私がようやく追いついた時には、彼らは「何もありませんね」と言ってもう一本の煙突に移動を始めた。

私は煙突の縁を摑んで、鋼板製のウェザーカバーの間に首を入れてみる。暗くてよく判らなかったが、見える範囲で気になるようなものはなかった。

「どうです？」

不意に肩越しに声がしたので、私は「うわっ！」と叫んで足を滑らせた。仰向けに倒れ、視界一面が空になる。もう駄目か、と覚悟を決めながら、私はずずと足から落ちていった。その先に、破風窓から石町が上体を乗り出しているのが見えている。

「手を！」

彼は叫びながら右手を差し出す。私は体をそちらに捻《ひね》りながら、懸命に右腕を伸ばした。すれ違う刹那《せつな》、石町はその手首をがっちりと捕まえてくれた。私はなおも自分の腕の長さだけ滑り落ち、踵《かかと》が空中に出たところでからくも止まった。——生きた心地がしない。

「そのまま待っててください、有栖川さん。がんばって！」

頭の真上で杉井が叫び、雪を蹴散らしながら降りてきた。私の左手を摑んだ彼は

「せーの」と掛け声を掛け、石町と力を合わせて私を死の縁から連れ戻してくれた。

「おい、危ないことやってるじゃないか。怪我はないか？」

破風に跨《また》がってひと息つく私の傍らにやってくると、火村は呆れ顔で言った。

「大丈夫。俺は日本のブルース・ウィリスやから」

「やってらんねぇよ」

彼は雪をひとすくいして、私の頭から掛けた。

「びっくりさせて悪かった」

「反省のポーズだけなら猿でもするぜ」

彼はさらに口の悪いことを言ったが、よほど驚いたらしく、胸に手を置いて呼吸を整えていた。赦せ。

「有栖川さん、申し訳ない。私が急に真後ろから声を掛けたんで飛び上がったんでしょ？　すみませんでした」

杉井が近寄ってきて頭を下げた。

「とんでもない。命の恩人ですよ、杉井さんは」窓から出てきた石町にも「ありがとう、助かった」

「人助けが趣味なんだ、俺は」

「それよりアリス」火村は下界を顎で指した。「今夜のニュースが楽しみだな」

いくつものカメラがこちらを向いている。醜態《しゅうたい》が全国に報じられたらと思うと、私は急に気が重くなった。

ふと気がつくと、煙突の脇で大崎警部が腰に手を当ててこちらを見ていた。軽蔑の眼差しが注がれている。私は立ち上がって、体中の雪をはたき落とした。

「続けましょうか」

そう言いながら、実に決まりが悪かった。

懲《こ》りない私に杉井と石町も加わり、五人で捜査が再開された。彼らはわざわざ玄関から靴を持ってきたのだ。こんなおかしな捜査は初めてだ、というようなことを、大崎がこぼしているのが耳に入る。彼も災難と言えば災難かもしれない。

「あっちが書斎の暖炉の煙突で、窓に近いこっちが書庫の暖炉の煙突か。ふぅん、どちらもとても人が通れたもんじゃないなぁ」

煙突に半ば顔を突っ込んで杉井が言う。その声が、細長い闇の中で響いていた。

地下室の暖炉の内部で発見したような不審なものは、いずれの煙突にもなかった。

「お前はじっとしてろ」

火村は真剣な表情で私に言い、屋根の上を隅から隅まで歩き回りだした。足手まといの助手はいい子にしているしかない。杉井と石町もそこまでする気にはなれないらしく、私と一緒に破風の周辺に立ってその様子を見守った。警部は一度気がすむまで捜査をしたためだろう、煙突の一つに片手を置いてやはり火村の捜査ぶりを見ている。

「ねぇ、有栖川さん」

杉井が話しかけてきた。

「何ですか？」

「警察の捜査はどこまで進んでいるんですか？　犯人の目星なんかは、どうなんです？　教えてくださいよ」

心配がっているふうではなく、好奇心に駆られての質問らしい。

「そんなこと聞かれても、私も知りませんよ。ただ、書斎で死んでた男の身元もまだ判明してないようですね」

「泥棒でしょ？」

「泥棒って名前の人間はいませんよ。何者か不明ですけど、隣の別荘に上がり込んでいたようです」

「盗むようなものがあったんですか？」

「というより、そこをアジトにして星火荘の様子を窺ってたみたいです」

そんなやりとりに石町が入ってくる。

「変だな。もし本当に別荘荒らしなんだったら、どうしてそんなことをするんだろう？　人が大勢いる星火荘なんか狙わずに、他の無人の別荘に盗みに入ればいいのに。理屈に合わない」

指摘されてやっと気がついた。彼が言うことはしごくもっともではないか。

「ということは……奴っこさんは単なる別荘荒らしじゃなくって、何か別の目的があって潜伏していたということになる」

杉井は、顎を掌で包んで考え込んだ。

「星火荘に何の用があったんだろう？　何故殺されたんだろう？」

石町も唸りだす。

「ところで、取り調べの方はどうでしたか？」

私の訊き方に、杉井は大袈裟な怒った顔を作った。

「有栖川さん、取り調べはないですよ。容疑者じゃないんだから、あくまでもお話をしてさし上げただけです」

「そうでした。すみません」と謝る。

「本気で怒ったわけじゃありませんよ。——事情聴取は思っていたより簡単なものでした。十分程度でしたっけ。真壁先生とはどういう間柄か。パーティに集まったのはどんな人たちか。星火荘に着いてから何か気がついたことはなかったか。事件当夜不審な物音を聞いたりしなかったか。そんな質問ばかりです。鵜飼警視が私から重大な新事実を引き出した、ということはありませんね」

「そっちは？」

私の左脇にしゃがんだ石町は、いつの間にか煙草を吸っていた。

「似たようなものだよ。現場が密室状態だったことと、被害者が密室ものの推理作家だったこととの間には関連はあるのだろうか、という質問が唯一《ゆいいつ》ユニークだったなぁ」

「何て答えた？」

「不真面目なことを言ってる場合じゃないから、『判りません』とだけ答えたよ。——ああ、そうだ。真壁先生が書いていた密室ものとはどういうものか、とも訊かれた。あれはどういうことだろうなぁ」

犯人が真壁のトリックを盗み、それを用いたのではないか、という仮説の検討材料にするつもりなのかもしれない。捜査本部には彼の著書が取り寄せられているのではないだろうか。が、そのことは彼らには伏せておこう。書斎の暖炉で真壁の創作メモらしいものが燃やされていたことは、捜査上の秘密のはずだ。

「他の人はどうやったんやろうな」

石町が「佐智子さんとフーコ先生が刺し合いをしたらしいよ」

「刺し合いってどういうことや？」

「告げ口の応酬ってことだね。どちらも悪気があってのことじゃなくて、刑事の訊き方がうまかったんだろうけど」

「そんなことやのうて、何を告げ口し合ったんや？　刑事に隠しておかんとまずいような秘密が佐智子さんやフーコ先生にあるか？」

「大したことじゃないんだけど、それぞれにあってね」

石町は煙草を雪にぶすりと突っ込んで消した。

私は気になって「教えろよ」と催促する。

「うん。まずフーコ先生についてだけど、真壁先生に棄てられたことがある、と佐智子さんに刺されたらしい」

「それは昨日や一昨日のことやないやないか。その恨みでフーコ先生が真壁先生を殺したとでも佐智子さんは言うてるのか？」

「まさかズバリと言ったわけはないだろう。仄めかしたかどうかも知らないよ。多分、佐智子さんがぽろりとそんな過去を漏洩して、刑事が飛びついて邪推したんだと思う」

「その件については私にも少し責任があるかもしれません」杉井が言う。「昨日の夜のハプニングについてしゃべってしまったんです。一緒に踊ろうかしら、ともたれかかった彼女を真壁先生が邪険に押し返したこと。よけいなことを話したな、と後悔しているんです」

「関係ないでしょう。そのことでかっとなって発作的に犯行に及んだやなんておかしい。犯行は計画的で、犯人の用意は周到だったとしか思えませんよ。そんなことより何より、殺人の動機としては弱すぎます」

石町が私に同意する。

「もっともだ。でも、警察にすれば要チェックなんだろう」

「フーコ先生の過去が露呈したことは判った。けど、佐智子さんについてはどんな告げ口があったんや？」

石町はしばし言いにくそうにしていた。

「それについては俺もちらりと真壁先生から聞いたことがあったんだけど……。言うか。佐智子さんはある男性と恋愛中だったそうだ。相手はリゾート開発で軽井沢にやってきた実業家らしい」

「うん。で、それがどうした。それが不倫の恋やとしても、真壁先生殺しとは関係ないやろう？」

「相手の男性も独身で、不倫だのどうだのというややこしいことはない。お二人は結婚を考えてるそうなんだ」

「結構なことやないか」

「一つだけ結構でないのは、その男性の事業が順調でないということ。いわゆるバブル経済が崩壊した余波なんだろうけど、建設中のゴルフ場の資金調達計画が破綻して、危機に瀕しているそうなんだ」

「それで？」いや、判った。「もしかして、それやから佐智子さんが先生を殺して、遺産をわがものにしようとしたとでも？」

「当たり」

「一応理由がついたようで実はおかしい。そんなことで血がつながった兄を殺すもんか。無茶や。もし本当に佐智子さんが悩んでたんやったら、真壁先生も相談にのったやろうし」

「俺も同感だよ。同感だけど、刑事はそれにも飛びつくかもしれない」

困ったものだ。

「それにしても、佐智子さんに結婚を考えている男性がおって、その彼氏が経済的危機に瀕してるやなんていう情報をフーコ先生はどこで摑んだんやろう？」

「そりゃあ、佐智子さん本人から打ち明けられてたんだよ。一昨日の夜、女二人でお酒を夜遅く飲みながらね。深夜の悩みの相談だな」

「それをあっさり告げ口してしもうたわけか」

「告げ口してしまったのは佐智子さんが先だったんだ。過去の古傷や昨夜の不愉快な出来事をぺらぺらしゃべられた、と怒ったフーコ先生が仕返しをしたわけ。フーコ先生はそう言ってた」

愉快な話ではない。どちらもふだんの冷静さを失ってしまったのだろう。あるいは、鵜飼警視が絶妙の尋問術を心得ていて、その罠に嵌ったのかもしれない。

「話は変わりますが、今度の事件は随分と火に縁があると思いませんか？」

私には、杉井が言う意味が判らなかった。

「どうしてです？」

「犯人は遺体に灯油を掛け、火を放っていました。現場の名は星火荘。その解明に乗り出したのが火村助教授」

「ほんとだ。気がつかなかった」

石町が面白そうに言った。

「ホワイトクリスマスの悪戯で白尽くしかと思ったら、火が三つか」

「今思いついたんです。だからどうだということはないんですけどね。——ところで、聞くのも失礼かもしれませんが、星火ってどういうものかご存じですか?」

恥ずかしながら私は知らない。真壁の著作に出てきた屋敷の名前から採られていることは知っていたが、それが何を指すのかは考えたこともなかった。石町も即答できないでいる。

「流れ星の尾のことですよ」

杉井はすぐに正解を教えてくれた。

「真壁先生が作中の屋敷にこんな名前をつけたことに特別な意味はないんでしょう。しかし、推理小説界の巨星が長い尾を引いて消えていったな、と思うと、何だか胸が熱くなってしまいます。大きな喪失感を感じます。せっかく海外でも認められたというのに」

私は破風に跨がったまま、杉井と石町は両脇にしゃがんだままで、みんな腕組みをして黙り込んでしまった。

警部はじっと立ったままで、火村は屋根の反対側へ歩いていく。彼が雪を踏む足音と、風の音だけが聞こえていた。

――男五人、こんなところで何をしているように見えるやろうな。

そう思ってまた下界に目をやると、テレビカメラが私たちを捉え、カメラマンがシャッターを切っているのが見えた。この奇妙な光景が本当に報道されるのだろうか？

――屋根の上の探偵たち。

いや、そう見えるかどうか、はなはだ怪しい。

火村の大きな声のひとり言が思ってもいなかった方角から聞こえてくる。

「畜生、何もねぇな。せっかく上がってきたのによ」

屋根の上の不条理劇、だ。

第七章　犯人探し、密室探し

1

火村と私はひと休みをするために自分の部屋に戻った。ベッドに腰を降ろし、ほっと溜め息をつく。よく働いたな、と思って時計を見ると、十一時が近かった。

「屋根の上で、杉井さんや石町さんと何を熱心に話してたんだ？」

火村が訊いてきた。私は、佐智子と風子の告げ口合戦について話した。

「動機調べか。当然だな。——これで何人分の動機が出揃ったのかな」

少しまとめてみることにした。

佐智子は恋人の危機を救うために兄の遺産を手にしたかったのかもしれない。

風子の心の奥には棄てられた恨みがしっかりと根を下ろし、成長していた。そしてそれが昨夜爆発したのかもしれない。

石町は、殺人を犯してでも彩子を真壁の手に渡すまい、と思ったのかもしれない。

彩子は、石町と結ばれるために、真壁を振り切りたかったのかもしれない。

「四つとも殺人の動機としてはごく薄弱だったり、想像の域を出なかったり、だな。詳しいことは後で警視に聞くことにしよう」

私たちの動機検討会はそれであっさり打ち切られた。材料がないからだ。焦茶色のサンタクロースの正体が明らかになれば、事態は進展するかもしれない。

「どうや、犯人の目星はついたか？」

火村は、ぷいとそっぽを向いた。

「解答ページをめくって見れば答えが載ってるってもんじゃない。丁寧に考えていかなきゃな」

「見当もつかず、か」

責めるように言ってやった。彼はあちらを向いたまま、横目で私を見た。

「まだデータが手許に揃ってない。それが揃えば教えてやるよ。お前と犯人とに」

「犯人に？」

「ああ。誰にしてもお前がよく知った人間だろ？　俺が警察より先に真相にたどり着いたら、自首の機会は与えてやれる」

　彼がそんなことを考えているとは思わなかった。

「それが君のやり方か？」

「時と場合によるけど、今回はそうしよう」

　ほんの少しだけ気が楽になった。

「地下室の密室がどうやって作られたかについて、何か考えはあるか？」

「いいや。とりあえずそっちはお前に任せる。書庫で発掘した珍本ででもお勉強して考えてくれ」

　彼は壁を向いて横になった。

「よし、任せろ」

　私はナイトテーブルの上に置いていた『ロックド・ルーム・マーダーズ』を取り、そっと開いてみる。著者、ロバート・エイディの洒落た署名が見返しにあった。

　——To Japanese John Dickson Carr
　　with best impossible wishes
〈日本のジョン・ディクスン・カーへ。あり得ざる親愛の念を込めて〉、か。こんな署名があるなら、古書店へ持ち込んだら相当な高値で売れるだろう、などと私は不埒《ふらち》なことを考えた。

目次から順に見ていく。最初にポオの『モルグ街の殺人』からスラディックの『見えないグリーン』に至る密室もの推理小説の歴史の概説があり、その後に序文がきていた。著者自身の推理小説研究歴の記述の中に、カーの『ユダの窓』こそが史上最上の密室トリックだ、などという一文があった。二十九ページ目からが本文で、まず「出版データと謎」とある。作家のアルファベット順に——Abbot, Anthony から Wells, Carolyn まで——密室ものの題名、発表年、出版社などと、登場する探偵の名前、どんな密室なのかということが列挙されているのだが、これが延々百三十三ページまで続き、サンプルは一二八〇例に及ぶ。トリックの種明し、すなわち解答編はその後ろにまとめられていた。

わが国には八二一例の様々なトリックを収集、分類、解説した江戸川乱歩の〈類別トリック集成〉なる労作が存在するが、密室トリックばかり一二八〇例を集めたこの本は、まさに偉業と言えるだろう。ちょっと病的かもしれないが。

「日本人だけやないんやなぁ、道を極めたいと思うんは」

私は独白しながら本文の拾い読みを始めた。自費出版同然の限定版というだけあって、活字がくねくねと曲がっていたり、印刷がぶれている箇所も多々ある。が、そんなことは内容と関係がない。次から次へと現われる名も知らない作家の密室。それにどんなとんでもない解決がつけられているのかと思うと、わくわくとしてきていた。

——ただ、謎の記述は多くの場合ごく簡単だ。〈密室での喉を切られた死〉だの〈密室での殴打による死〉といった具合。解答を見ても〈殺人者は合鍵を持っていた〉だの〈犯人は死体発見時に鍵を室内に置いた〉だのありふれたものがたくさんあって、やや失望した。

が、そんなものばかりでもない。ところどころに風変わりな謎の設定があり、怪しげな解決が混じっているのだ。それを拾い出す作業に私は没頭していった。

おかしな謎にはこんなものがあった。

〈二千年以上前のエジプトのミイラが運転していた殺人現場の自動車〉

〈人間が持てないような巨大な剣による脅し〉

〈魚屋のあるものを使った遠隔放火〉

〈部屋からのグランドピアノの消失〉

〈天窓から落ちてきた溺《でき》死体〉

〈何の痕跡もなく路上に出現した首なし死体〉

〈出航するたびに乗組員が全員死んで帰る船〉

これは一部だが、なかなかすごい。解決もすごければ申し分ないのだが……。

最初の二つが馬鹿馬鹿しいので種明しすると、〈自動車はリモートコントロールで動いていた〉のであり、〈犯人は巨大な剣を自動車の前に取り付けて走った〉のである。

最後の二つは『鉄路のオベリスト』の邦訳があるアメリカの本格派、デイリー・キングのトレヴィス・タラント探偵ものの短編なのだが、これは解決も面白かった。特に最後の『第四の拷問』が傑作。

ぺらぺらと解決編だけを斜め読みしても楽しいものが見つかる。

〈被害者はピラニアに襲われた〉

〈巨大な蛸《たこ》がついていた〉

〈バスは地下鉄のトンネルに隠された〉

〈小人が施錠し、飾り窓から脱出した〉

〈ロープの一端を岩に結び、バルコニーの向い側の旗竿からスイングさせた〉

果たしてどんな小説なのだろうか？

無邪気に面白がっている場合ではない。私は突然われに返って思った。

——こんなもんを読んで、何が判るっていうんや。

この本でお勉強すれば、いくつかは未知の密室トリックを知ることができるが、それに何の意味があるのか、という疑問だ。犯人が用いたのは、書斎で燃やされた真壁のメモに書かれていたものだ。当然のことながら、それはこの本には載っていない。

——いや、そうでもない。

真壁のメモにあったトリックを犯人が用いたという保証さえないのだ。そもそも、鵜飼警視に見せてもらったメモの断片を思い返してみると、今回の密室と関連があるとも思いにくいのだ。

虎。

太陽と月と星の引力。

そんなものが、地下室の掛け金、あるいは細い暖炉の煙突とどう結びつくというのだ。無関係なのではないか、と今さらながら考える。とすると、犯人はオリジナルな密室を創案したのか？　あるいはかつてミステリに書かれた既存のトリックを借用したのか？

既存のトリックでうまく当て嵌るものはやはり思いつかない。もし犯人がオリジナルなトリックを創案したのならば……。

私の脳裏に高橋風子と石町慶太の顔が浮かんだ。二人とも密室トリックの佳作を書いたことがある。もし、彼女か彼が未発表の新作トリックを現実の殺人に用いたのだとしたら……。

愉快な想像ではなかった。第一、密室トリックを考え出せるのは職業的推理作家だけだ、などということはない。

もしかすると犯人は、新しいトリックを得たからこそ、事件をこんな形にしたのかもしれない。つまり、現場を密室にすれば、私を含めた三人の推理作家の容疑が濃くなるだろう、という発想。やや非現実的だが、もしそうならば、先ほどの逆に犯人は非推理作家であるという推論ができる。――やれやれ、それでは転がしたサイコロの出す目は偶数、もしくは奇数である、と言っているのに等しいではないか。

しかしまぁ、せっかくだから思いついた方向に少し散歩してみよう。

非推理作家――おかしな言葉だが――は二つのグループに分けられる。一つは真壁聖一と同居していた佐智子、真帆、光司。もう一つは真壁の担当編集者だった船沢、杉井、彩子。彼らのうちの誰かが密室トリックを思いついたとすると……。

佐智子、真帆、光司がそんなものを捻り出している姿というのは想像しにくい。推理小説にさして興味がないばかりか、自称ファンの光司にしたところで真壁の作品のすべてを読んでいるかも怪しいのだ。ひょっこりトリックが頭に浮かんだという可能性はあるかもしれないが、ごく薄いだろう。しかし、彼女らは密室の巨匠の最も近くにいた。真壁が洩らした言葉から何かを掴んだり、真壁が彼女らをモニターにしてアイディアの一端を話したことがないとは言えない。

次に編集者たちについて考えてみる。真壁と打ち合わせをする際にこぼれたアイディアを拾う機会が彼らにはあったかもしれない。だが、それもそんなことがなかったとは言えない、という程度のものだ。真壁は執筆中の作品について予見を与えることなく、完成品をぽんと編集者に差し出すタイプの作家だったと聞いている。だから、編集者がおこぼれを頂戴したという説もあまり説得力がないのだ。

では、彼らのオリジナルか？　そうかもしれない。特に船沢は長らく色んな推理作家の担当をしてきた。ある日、トリックの女神が彼に微笑んだのかもしれない。彼が所属しているのは栄《は》えあるゴールドアロー賞の担当部署でもあるし。——ゴールドアロー賞は、毎回、三百編以上が集まる推理小説界屈指の登竜門。山のように積み上げられる応募原稿の中には、夥《おびただ》しい数の密室トリックが含まれていることだろう。作品としては不出来で、早い段階で選に洩れたものの中にも、トリックだけは光ったものがあるのではないだろうか？　あるいは小説作品のトリックとしては面白味に欠けていながら、高度な実用性を具えたトリックが。もし、それを船沢が盗用したとしたら、最も危険な廃物利用になるのではないか？

船沢だけを怪しむのを不公平と感じたわけではないが、私は他の編集者についても考察してみた。彩子だって疑える。彼の恋人、石町がトリックの種を提供したとも考えられるではないか。もちろん、石町が「こうすれば真壁先生を密室で殺せる」と入れ知恵したと言うのではない。何かの拍子に洩らした冗談——作品化できないような——を、彼女が巧みに改良した、ということはあり得る。

残る杉井はどうだろう？　彼については新しい考えは浮かばなかった。最新作の打ち合わせをしていたのだから、普通なら一番疑わしいのかもしれないが、真壁のことだから執筆中の作品について何も語っていなかっただろう。彼については保留だ。

おかしな事件だな、とつくづく思う。犯人が誰かを突き止めるために、密室トリックの出所を探索するだなんて。

私は静かに本を閉じた。

密室。

それがどうした。

そんなもの、どうでもいいではないか。

一二八〇の密室。

何故、こんな子供じみた遊びが止まないのか？

密室。密室。密室。

密室密室密室密室密室密室密室密室密室密室密室密室密室密室密室。

繰り返し唱えていると、言葉から意味が剝ぎ取られていく。

その時、火村がむっくりと体を起こした。

2

「イン・カーヴド・エア」

彼は天井の隅を見上げながら呟いた。

「どうしたんや、先生？」

私はその横顔に尋ねる。と、彼はまた、横目でこちらを見てにんまりと笑った。

「気持ちが悪い笑い方するなよ」

「俺は馬鹿だ」

「知ってる」

「俺の家にはカーヴド・エアのレコードがあった」

「カーヴド・エアのレコード？」私は訊き返した。「何のことや？」

「カーヴド・エアはイギリスのプログレ系ロックバンドの名前さ。俺は高校時代にこのバンドのレコードを友人から借りた」

「まだ家にあるということは、返してないんやな？」

「借り続けてるだけだ。——カーヴド・エアというバンド名の由来を思い出したんだ」

「地下の暖炉にあった落書きの意味と関係があるのか？」

彼はちょっと言い淀んで唇を噛んだ。

「あの戯言《ざれごと》が何を表わしているのかは判った」

「意味が判ったって？　ほぉ、聞かせてもらいたいね」

彼は座り直してこちらを向いた。

「カーヴド・エアという名は、アメリカの実験的ミュージシャン、テリー・ライリーの有名な曲名から採られた。俺はその曲も聴いたことがある。『ア・レインボー・イン・カーヴド・エア』というんだ」

「知らんな」

「シンセサイザーを使ったミニマル・ミュージックだ」

「ミニマル・ミュージックを説明しろ」

「反復音楽とかシステミック・ミュージックとも言う。細かい音のパターンを、少しずつ変化させながら延々と繰り返す。それをシンセサイザーで演奏すればどんな感じになるか、想像がつくだろう？」

およそのイメージは浮かぶ。

「今では珍しくもないが、七〇年頃には充分新鮮だったろう。『ア・レインボー・イン・カーヴド・エア』はそんな曲だ」

「それで？」

「暖炉の落書きは『イン・カーヴド・エア』。レインボーという言葉が欠落しているわけさ」

「せやから、それで？」

「ここで前の『あなたの庭の薔薇がヴェニスで咲く』という言葉に目を移す。原文は——」

「ROSES OF YOUR GARDEN BLOOM IN VENICE」

「よろしい。さて、これは何を表わしているか？　着眼するべきは、この短文が七つの単語でできているということだ。七つと言えば虹の色に符合する。——ここまで言えば判るだろ？」

無理だ。

「七つの単語の頭の文字を拾ってみろよ。R、O、Y、G、B、I、V。これは虹の七色の頭文字になっているんだ」

「そうか？」

「Red, Orange, Yellow, Green, Blue, Indigo, Violet. 赤、橙、黄、緑、青、藍、紫。ちゃんと並んでいる順番も合う」

「……合うな」

なるほど、そういう仕掛けのある文章だったのか。どうりでROSESに定冠詞がついていないはずだ。

「うれしいか？」

「いや、別に」

「俺もだ」

彼はキャメルの箱に手を伸ばした。

「前半は虹の七色。後半は虹そのものを暗示しているらしい。しかし、だ。――声を揃えて言うか？」

「ああ」

せーの。

——それがどうした？

火村は苦々しそうだ。

「全く、それがどうしたってんだ」

「白い悪戯と同じやな。隠されていたテーマは判ったものの、その本質的な意味が判らん」

「ああ、同じ頭が創造した謎かけ臭い」

「お手上げか？」

「まだまだ」

彼は紫煙を吐いた。

「事件発生から十時間ばかりしか経過していないんだぜ。『お手上げか？』はないだろ」

それもそうだ。

「仕方がないな。データが揃うまで待ちましょうや、先生」

私はまたキャメルを一本もらおうとしたのだが、箱に伸ばしたその手を彼はピシャりと打った。

「後一本しか残ってないんだ」

「ケチな奴」

私は誰かに煙草をめぐんでもらいに部屋を出ることにした。しかし、考え直してみるとケチと非難されるべきは私だ。たまに吸いたくなるだけだから、と自分で買わずにもらうばかりなのだから。

ポーズだけなら猿でもできる反省をしながら、私は廊下に出た。物音や話し声が階下からわずかに聞こえているが、二階は静まり返っている。閉ざされたドアのいずれをノックするのにも気後れがして、私は階段を降りてみた。

階段下に立っていた目つきの鋭い刑事が一人、じろりと私を見た。「失礼」と言ってその傍らをすり抜ける。ラウンジで鵜飼と大崎が額を寄せ合って何か話しているのが見えた。声は低く、何も聞こえない。私はそのまま奥に進み、やがてぶつかった光司の部屋のドアをノックした。それが今、星火荘の中で一番抵抗なくノックできるドアだったのだ。

「どうぞ」

開くと、そこにいたのは光司だけではなかった。真帆が一緒だ。彼は勉強机の椅子に掛け、彼女はベッドに腰を降ろしている。

「真帆ちゃんもここか」

「光司君と色々話してたの。——アリス先生は何か彼に用？」

真帆や光司に先生づけで呼ばれることはかなり照れ臭くて抵抗があるのだが、佐智子が「気安く『アリスさん』とは何ですか」と叱って仕込んだのだ。アリスなどという軽い名前のせいだろう。

「いいや。人恋しくなっただけ。お邪魔してもかまへんかな？」

「もちろん」と光司は言い、真帆は私が座る場所を空けてくれた。

「家中を調べていらっしゃいましたね。何か判りましたか？」

光司に訊かれて私は首を振った。

「まだ何も。謎がいっぱいあるというのだけは、判った」

「火村先生は名探偵じゃないんですか？」

真帆が言った。友人に聞かせてやりたい。

「火村が名探偵やなんて誰が言うた？　あれはガッコのセンセ」

「普通の犯罪学者じゃなくって、実際の事件の捜査に加わったりもする人なんでしょ？　伯父さんが言ってたわ。今度のクリスマスにアリス先生が連れてくるお客さんはそんな人だって。私たちは今朝、刑事さんにあれこれ訊かれたけれど、火村先生は捜査の打ち合わせに呼ばれたんじゃないんですか？」

　勘のいい子だ。

「鋭いな。当たってる」

「アリス先生も手伝ってるんでしょ？」

「友情のボランティア活動でね」

　二人は「へぇ」と感心した声を出し、私を尊敬の眼差しで見た。いや、尊敬というほどではないか。

「先生たちもママが怪しいと思ってる？」

　佐智子に殺人の動機がある、と刑事が突き止めたことを、真帆は知っているようだ。彼女は努めて軽い調子で言ったつもりなのだろうが、さすがに声が硬かった。

「いいや。そんなことは思うてないよ。刑事が何か言うたな？　佐智子さんには真壁先生の遺産目当てという動機がある、とか」

「あいつら単純だから」

　そういうのは単純と言わないのだ。彼らの仕事のセオリーであり、成果をあげるための堅実《けんじつ》な手段なのだが、口にはしなかった。

「お母さんの恋人のことは知ってた？」

私の問いに真帆は、すねたような目をして頷いた。

「知ってる。ママより一つ年下の脂ぎった男。見映えは悪くないんだけど、もの欲しそうな目できょろきょろして生きてるような奴よ。ああいうのを実業家っていうんだったら私は絶望して北朝鮮にでも亡命したくなるな。大好きだったソ連の根性なしったら、潰れちゃうんだもの。ゴルビーかわいそう。で、そいつね、お金、という日本語を全然使わないで、必ずマネーって言うの。それってぞっとしませんか？」

可愛い口許を歪めて彼女は吐き捨てた。ママの恋人が心底嫌いらしい。光司を見ると、決まり悪そうに窓の外を向いている。それにしても、真壁家がこんなことになっているとは知らなかった。どこの家にも家庭の事情というのはあるものだ。

「落ち着きなさいよ、真帆ちゃん。君がその男を嫌ってるのはよう判ったから。それで、お母さんとそのマネー男はいつから親しくしてるの？」

「今年の始め頃から。軽井沢のテニスコートで知り合ったんだって。天皇陛下じゃあるまいし、笑っちゃうわ。ところで皇太子の結婚とアリス先生の結婚とどっちが早いと思いますか？」

「知らんよ」

「同い年なんでしょ？」

「畏《おそれ》多くも畏《かしこ》くも学年が同じでね。――ところで、マネー男のマネーがピンチというのも聞いてる。そのことでお母さんは真壁先生に相談したりせんかったんかな？」

「ママがどうしたのかは知りません。でも、いずれは相談したでしょうね。そうするしかないんだもん」

「そうやね。けど、恋の悩みは大きい。真帆ちゃんかて覚えがあるやろ？　マネー男がどんな嫌な奴か知らんけど、あんまりカリカリしなさんな」

彼女は頬をふくらませたが、多分に芝居がかっていた。

「先生の遺産目当ての犯行だなんて、全くの出鱈目ですよ」

光司が落ち着いた声で言った。

「だって、先生が亡くなったら、遺産は真帆ちゃんにいくことになってるんですからね」

私は、はっとした。

「そうなの？　普通やったら妹の佐智子さんにいくと思うけど……」

「違うんです。先生はおばさんに遺産を相続させると、いずれおばさんから真帆ちゃんに遺産相続をする時にまた相続税を取られるのが馬鹿らしいと言っていました。それで、最初からいずれは相続人になる真帆ちゃんに遺産の大部分を譲ることに決めて、遺言状を書いていたんです」

「光司君、よく知ってるな」

皮肉に聞こえたら彼に悪い、と思いつつも私は言った。

「先生は公言なさってましたから。僕には『私にもしものことがあっても、君が大学を卒業するまで何も困ることはないようにしてあるからね』とおっしゃっていました。そんなことは遠い先のことだと信じていましたから、それは少しも深刻なところのない、世間話のようなものだったんです」

私は改めて真帆を見た。ママの恋人がいけ好かないとむくれる十七歳の少女。彼女は今や何億もの資産を相続したのだ。そして、おそらく同時に相続したであろう真壁の著作権も、この先大きなマネー、いや、金を生むに違いない。

「私、億万長者になったんです」と少女は言う。

私はこっくり頷いた。

「ママは私に頼むかしら？『真帆ちゃん、お金がいるの。貸してちょうだいね』。そしたら私は言うわ。『嫌よ、絶対に嫌』」

冷たい風が私の胸に吹いた。マネーがこの母子の心の亀裂を決定的なものにしようとしている。

「そんなことを簡単に言うもんやない。俺には口を挟む権利はないけど、お母さんの気持ちも考えてあげることが必要やないか？　想像できるところまで想像してみた方がええ」

そんなことしか言えなかった。真剣に悩む十七歳の少女に対して、お説教じみた有益な忠告を即座に返せるなどという自惚れを、私は持ちあわせていなかったのだ。

しかし、それもまた善人ぶった言い種だ。私の胸にはまた別の冷たい風が吹きだした。――彼女には伯父を殺す動機がある。

自分が富を得ること自体が目的ではなく、耐え難い母の結婚を阻止するためになら、悲しむべきことだが、彼女はそれなりの努力をしただろう。

しかし、と私はまた首を振る。まさか、伯父を殺すなどという大それたことができただろうか？　いくら何でもそんな恐ろしいことが、目の前の、このまだあどけなさを残した少女にできると思いたくない。

そんな私の心の乱れを、二人の高校生は察したらしい。

「どうかなさいましたか？　黙り込んじゃって」

「私とママのいがみ合いなんて聞かされて、気分よくありませんよね。すみません」

「いや、そんなことはないよ」

私は微笑みながら否定した。

「アリス先生がノックするまで光司君と話してたのは、ちょうどそのマネー男のことでした。あいつが犯人なんじゃないか、と私は考えたので」

「面白いな」

私は口を滑らせた。

「いや、面白いなんて言うのはまずいか。要するに真帆ちゃんが言いたいのはこういうことやな？　真壁先生を殺したら佐智子さんに遺産が転がり込んで、その結果自分が救われると錯覚したマネー男が、先生を殺害した」

「当ったりー。もしそうなら一番いいな、と思ったんです。だって、それなら私のよく知った好きな人たちはみんな無実だってことになって、救いがあるじゃないですか。結末としては私、これがいい」

「真帆ちゃんの気持ちはよく判る。けど、その可能性はあるかな？　そいつが犯人やとしたら、俺を殴った後でどうやって足跡を遺さずに星火荘から逃げられたのかが問題になる。そんな方法は思いつけへんな」

彼女は肩をすぼめた。

「有栖川先生、どっちみちその人は犯人じゃないんです。真帆ちゃんの仮説は間違ってる。それが残念だな、って話していたんですよ」

光司は興奮している真帆を鎮めようとするかのように、穏かに言った。

「というと？」

「その人にはアリバイがあった。二日前から九州に出張しているって、おばさんが話していたのを思い出したんです。本当かどうかは警察が調べればすぐ確かめられます」

一人の男が容疑者の輪に入ってきて、名前さえ聞かないうちにすぐまた退場していった。

「ママが早く目を覚ましてくれればいいんだけど」

大人びた溜め息をつきながら真帆が言う。光司はまた視線を逸《そ》らして、今度は机の上に顔を向けていた。ふと見ると、写真立てが二つ並んでいる。一つは二年前に交通事故で亡くなった母親のもの。その隣の写真に写っている消防服姿の男性は、殉職した父親に違いあるまい。彼が見つめているのは、父親の写真のようだった。後方に消防車が見えているところをみると、おそらく職場で写したものだろう。肩幅が広く、屈強そうな男だ。眉が上がり気味なのが意志の強さを表わしていると見えたが、それでいて微かに浮かべた笑みは実に温かかった。父と死に別れた時に彼は七歳だった。面影は強く脳裏に焼きついていることだろう。その死に対する悲しみと、深い尊敬の念とともに。

私は考えてしまう。——遺産相続人が真帆だったということと、彼女が母の結婚を強く阻止したがっていたという新事実を知ったことから、真帆にも伯父殺しの動機がなくはなかったと、私は思った。が、それと同時に、依然として佐智子にも兄殺しの動機が成立するのではないだろうか？　未成年の真帆が相続した遺産に、親権者の彼女が指一本触れられないということはないだろう。また、娘を説得する自信があったのかもしれない。母にも子にも動機がある。

そこまで考えて、私は不快になった。他人の心に潜んだ憎悪や利己心を摘出する作業に没頭する自分にうんざりしたのだ。

三人とも黙り、話が続かなくなった。

私は「また後で」と言って立った。

3

ラウンジから杉井が勢いよく出てくるところだった。彼は憤然とした様子で前方をにらみ、肩を大きく揺すって階段に向かう。様子がおかしい。私は、彼を呼び止めた。

「ラウンジから出てこられましたけれど、また刑事に呼ばれたんですか？」

こちらを振り返った彼は、両目に被さった前髪を両手で払い上げた。

「ええ、ちょっと話を聞きたいと言われたものですから。つまらん質問の繰り返しですよ」

いたくご立腹らしい。

「みなさん、また質問攻めですか？」

「いいえ。私だけです。私にたいそう興味があるんだそうで」

「まさか。杉井さんがしつこく詮索されるわけなんてないでしょう？」

「そう言ってくれるのは有栖川さんだけですよ」

「お話、伺ってもいいですか？」

彼は口許を少しもぞもぞ動かしていたが、

「かまいませんよ。私の部屋にいらっしゃいますか？」

私たちは階上に上がった。すると、杉井の部屋の前に船沢が立っていた。彼は軽く握った拳を振り上げ、今まさにドアを叩こうとしていたようだ。

「あ、杉井さん、階下におったんですか。ちょっとお話があるんです」

「急ぐことですか？」

迷惑そうである。

「急ぐ急がないというより、大事なお話です。ぜひ聞かせてもらいたいことがあるんです」

「こっちは後でかまいません」と私は言う。

「そうですか。そしたら失礼して……いや、これは有栖川さんが一緒の方がええかもしれん。ちょっとお部屋で」

船沢はそう言いながらドアを開け、さっさと中に体を入れた。私も一緒がいいとはどういうことだろう、と思いながら部屋に入らせてもらう。

「まぁ、お掛けください」

自分の部屋に招き入れたかのように、船沢は私たちに言った。自分はベッドの端にどっかと腰を落とす。

「よろしいですか。有栖川さんが証人ですよ？」

彼は、杉井と私の顔を等分に見ながら言った。

「用件は？」

杉井はぶっきらぼうに問いかけた。船沢はぐっと顎を引く。二重顎のくっきりとしたラインが浮き出た。

「あなた、真壁先生の遺作をもらいましたね？」

杉井は眩しそうな顔をした。

「遺作はもらっていませんよ。四十六番目の密室ものはまだ題名も決まらないままで、第一章すら終わっていなかったでしょうから」

「いいや」

相手は太い首を振る。

「先生の絶筆は書斎の机にあったあれやない。私が言うてるのはちゃーんと完成してた『愚者《ぐしゃ》の死』のことです」

「……『愚者の死』とは？」

船沢は音のない舌打ちをした。

「とぼけたこと言わんでください。『愚者の死』こそ真壁聖一生涯最後の密室ものです。死後に発表されることを望んで、彼が脂の乗り切った三十八歳の時に書き上げた自信作のことですよ。知らんとは言わせませんよ」

「いや、知るも知らないも、あなたのおっしゃっていることはさっぱり判らない」

「ええ加減にしてください。私は知ってるんです。実物は見たことがないけど、先生がそれを脱稿してるのはご本人から聞いてる。あれは私がもらうはずやったんです」

どうやら、真壁は自分の死後に発表すべく、『愚者の死』なる遺作を用意していたということらしい。アガサ・クリスティがポワロ最後の事件『カーテン』とミス・マープル最後の事件『スリーピング・マーダー』——前者は結局生前に出版されたが——を死後出版のために用意していたように。

「船沢さん、言い掛かりはよしてください。私はそんな作品は知りません。『愚者の死』なんて題名を聞いたのも初めてだ。もし、そんなものがあるのなら、何としてもわが社から出版したいものですけどね」

「あれは私がもらうはずだったんや」

船沢は杉井の言葉を無視した。

「私こそ真壁聖一の最良のパートナーだった。私にこそ『愚者の死』を発表する権利がある。――有栖川さん、そう思いませんか？」

　突然質されて当惑する。

「い、いや、私には何とも……」

「杉井さん」

　船沢は杉井を見据えた。

「あなた、慰謝料《いしゃりょう》代わりにあの作品をもろたんやないでしょうね？」

「何のことです？」

　杉井は身構えた。

「こんな失礼なこと、ほんまは言いとうないんやけど、あなたは真壁先生に償《つぐな》いを求めることができたはずです。先生のことやから、お得意の慰謝料も出したでしょう。そして、あなたはその余禄として、『愚者の死』を差し出して欲しいと要求したんやないですか？」

「あなた、やめなさい！」

　杉井は、拳を握って椅子を蹴った。顔が紅潮している。私はまた彼らの話が見えなくなった。

「無礼にもほどがある。船沢さん、自分が何を言っているのか判ってるんですか？

私だけじゃない。あなたは真壁先生も、かつての私の妻をも愚弄《ぐろう》している。これは赦し難いことだ。今すぐ謝罪していただきたい」

「確かに言いすぎました。……謝ります」

船沢は拍子抜けするほどあっさりと詫びた。

「興奮してたとはいえ、大変失礼なことを口走ってしまいました。お赦しを」

髪の薄い頭頂部を見せて彼は頭を垂れた。が、顔を上げると懲りずにまた話を蒸し返す。

「けどね、杉井さん。『愚者の死』は私にとってもとても大切な作品なんです。私は真壁聖一という稀有《けう》な才能の推理作家に惚れ込んでるんです。伏してご無理をお願いします。どうか、あれを私にください」

「あんた、やめてくれ。私はそんなもの知らん」

「杉井さん……」

「くどい！」

彼は腕を伸ばし、人差し指を真直ぐドアに向けた。

「出ていってくれ」

時間が凍りついた。杉井は出口を示したまま、船沢と私は背を丸めてベッドに腰を降ろして、しばし微動だにしなかった。遠い林の梢から落ちる雪の音さえ聞けそうな、完全な沈黙が部屋に満ちた。それは、おそらく十秒ほど続いた。

「そうですか」

やがて船沢は弱々しく言った。

「そうなんですか、判りました」

杉井の右腕がゆっくりと降ろされる。

「何が判ったんですか？」

「『愚者の死』は渡さない、というあなたの気持ちですよ。この場は引き上げましょう」

「この場もあの場もありませんよ。くだらない言い掛かりはこれっきりに願いたい」

二人の編集者は互いにどちらの口調が不貞腐《ふてくさ》れて聞こえるか、私を審査員にして競っているかのようだった。

「失礼しましょうか」

私は船沢に声をかけ、腰を上げた。彼は黙って立つ。

ドアに向かいかけた船沢は途中で一度振り返り、半ば口を開いた。が、思い留まったらしく、向き直って私とともに廊下に出た。

「船沢さん、私には何のことかよう判らんかったんですけど……」と話しかける。

「お聞きになってて推測できたでしょ？」

肩を落としたまま彼は言った。

「真壁先生には『愚者の死』という未発表の長編があるんです。死後出版のために書いたってご本人から聞いてます。『愚者の死』。いかにも密室ひと筋に生きた巨匠の自負そのものという、堂々たる題名やないですか。『いずれあんたのものになる作品だよ』ともおっしゃってた。それが、書斎にないんです」

「立ち話もなんですから」

私は彼を部屋に引っぱっていった。事件と関係があるのかどうか不明だが、火村にも聞かせようと思ったのだ。しかし、どこへ行ったのか、彼は部屋にいなかった。とりあえず私一人で聞くとしよう。

「『愚者の死』というのはどういう内容の作品なんですか？」

「知りません。最期を飾るにふさわしい自信作やとは聞きました」

彼は力んで答える。

「その『愚者の死』という作品が書斎に見当たれへんからというて、慌てることはないんやないですか？　大切なものですから、銀行の貸し金庫かどこか、他所に保管してあるのかもしれんやないですか」

太った編集者はぷらぷらと片手を振った。

「そんな大袈裟なことはしてませんよ。——いや、それより何より、先生と杉井さんとの間で取引があったと考える根拠があるんです」

「取引って？」

「杉井さんが何年か前に、美人の奥さんと離婚した原因、聞いてますか？」

私は「いいえ」と首を振る。

「お話しするのも不愉快なことなんですけど、実は奥さんと真壁先生が不倫をしたという噂があるんです」

私は驚いた。

「ほんまですか？」

「ごく限られた人間の間での噂ですよ。不倫というてもどの程度のことやったのか誰もはっきり知りません。ただ、先生が悪い癖を出したというより、どうやら元杉井夫人の方からよろめいたと言われてますけどね。先生って、不思議ともてたでしょ？」

「はぁ」

「杉井さんは裏切られた、と怒って奥さんを叩き出した。奥さんは日本から逃げ出して、今はアメリカのお姉さんのところにいるそうですよ。まぁ、そんなことはどうでもええか。――それでどうなったかですけど、杉井さんは奥さんに非があったことを認めて、先生を責めようとはしませんでした。もちろん、それ以前とまったく同じようにお付き合いすることはできんかったでしょうけど、仕事は仕事として、担当を変えてもらうようなことはなかった。クリスマス・パーティにもそれまでどおり出席してね」

「そんなことがあったやなんて、全然知りませんでした」

「そらそうです。この話は内緒内緒でそんなに広まってませんから」

「けど……いくら仕事は仕事と割り切っても、そんなことがあったんやったら大きなしこりが残ったでしょう。先生と杉井さんを見てて、それらしいものは感じませんでしたけれどね」

人を見る目がないな、と言うように船沢の目が嗤った。

「あの二人、特に杉井さんが、肚《はら》で思うてることを簡単に面に出すもんですか」

「そんなもんですかね。――それで、さっき慰謝料とかおっしゃってましたけど、先生はお金を払ったんですか？」

「噂ではね。杉井さんはあっさりと受け取ったそうですよ。それで水に流した印にしよう、としたのかもしれません。——私が言うてたんはそこです。杉井さんは実は『愚者の死』の存在を知ってて、それもついでにいただいたんやないか、とね」

どうもそれは納得がいかない。

「変ですよ。『愚者の死』という作品はファンにとって宝物かもしれませんけど、一編集者の杉井さんにそんなに価値があるもんですか？　せいぜい『よく真壁聖一の遺作を手に入れた』と編集局長だか部長だかに褒められて、ボーナスの査定がちょっとよくなるだけのことやないですか？」

船沢は初めて黙り、考えごとをするように眉根を寄せた。

「有栖川さんが言うこともも っともです。是が非でも先生の最後の作品の編集者になりたい、という希いは、彼がいくら熱心やというても、私と比べたら段違いに小さいでしょうからね。しかし……彼がさらっていったんやなかったら誰が？　彼しか考えられへんのですよ」

話を少し変えてみる。

「杉井さんだけがまた刑事に尋問をされたみたいですね。さっきラウンジから苦々しそうな顔で出てくるのを見ました。刑事にたいそう興味を持たれてる、とおっしゃってましたけど、何があったんでしょう？」

船沢は、こともなげに答えを与えてくれた。

「ああ、それは今言うた件ですよ。彼の奥方が真壁先生と不倫の仲になって、それが原因で離婚したっていうこと。それを私が刑事に証言したから、経緯を聞かれたんでしょう」

彼は涼しい顔をしていた。ここにも告げ口をした人間がいる。もちろん、告げ口などと憎まれ口をきく方が筋違いで、捜査に積極的に協力しているとも言えるのだが——やはり私には釈然としない。

「『愚者の死』なぁ。譲ってくれたらええもんを。けれど、確かに有栖川さんが言うたとおり、あれだけ白《しら》を切るというのもちょっとおかしいな。それに、なんぼ白を切ったところでいずれ出版するんやから、そんな嘘はばれてしまうのに」

また、私の頭に人を疑る種から芽が吹いた。

真壁聖一を地下室で葬るのに犯人が使ったトリックは、真壁自身の『46番目の密室』ではないか、という仮説があった。暖炉で燃やされたのがそのアイディアのメモであり、犯人はそのトリックを独占したのだと考えたことがある。しかし——真壁が死後出版のために書き上げた作品が存在していたのならば、そちらを『46番目の密室』と呼んでもよさそうだ。

犯人はどうやって密室トリックを得たのだろうか？　暖炉で焼却されていたメモは、どうもこの事件の密室と符合しないことから除外してみて、もう一度トリックの出所が何箇所あるか数えてみる。犯人自身――怪しむべきは推理作家の風子と石町――が創造したのだ、という説がまず一つ。その他に、一緒に暮していた佐智子、真帆、光司が拾ったのだ、という説。船沢が日の目を見なかった応募原稿から借用したのだ、という説。彩子が恋人の石町からヒントを得たのだ、という説。そしてこれに、杉井が『愚者の死』のトリックを実行したのだ、という説を加えていいのではないだろうか？　もしそうなら、船沢にいくら問い質《ただ》されようとも彼が「そんなものは知らない」と嘯《うそぶ》くのにも納得がいく。彼が犯人だったなら、『愚者の死』は誰の目にも触れさせるわけにいかない。推理小説ファンにとってそれがどれほど大きな意味のある作品であろうと、彼は破棄してしまうだろう。いや、もうすでにその原稿は処分されて、この世にないのかもしれない。

――辻褄が合う。

そして、動機も杉井は持ち合わせているではないか。彼は真壁を激しく憎んでいたのかもしれない。それをひた隠しに隠して、復讐の機を窺っていたとも考えられるのだ。

色んな話を仕入れるほどに、トリックの出所も動機もぞろぞろと出てくる。

私は混乱した。

4

船沢が引き上げると、火村を捜しに階下に降りた。まず、ラウンジを覗いてみる。そこには火村はおろか、先ほどまでいた鵜飼と大崎の姿もなかった。あらためて書斎か地下室の現場検証をしているのだろうか？　あるいは屋敷の周辺の捜査？

書斎の様子を見にいってみると、一人の年配の刑事が、ドアの前で片膝を突いてしゃがんでいた。足を止め、何をしているのかと見る。刑事は床近くにあった右手をゆっくりと上げていっている。白い手袋を嵌めたその手は何かを握っている。テグスだ。彼はテグスとセロテープで密室を作る実験をしているのだ。私は成り行きを窺った。やがて、カチンと小さな音がした。刑事はノブに手を掛け、押そうとする。ドアは開かなかった。

「おい、掛かった掛かった」

部屋の中からうれしそうな声がして、ドアが開いた。

「こんな掛け金、簡単に降りるんだな」

顔を出したのは別の刑事だった。相棒と組んでの実験だったようだ。随分と簡単に密室は作れるらしい。テグスを引いた刑事も立ち上がり、「一発でできたな」と満足そうに言っている。ドアが大きく開かれたので室内の大部分が見えたが、そこにも火村や鵜飼たちはいなかった。

書斎から出てきた刑事と目が合う。彼の笑みがすっと失せていくのを見た私は、くるりと振り返ってその場を去った。素人探偵とその助手の介入を快く思わない刑事がいて当たり前だ。

私は書庫へ降りてみることにした。階段あたりにきたところで、話し声が耳に入る。捜していた人々は地下にいたようだ。

「これは初めからこうでした。冬場は不便なだけで、それ以外の季節はこれでも別段不都合はないんですけど」

佐智子の声だ。どういう事情か判らないが、彼女が検証に立ち会っているのだ。興味をそそられて私は階段を足早に降りる。

細く開いたドアの前に四人の人間が立っていた。火村、鵜飼、大崎、佐智子。思っていたとおりの顔ぶれだ。火村が「確かですね？」と念を押し、「はい」と佐智子がはっきり答えているところだった。

「ありがとうございました。結構です」

火村がねぎらいの言葉をかけ、彼女は一礼してこちらを向いた。私を見て「あら」と少し怪訝そうにしたが、軽く会釈をする。すれ違うことのかなわない狭い階段なので、私は素早く下まで降り、体を斜めにして道を空けた。「どうも」とまた会釈をして、彼女は脇をすり抜けていった。

「どこへ行ってたんだ？」

腰に両手を当ててた火村が言った。

「外出してたわけやない。ちょっと情報収集活動をしてただけでな」

「どんな情報を集めてたのか知らないけど、こっちでは大きな進展があったんだぜ」

「ほぉ」

私の情報だってなかなかのものだと思うのだが。

「どんな情報や？」

「寒いな。中で話そうか」

彼は顎でしゃくって書庫を指した。鵜飼と大崎の後に私も中に入る。

書庫にも暖房はないので、寒々しいのは階段下と変わらなかった。隙間風が冷たいので振り向いてみると、ドアが細目に開いたままだった。ノブを引く。しかし、これでよし、と手を離すと、ドアは私を嘲笑《ちょうしょう》するかのように音もなくまたわずかに開いた。

「以前からそうだったんだそうだ」火村が言う。

「壊れてるのか？」

「ああ。蝶番《ちょうつがい》が壊れていたんだ。手を離すと一、二センチ開いてしまうのさ」

「すると、さっき佐智子さんに尋ねてたんはこのことやな？『初めからこうでした』というのを聞いたけど」

「確認したんだ。死体発見の騒ぎの時に俺は金槌でドアをぶち破っただけだから、蝶番の異常は元からだと思ってたけどな」

「ふぅん、それで『冬場は不便』ということか。けど、これやったらラウンジにでも戻った方がええんやないですか？」

　私は鵜飼と大崎に同意を求めて提案した。隙間風というのは嫌なものだ。

「そんなに寒けりゃ閉めろよ。掛け金がついてるんだから」

　火村はここに拘りたいようだ。私は言うことを聞いてやることにした。掛け金は確かに硬かった。

「書斎で刑事さんたちがテグスを使って密室を作る実験をなさっていましたけど、この掛け金ではうまくいきそうもありませんね」

私が言うと、警視と警部は黙って頷いた。こちらでも実験ずみなのかもしれない。

「ところで、大きな進展とは？」

「ブルゾンの男の正体が判明した」

「え？」

抜かりなく手が打たれていることは承知していたが、そんなに早く身元が突きとめられるとは思ってもみなかった。

「よろしければ警視からもう一度詳しく伺えますか？　私も聞きながら確認したいもので」

火村の頼みに鵜飼は面倒そうな様子も見せず、手帳を取り出して見ながら話を始めた。

「男の名前は諸田《もろた》禎一《ていいち》。年齢、五十八歳。本籍、群馬県高崎市《たかさき》。現住所、不定。傷害、傷害致死、強盗、窃盗、恐喝、営利誘拐未遂の前科があり、今年の八月二十日まで府中《ふちゅう》刑務所に服役していました。強盗と傷害致死で九年の刑を受けていたのですが、刑期満了で出所しています。十八の時に傷害と窃盗でくらい込んで以来、塀の内側にいた時間の方が外側にいた時間よりもよほど長いという男です」

　経理課員が帳簿の数字を読み上げるような淡々とした口調だったが、私はショックを受けた。戯れにサンタクロースだと呼んでいた男は、ひどく物騒な人物だったのだ。そんな男だったのか、と車庫の裏の林で見た暗い目を思い出す。

「万引き、無銭飲食から誘拐未遂まで、悪いことは何でもやってきた男で、正業に就いたことはありません。一時期、東京都内の暴力団に所属していたこともあるようです」

「それでそんなに早く判ったんですか……」

　私があっさり納得していると、鵜飼は少し胸を張った。

「隣家で採取した指紋の照会だけに頼っていたなら、こうまでは早く判らなかったでしょう。実は、大崎警部に心当たりがあったのです」

　私は警部を見た。彼も反り身になっている。

「諸田禎一のことは知っていました。彼が十年前に逮捕されたのは、逃走中に泊まっていたホテルが火事になって焼け出されたことがきっかけでした。私はその浅間サンホテル火災の捜査に当たりましたので、彼の取り調べも二度ほど行なったんです」

　――浅間サンホテル火災。

聞き覚えがある。それは、そう、檜垣光司の父が職務遂行中に命を落とした火災ではないか。ついさっき光司の部屋で見たばかりの、亡き消防士の笑顔が甦る。その火災に巻き込まれたのは光司の父だけではない。同夜同ホテルには真壁聖一と船沢辰彦が宿泊していて、奇禍《きか》に遭っているのだ。思いがけないところで思いがけないものが交錯するのだな、と驚いていたのだが、鵜飼らの話を聞いているうちに、やがてそれは単なる偶然ではないことが判ってくる。

「諸田の取り調べをなさったということですが、それは最初は火災の捜査としてだったんですか？」

火村が尋ねる。大崎は相変らず潰れた声で、

「どんな様子だったかそのあたりをご説明します。彼は一番最後に救出された人間で、顔に火傷を負った上、一酸化炭素中毒を起こしかけていたため、すぐに病院に収容されました。私は出火原因調査のために翌々日面会に行ったのですが、ひと目見て、すぐにそれが前橋《まえばし》で起きた傷害致死事件の重要参考人として県警が捜していた男だ、と判りました」

「逃走中だったわけですね？」

「はい。仲間には東京方面へ行く、と言っていたんですが、裏を掻いて浅間、軽井沢

付近に潜伏しようとしていたようです。火事に遭わなければ、見つけ出すのにしばらく時間がかかったかもしれません。彼はツキがなかった」

救出された最後の一人。ということは、光司の父が命懸けで助け出した宿泊客こそ、諸田禎一だったということになる。——大崎警部が話を続ける。

「諸田は観念して、すぐに罪を認めました。顔に火傷を負ったことが相当ショックだったようで、自暴自棄になりかけていたのかもしれません。奴はどうしようもない身持ちの悪さに似合わず、なかなかの二枚目だったんです。働くということを知らない男でしたから、犯罪とヒモで生きていたんですね。火事に遭った時も、軽井沢に旅行にきていた二十歳の娘を誑《たぶら》かして同宿していたぐらいですから。まぁ、それは遊びというより、逃亡中のカムフラージュという意味合いだったようですが。で、観念していくつか出てきた余罪もすべて自白し、翌年に懲役九年で府中に放り込まれたんです」

鵜飼が後を受けて「顔の右側面から首筋にかけて火傷があったという有栖川さんたちの証言から諸田のことではないか、と大崎警部にはすぐピンときたそうです。そこで指紋を県警で照合したところはっきりと一致し、ここで殺されたのが彼であることが明らかになりました。大崎警部が今回の捜査の担当だったことが幸運だったわけではありますが、他の捜査官であっても諸田のことは知っていた可能性が高かったでしょう。彼は県下で悪の有名人でしたから」

そういうことなら身元確認が早かったことも判る。だが――その諸田禎一が何故ここにいたのだ？　ここで死体になって転がったのだ？

「どうして出所した諸田がここにふらふらやってきたのか、ですが、それについては見当がつかなくはありません。実は、書斎の被害者が諸田であると判明すると同時に、われわれは高崎拘置所《こうちしょ》に拘留《こうりゅう》されている彼の弟のところに刑事をやって聞き込みを行ないましたので」

「少し割り込んで聞かせてください」と私はストップをかけた。「諸田禎一の家族は拘留中ということですが、何か犯罪を犯したんですか？」

鵜飼と大崎は顔を見合わせ、苦笑めいたものを交わした。鵜飼が説明する。

「諸田は八人兄弟の長男で、両親はすでに他界していますが、彼の七人の弟妹は全員が健在です。健在ではあるものの、どうにも問題のある人間ばかりでしてね」

「だから拘置所にいるんですか？」

「もちろん法に触れることをしたからです。七人の弟妹のうちの一人が拘留中。三人が旭川《あさひかわ》、堺《さかい》、高松《たかまつ》で服役中です。残りの者もどこかの刑務所の塀の上を歩いているんじゃないかと思います」

「……呆れた兄弟ですね」

二人はまた苦笑を向け合う。

「ロクなもんじゃありません。風来坊の悪ばかりで、彼ら兄弟がぶち込まれた刑務所を地図で塗り潰していけば、全国制覇も間近かもしれません。その父親母親も決して立派な人生を完《まっと》うしたわけではなく、アルコール中毒だった父親は酔漢との喧嘩で刺し殺され、売春婦だった母親は性病で半ば廃人になった末に死んでいます。県内はおろか、日本中を捜してもあんな家族はそうざらにいないでしょう。やはり血というものですかね」

私は、ここへくる前に京都で聴いた火村の講義の一部を思い出した。アメリカの犯罪家系ジューク一族の話だ。火村はそんなものは非科学的調査の産物であり、迷信だと学生たちに説いていたが、やはりそういう家族は存在しているではないか。ちらりと助教授を見ると、彼は目を細めて聴いていた。

「諸田兄弟がどういうふうかは判りました。それで、拘置所での聞き込みの結果はどうだったんですか？」と尋ねる。

「拘留中の弟は禎一と一番仲がよかった男で、服役中だった禎一と手紙のやりとりをしていたそうです。その中で彼が書いていたことが参考になりそうです。——禎一は浅間のホテル火災の際、わけあって逃げ遅れたというんです。さっきも言いましたが、彼は若い娘を誑かして一緒に四階の一室に泊まっていました。もちろん火事に気づくのが遅かったために逃げ遅れたんですが、その娘が煙に捲《ま》かれて倒れてしまったことが彼らを窮地に陥れたとのことです。この話が真実なら、ロクでなしにも良心はあったんですね。彼は娘を放って自分一人で逃げようとはせず、何とか助けようとします。しかし、娘を担ごうとしたが自分も煙を吸っていて足許さえ覚束《おぼつか》ない。パニックになりかけた時、同じように逃げ遅れたらしい二人の男を見ました。彼は懸命に助けを求めます。しかし、男たちは諸田と娘を蹴り飛ばし、その体を踏み越えて五階に逃げていった。やがて火が天井を伝って燃え広がり、頭上から降ってきました。これまた本当ならば美談ですが、彼は娘の上に覆いかぶさって守ってやったそうです。火傷を負い、煙に噎《む》せながら、もう絶対に助からないと死を覚悟したといいます。——しかし」

「助かった」

「そう。勇敢な消防士が、自分の命と引き換えに彼と娘を救出したんです。ああ、そうだ、彼はこんなことも手紙に書いていたそうですよ。『あの消防士が殉職したと聞いて、警察に罪を洗いざらいしゃべる気になった。悔いた』と。——まぁ、燃えるホテルの中でそんなことがあったというんですね。そして、『あの時の男たちを赦せない。見つけ出して腹の虫が治まるようなことをしてやる』と綴っていたそうです。今、その弟の家に残っているという禎一からの手紙を捜しています。また、裏を取るために、その時に諸田と一緒に助け出された娘を捜して話を聞く必要もあるでしょう。ただ、娘はほとんど意識がなかったといいますから、証人にならないかもしれません」

真壁と船沢だ。禎一が憎んだのはその二人に違いない。二人は、最後から二番目に救出されたのだから。

「すでにお察しのとおり、助けを求める諸田を踏み越えていったのは真壁聖一、船沢辰彦でしょう。そして、諸田はどういう手段を使ったのかは判りませんが、出所後四箇月をかけて二人の男の身元を探り当てた。そして、何らかの復讐を加えるためにこ星火荘にやってきたものと思われます」

「どういう方法で探り当てたのか、私には見当がつきます」

私の言葉に刑事たちのみならず、火村も「え？」と驚きの声を発した。

「ラウンジにある週刊誌をご覧ください。二週間ほど前の号なんですが、グラビアページに真壁先生と船沢さんが並んで写った写真が載っています。記事の中におよその住所が書いてありますし、しかもその写真の背景は星火荘です。あれを見たのなら、ここまで訪ねてくることは可能だったでしょう」

「諸田はその週刊誌をどこかで見たということか……」

鵜飼は、ゆっくりと腕を組んだ。

「ええ。喫茶店だか食堂に置いてある雑誌を見ているうちに偶然見つけたんだろうと思います。二人の顔が脳裏に焼きついていたのか、見た途端に記憶が甦ったのか判りませんが」

新橋のサウナのタオルを所持していたのだから、彼は東京にいたのだろう。東京のどこか、大衆食堂の片隅で仇《かたき》の二人を発見し、息を呑む男の姿を私はありありと想像することができた。驚き。そして歓喜。彼は傍らに置いてあったリュックを手に取って担ぎ、立ち上がる。ねぐらに戻り、復讐の計画を練ったことだろう。それがやがて形になる。彼は準備を整えると駅に向い、軽井沢までの切符を買う——。

「有栖川さん、あなたのおっしゃるとおりかもしれない。それは大いにありそうなことです。二週間前の号だとすると、時間的にも自然だ。二週間で彼は計画を練り上げたんでしょう」

鵜飼が満足げに言うのを聞いていて、私はさらに思い当たることがあった。

「二週間という期間は計画を立てるために空いたんではないかもしれません。諸田は先生と船沢さんの二人が憎かったわけでしょう？　そうであれば、クリスマスに星火荘を訪れるのが最も望ましかった。その日には真壁先生の許にパーティに招かれた船沢さんがくるんですから。そのことも記事には載っていました」

「なるほど」

刑事たちが唸っている間にも、私は別のことを考えていた。作家と担当編集者の名コンビぶりを紹介するあのページは、写真と編集者のエッセイとで構成されていた。船沢は、真壁のデビュー当時の思い出や翻訳を出版するまでの苦心談などを書いていたが、今になって思うとそれが不自然な気がする。別におかしなことは書いていないのだが、取材旅行先で火事に遭い、二人して九死に一生を得たことがあるという話を何故書かなかったのか？　それは飛び切り印象的なエピソードではないか。書かなくてはならないというものではない。しかし、書くのが普通だと思う。

「ただ、諸田が弟にそんな手紙を出していたとしても、それが事実かどうかはまだ疑問です。真偽のほどを確かめるために、船沢さんに後ほどお話を伺うことになるでしょう」

事実だったら——船沢は強い衝撃を受けるだろう。これは恥辱《ちじょく》だ。思い出すことさえ不快な苦い体験。真壁と二人だけの胸にしまっておいた生涯の秘密だったはずだ。それを思いがけない時に刑事から問い質されたなら、彼は平静を保ってはいられないに違いない。

「諸田の正体と訪問——家の周囲を探って回るのが訪問と言えるかどうか疑問ですが——その目的はおよそ判りました。では……それから何が起きたんですか？」

私は三人の誰にともなく問いかけた。口を開いたのは鵜飼だ。

「もし、真壁氏だけが被害者だったなら、諸田が復讐のためにその命を奪ったのだと言えたでしょう。また、諸田だけが殺されたのなら、恐喝だか何だか復讐にきたところが真壁氏に返り討ちにあったと考えることができたでしょう。ところが、二人とも殺されたとなると、まず怪しまれるべきは船沢氏でしょうね。浅間サンホテルであったことが公になることに、彼の名誉心が耐えられなかったのかもしれません。例えば、諸田が世間に公表して訴えるぞと脅し、真壁氏がそれに応じなかったとする。そんな二人が生きている限り、自分の秘密が暴かれる恐れがある、と不安になった船沢さんは、二人をもろとも葬ってしまった。——もちろん、これは推測にすぎませんが」

燃えるホテルで何があったのか、私たちは知らない。その時の真壁と船沢がどれほど非人間的な行ないをしたのかは、今となっては船沢一人しか知る者がないようだ。だが、それは二人の人間を殺してまで守らなくてはならない秘密だろうか？　不名誉なことには違いないが、その場にいなかった第三者が彼を糾弾《きゅうだん》することは酷だ。二人の人間を殺してまでそれだけの秘密を死守した、というのははなはだ顚倒しているではないか。書斎の被害者が諸田禎一という男であると判明したことは捜査の進展であるにせよ、これならば私が仕入れた真帆と杉井の隠された殺意と大差ないように思う。――その二人の動機も薄弱なので刑事らに報告するつもりはまだないが。

この事件は火に縁がある。

屋根の上でそう言ったのは杉井だっただろうか、石町だったか？　またしても火が絡んできた。十年前に真壁、船沢、そして諸田がくぐった火の地獄。不運な諸田はその記憶を顔に刻まれていた。

雪に覆われたこの家に、遠い過去から何が飛び火したのだろう？

「他にも判ったことが二つあります」

鵜飼は手帳を内ポケットにしまいながら言う。諸田の話はここまでらしい。

「凶器は庭で見つかった壺に間違いないようです。遺っていた血痕の血液型が、真壁氏のものと一致しました」

これは目新しい発見ではない。

「それから、火村先生が機転を利かせて保存してくださったスリッパの方について。残念ながらどのスリッパからも石灰の粉は検出されませんでした。火村先生と有栖川さんのものも調べさせていただいたんですけどね」

これもさして期待はしていなかった。石灰を踏んだことに気づいた犯人が丁寧に拭えば、わずかに付着していた微粉など取り除けただろうから。

「さて、ラウンジに戻って船沢氏の話を伺うとしましょうか。足の先から冷えてきた」

鵜飼はそう言ってから欠伸をした。徹夜の精力的な捜査で、疲れてきているのだろう。いつまでも関係者全員を足止めしておくわけにもいかず、彼もつらいところだ。

ドアに一番近かった私は掛け金をはずした。ドアは勝手にすっと開く。

その時、私の頭の中で白い光を放ってある考えが爆発した。乏しい作家活動しかまだない私だが、いいアイディアが天から降ってきて、これはわれながら見事だと躍り上がったことが何度かある。しかし、この時に降ってきたアイディアほど、激しく私の心を動かしたものはかつてなかった。

そのことについて考えながらも体は無意識のうちに動き、足を交互に前に出して歩き始める。どうやら今階段を上っているらしい。尻の斜め下で火村が鵜飼と言葉を交わしているのが不思議に遠く聞こえていた。

——船沢氏の話を一緒に聞いてみますか？

——いいえ、そこまでするのは控えることにします。

そんな話など、もうどうでもいい。

終わりだ。

今や私は、丘の上に立って眼下に広がる町を一望したかのように、事件の全貌を見たと信じた。

第八章　火の答え

1

冷たい風に吹かれながら、私は白い庭に佇んでいた。寒さは感じない。体の凍《こご》えなど忘れるほどに、心が寒かった。

私がたどり着いた事件の真相。それは、そんなことなどあって欲しくないと叫びたくなるような、やりきれないものだった。もしかすると、私は他の誰が犯人であっても、これほど悲しくは思わなかったかもしれない。自らこの答えを打ち消したい。しかし、疑惑は胸の奥深くに根を下ろしてしまったらしく、去ってはくれなかった。

——火村に話してみよう。

なかなかその気にもなれなかったのだが、次第に心の準備ができてきた。私にできることはそれしかないのだ。この疑惑を犯人に直接ぶつけ、自首を迫る気力を持てそうにないから。

私は星火荘を振り仰いだ。惨劇の白い家は、灰色の空を背景に私を見降していた。この家で幾多の名作を書き、〈日本のディクスン・カー〉と呼ばれた男がいた。家よ。お前はそれを理解しているか？　ここは特別な場所だったのだ。しかも、もし真壁聖一が永らえていたなら、彼はこれまでの作品を超越した、そう、〈天上の推理小説〉を書いていたかもしれないのだ。

人間としての真壁に私は幻滅を感じ始めていた。十年前の火事の中でのふるまいを偽善的に責めているのではない。杉井のかつての妻と不貞を働いたことが不愉快なのでもない。風子への思いやりを欠いたふるまいや、彩子を奪う石町に向ける嫉妬も感心しないが、それだから人間としては二級品だった、と見損《そこな》ったというわけでも——おそらく——ないだろう。何か、それを越えたものがあって、心が彼から遠のいていく。その何かとはどういうものなのか、自分でも理解できないでいた。

しかし、彼の作品の輝きは決して失せはしない。栄光の〈地上の推理小説〉として、その作品は彼の墓碑銘《ぼひめい》となるであろう。真壁聖一は、私が愛した推理小説というささやかなものの世界を横切って流れ、消えた星だった。

視野の片隅に小さな染《し》みのようなものが現われる。雪を踏みながら近づいてくる足音に振り返ると、そこにあるのは友人の顔だった。黒いシャツの上に羽織った白いジャケットの輪郭が、背景に滲《にじ》んでいる。私は気安い調子で声をかけることができず、何故か彼も無言のままだった。

「話したいことがある」

他人のもののような声で私は言った。

「いいタイミングできたようだな」

彼は凍った池の方を向き、私の目を見ようとはしなかった。

「いつもそうや」

「そうでもない。お前が伸びている時にはぐうぐう眠ってたじゃないか」

キャメルをくわえる。最後の一本だったらしく、掌の中で箱を握り潰した。

「そんなに大した偶然で現われたんでもない。お前を捜していたのさ」

「俺を？」

「ああ、話したいことがあってな」

私たちはそこで初めて顔を見合わせた。

「事件の真相が判ったんんか？」

「多分。俺はこれしかないと思っている」

臨床犯罪学者、探偵として実績のある彼に先んじたと思ったのは誤りだったようだ。私が気づいたのと同じことに、ほぼ時を同じくして彼も到達したのだ。そういうものだろう。私は特殊な人間ではない。そして、彼も並はずれて特殊でもなかったのだ。

「同じものを見て、同じ話を聞いて、同じ答えに行き当ったわけか」

「かもな」

くわえ煙草のまま彼は言った。そして、火を点けてから誘う。

「少し歩きながら話すか」

「寒いから中で、とは言わんのやな」

「嫌ならいいぜ」

「いいや」私は煙草の火を見ながら「歩こう」

星火荘の前にはまだ何人かの報道関係者がいた。彼らとの接触を避け、私たちはまた裏の林に回った。そちらにも熱心なカメラマンが待ち構えていてもおかしくない、と思ったのだが、幸い人影はなかった。

「お前の話っていうのが何かだけ先に教えてくれ」

白樺の間に分け入りながら、彼は尋ねた。

「実は、俺にも真相が判ったみたいなんや。犯人の名前も、動機も、密室トリックも……」

煙草の火が上下したのは、火村が頷いたためかもしれない。

「そうか。伊達に推理小説を書いてるわけでもなかったか」

「お互い、説明する手間が省けてよかったやろう。伏せた自分のカードを表向けて見せ合うだけでええんやから」

「表向けてみて違うカードなら説明が面倒になるけどな」

「うん、それは厄介やな。説得力の競い合いになってしまう」

「口先の勝負なら犯罪学者も小説家に負けないぜ。――表向けて見せ合うか？」

「ああ。俺からカードをめくろうか？」

彼は頷く。林の冷たい空気の中で、私は小さく深呼吸をした。

「犯人は光司君や」

言葉を吐き出しながら、火村の反応を注視した。彼に表情の変化はなく、ただ、逆に私を観察するような目で見返していた。

甲高い声で鳥が啼《な》いた。雉《きじ》だろう。

「アリス、面倒なことになった」

「え？」

「俺のカードには違う名前が書いてある」

そのことをどう受け取ればいいのか、とっさに判断できなかった。檜垣光司が犯人であるという答えは、私にとって耐え難いほど哀しく苦いものだった。だから、火村が粉砕してくれるのならありがたい、と思う。自説を押し通して彼をねじ伏せたいなどということは毛頭考えていなかったのだ。しかしながら、自分に突然降ってきた答えが間違っているような気もしていなかった。面倒なことになるかもしれない。

「違うのか？」

「ああ、違う。お前がどうしてそんなことを考えたのか判らない」

私は全身が緊張で硬くなるのを感じた。火村は、光司以外の誰かが殺人者であると告げようとしている。光司以外の誰かの名をここで聞く用意がまるでなかった。

私たちは足を止め、向き合って立っていた。彼は尋ねる。

「あの子が犯人だと証明できるのか？」

そんなものはない。私は、彼が犯人かもしれないと思った途端に密室の謎が解けたような気がしたのだ。そちらなら話す用意があった。

「証明と言われたら困る部分もあるけど、彼やったら密室で真壁先生を殺害することができた。動機もある」

動機という言葉に火村は食いついた。

「あの子に動機なんてあるか？　俺はそう考えていない」

「あるやないか。さっきの警視の話を一緒に聞いてて判れへんかったんか？」

そこまで言ってしまった。言われた彼は考え込む。要した時間は三秒。

「もしかするとお前が思いついた動機というのは、光司君は父親の仇を討ったのだ、ということか？」

「そうや」

火村は続けて、私が考えたことを言葉にしていく。

「彼の勇敢な父親は火の海の中から四人の命を助け出し、引き換えに自分の命を落としてしまった。そのため、彼と彼の母親は精神的にも経済的にも大変な辛苦《しんく》をなめた。母子にとって、父の死に方が尊く、英雄的であったことこそが心の支えだっただろう。想像がつくよ。——しかし、その父の死の尊さを打ち消すようなことを彼が知ったとしたらどうなのか？　父が救ったのは尊い他人の命ではなく、ごくつまらないものだったとしたら？」

「そう。俺はそれを言いたいんや」

私は話をもぎ取った。

「諸田禎一という、社会に害毒を流すことしか知らないどうしようもない悪。救いを求めて叫ぶ他人を押し倒し、踏みつけて逃げた二人の卑劣漢。父が命と引き換えに助け出した四人のうち、三人はそんな人間やった。どうしてそんな人間のために世界でただ一人の父が死ななくてはならなかったのか？　母が泣かなくてはならなかったのか？　彼の憤《いきどお》りが、俺には判る。――彼はできたなら昨夜のうちに船沢も殺したかもしれん。この三人が星火荘で揃う機会は今しかなかったんやから」

私は、自分の思いつきを信じてしゃべった。

「もう、いい」

火村が止めた。目つきが険しい。

「アリス、その考え方は間違ってる。いや、お前はわざわざ捻くれた考え方をして、水芸のようにあちらこちらから殺意を取り出しすぎたんだと思う。自分が虚空から捻り出した憎しみを光司君に着せて、それは自分にも判ると言うのはよせ。救った人間が屑《くず》だったから損をした、なんて考える人間が、命を賭けて火の中に飛び込めるか？　父を尊敬するその息子がそんなことを考えるか？　――アリス。お前は小説を書いてろ。間違っても消防士にはなるな」

返す言葉がなかった。

「俺の想像は愚劣か？」

そのように斬り返されようとは思ってもみなかった。気分はますます苦くなり、私は悄然とする。

「気に障ったか？」

火村は穏やかに言った。

「お前を軽蔑して言ったわけじゃない」

「ああ……」

「それどころかお前の言うとおりだった可能性はあるよ。光司君が何らかのきっかけで諸田と話したことがあるのなら、諸田と真壁、それに船沢を憎悪することはあり得たかもしれない。その可能性を検討して消し込む必要もあるんだろう。――しかし、そんな作業をする前に、俺には他の解答が見つかった。たまたま、な」

私は顔を上げた。

「そっちのカードには何と書いてある？」

「石町慶太」

2

何故だ？

私と最も近しい立場にある男、まだキャリアの浅い推理作家の彼が犯人だというのか？　気を失って倒れていた私を揺り起こし、屋根から滑り落ちるところを救ってくれた彼が連続殺人の犯人。

容易に受け容れられない答えだ。もしも、私のカードが間違っているのなら、彼のカードもまた誤りかもしれないではないか。

「どうして？」

寒さのためではない。気持ちの高ぶりが声を掠《かす》れさせた。

「説明しよう」

最初の言葉を探るためか、彼は唇を人差し指でひと撫でして間をおいた。

「階段に遺っていた石町のスリッパの足跡があるな。その白い足跡には誰かが踏んだためらしい欠損があった。石町が階下に降りたより後に、誰かが階段を通ったわけだ。降りてきた者はいないから、誰かが上っていったのだ、とまず考えた。その誰かとはお前を昏倒させ、書斎を密室にした犯人である。そいつは不意に石町がトイレに降りてきたので身を隠し、彼がお前を介抱している隙に二階に戻ったのだ——と」

「それで？」

「だとするなら、犯人は二階にいた人間であり、そいつのスリッパの裏には石灰の微粉が付着しているはずだ。ところが実際には、すべての人間のスリッパを脱がして調べても、該当するものは出てこなかった。これは何を意味しているのか？」

難しく考えることではないだろう。

「犯人は石灰の足跡を踏んだことに気がついて、拭《ぬぐ》い取ってしもうたんやろう」

「違うな」

私は戸惑った。それ以外に考えられない。

「アリス、お前は書斎の異状を俺に告げに上がろうとした時に、あの白い足跡に気がついたんだったな？」

「そうや」

「その時、階段の明かりは点いてたか？」

「点いてなかったんで点けたんや。そしたら、あの白い足跡が……」

私は、火村の言わんとしていることの見当がついた。

「電灯を点けてから気がついたんだな？」

「ああ」

「明かりを点けるまでは暗くて見えなかったんだろ？」

「そうや」

「さっきの仮説に従って、石町がお前を介抱している隙に犯人は二階に駈け上がったんだとしたら、その時にどうしただろうな。電灯は点けないんじゃないのか？」

「点けないだろうと言うより、事実、点けてない」

私は朦朧《もうろう》としてはいたが、電灯が明滅すれば必ず気づいただろう。階下全体の明かりが消え、暗かったのだから。

「仮説の犯人は電灯を点けなかった。暗い階段を慌てて駈け上がった。そいつが石灰の粉を踏んだことを自覚することがあるかな？　ないよ。自覚しなかった奴が粉を拭い取ることもなかったはずなんだ」

どこまでも論理的だ。そもそも、白い足跡に気がつかなかったからこそ、犯人はあの上を踏みつけてしまったのだ。

「おかしいやないか。誰かが石灰の粉の足跡を踏んだ。その人物はそれに気づかず、粉を拭ったりはしなかった。しかし、全員のスリッパを調べても粉は見つけられんかった。——三段論法が狂ってる」

私は自分の頭脳が空回りするのがもどかしかった。

「そこを考えてみろよ。突破口はある」

「教えてくれ」

どこかで、また雉が啼いた。

「石灰の粉の足跡を踏んだ人間はそのことに気づかず、スリッパの裏を拭わなかった。拭わなかったのだけど、結果として、本人が知らないうちに粉は取れてしまったわけだ。それはあり得た」

私は苛立ちを覚えた。

「せやから、それは誰のスリッパのことなんや？」

「お前のスリッパさ、アリス」

私はきょとんとなった。

「……仮に俺のスリッパの裏に粉がついてたとして、それがいつ取れたんや？　言うまでもないけど、俺はそれを拭いたりしてない」

「だから本人も知らないうちのことなんだ。いつだか教えてやろう。——書斎の中の様子を見るために、俺と一緒に裏口から外に出た時。スリッパを履いたまま雪の上を歩いたあの時に、白い粉は取れてしまったんだ。スリッパで雪の上を歩く。それはお前だけが経験したことさ。だから、石町の足跡を踏んだ張本人は、お前だったんだ」

「そういうことか！」

盲点だった。探していた答えは、自分の背中に貼られていたというわけだ。心地よく納得しながらも、私は若干《じゃっかん》の反論を行なう。

「スリッパ履きで雪の上を歩いたのはお前もやないか？」

火村は諭《さと》すように答える。

「俺はお前に叩き起こされるまで、ずっと二階の部屋で眠っていた。足跡を踏む機会はまるでなかった」

しかし――

「……けれど、俺にしたって石町の足跡を踏む機会はなかったやろう？　不審な何者かが忍び込んだんやないか、と俺が階下に降りて殴られたその後で石町は降りてきたんやから」

「殴られたその後で石町が降りてきたんなら、な」

「あっ！」

私の頭の回転は何と鈍いのだろう。火村にここまで言われるまで、それしきのことにも気がつかなかったのだ。

「石町の足跡をお前が踏んだのなら、彼はお前よりも前から階下にいたということになる。彼は嘘をついたんだ。書斎で諸田禎一を殺したのも、お前を殴って気絶させたのも、密室を作ったのも、みんな彼がしたことなのさ」

「俺を介抱してくれたのは……」

私の声はやはり掠れている。

「暖炉で火にくべたメモが灰になった頃合いを見計らって助け起こした、というわけだ」

何ということだ。心配げに私の顔を覗き込んでいた彼が、私の頭を殴打した犯人だったとは。彼に感謝した私は道化ではないか。口中にまた苦い唾が湧き出る。

「真壁先生を殺したのも石町か？」

「彼にはできた」

そう、彼にも真壁殺しは可能だった。私にもそれしきのことは判る。

「真壁先生を殺すことができた人間は、彼を含めて三人だけやからな」

「ほぉ」

火村は目を細めた。

「俺の考えるところでは可能だったのは二人だ。破風窓から屋根に上がることができた石町と、ロッククライミングの技術を持っていた杉井さんのな。もう一人は、そうだ、お前は光司君にもできたって言ったんだっけな。正直なところ、どうすれば彼に犯行が可能だったのか判らない」

慰《なぐさ》めにはならないが、彼に思いつかなかったことを私は一つだけ創案したらしい。しかし、胸を張って話す気には到底なれない。

「聞かせてもらいたいけど、その前に行くところがあるんだ」

「人の耳のないところで話をするために外へ出ただけやなかったんか？」

「目的地は隣の別荘だ。諸田がアジトにしていた」

そう言いながら彼は先に歩き出した。なるほど、私たちはそちらに向かって歩いてきている。私には何の意識もなかったが、火村が誘導してきていたのだろう。隣家に何の用があるのかは訊かなかった。訊かずとも、そこまではもうわずかしかない。

林を抜けて、さっきと同じ庭に出た。火村はガラスの割られたリビングの窓の前に立つ。彼が見降ろしているものは、きれいに揃えて脱がれた一足の靴だった。――石町のものだ。

「彼を呼んである。邪魔が入らないよう、ここで話そうと思って」

「彼にはどう言って？」

「隣の家でお話ししたいことがあります、としか伝えていない。何のことか判っていないだろう」

彼はどんなことを思いながら待っているのだろう？　私の心臓はむやみに勢いよく血液を体中に送り出し始めていた。

火村は踵を擦り合わせて靴を脱ぐ。私も同じようにして、また銀行家の留守宅へ上がり込んだ。

薄暗い部屋の中に彼はいた。中東風の壁掛けの方に体を向けたまま、首を捻ってこちらを見る。その目には、微かに怯《おび》えの色があった。

「お待ちになりましたか？」

火村の問いに「いいえ」とだけ答える。

「アリスも連れてきました。三人でお話ししたいことがあったものですから」

「どんなお話か判りませんけど、聞きましょう」

彼は体をこちらに向けた。

「聞き終わったら——私は自首します」

「石町！」

私は、体の中を強い電流が走り抜けたような気がした。

彼は罪を認めた。こんなにもあっさりと。火村はまだ何も言ってはいないというのに。

「有栖川君、俺は自首するよ」

私は黙っている。

「そのことについて話しにきたんですが——やはり、あなただったんですね？」

「はい。真壁先生も、あの名前さえ知らない男も、私が殺しました。今さらこんなことを言ってもとぼけているとしか思われないでしょうが、恐ろしいことをしたものです」

彼は諸田禎一の名前さえ知らなかったと言う。それも私にとって驚きだった。私の混乱はいよいよ深まっていく。

「私が犯人だということを、いつ先生は？」

壁掛けを背に彼が訊く。

「ついさっき、鵜飼警視の報告を聞いて。あなたの足跡を踏んだ人間はアリスでしかあり得ない、という結論に私は達しました。そうとなれば、アリスより先にあなたは階下にいたことになり、書斎で彼を殴打したのもあなただということになる」

火村は少し言葉を切った。が、やがてまた静かに話し出す。

「慎重に推論を進めるならば、そのことだけをもってあなたが殺人犯人だという結論には至らない。しかし、あなたはアリスを殴打しただけではなく、書斎を密室にした。セロテープとテグスを使ってね。理由もなくテグスを持ち歩く人間などいませんん。あなたがテグスを持っていたのは、それを道具に真壁さんを殺したからでしょう」

石町は、ほっと吐息をついた。

「真壁先生をどうやって殺したかもお見通しなんですね？」

「おおよそのところは」

火村は控え目な表現をした。

「真壁さんを殺した人間と書斎で死んでいた男——名前は諸田禎一というのですが——を殺した人間とがまるで別人とは考えにくい。二つの遺体の扱われ方が偶然ではあり得ないほど酷似《こくじ》していましたからね。となると、諸田禎一殺しもあなたの仕業ということになる」

「探偵とは……実在するんですね」

彼は感慨深そうに言った。名探偵を信じている推理作家などいない。信じていないからこそ無邪気に偶像を描けるのだ。だが今、彼と私、二人の推理作家の間に、探偵は立っていた。

「あなたがどうやって真壁さんを殺害したのか、私の考えたことを話します。細部は違うかもしれませんが、こんなふうだったのではありませんか？」

探偵は語りだした。

3

「まず、真壁さん殺しから話を始めます。こちらの方が時間的に早く行なわれたと思われるからです。そして、諸田禎一殺害については、しばらく忘れることにします。話が込み入っていますので」

火村はまず、そう前置きをした。

「そもそも何故、犯人は真壁さんを殺した後で部屋を密室にしなくてはならなかったのか、が疑問でした。あなたがご専門の推理小説では、被害者の死が自殺であるかのように偽装するためにしばしば犯人は現場を密室にします。が、この事件には当て嵌りませんね。真壁さんの死が他殺であることは、誰の目にも明らかだったんですから。まさか、密室の巨匠を密室で葬ることで事件を飾ろうなどという、狂ったブラックユーモアの発露でもないでしょう。私は合理的な理由を考え続けましたが、なかなか答えを掴めませんでした。答えが見当たらないはずです。あなたは密室など作るつもりはまるでなかったのでしょう？」

「はい」

石町は胸に右手を置いて答えた。動悸《どうき》を鎮めているのかもしれない。

「そんなつもりなど微塵《みじん》もありませんでした。ですから、火村先生や有栖川君と一緒にあの部屋に掛け金が降りていることを知った時、私は、ひどく狼狽していたのです」

これは私の考えたとおりだ。そう考えるしかないと思っている。

「事件発覚の後、私はずっと頭を悩ませていましたが、つい先ほど、新たな発見をしました。発見とは、書庫のドアのちょっとした欠陥です。蝶番が壊れていて、あのドアはきっちりと閉めることができないんです。あなたはそのことを知りませんでしたね？」

「はい。先生を殺す準備に書庫へ行った時にも気がつきませんでした」

「蝶番が壊れているため、ノブから手を離すとドアはひとりでに開いてしまう。中にしばらく留まろうとすると、隙間風が吹き込んで寒い。深夜あなたに呼び出されたのであろう真壁さんも、その寒さにたまりかねて――掛け金を降ろしたんです」

「……そうだったんですか」

ドアをきちんと閉めるためわざわざ掛け金を降ろすというのは、私たちも経験したことだ。冷え込んだ深夜なら必ずそうするだろう。かくして、犯人も予期せざる密室ができ上がった。

そう。私にもこれは判った。

「真壁さんが掛け金を降ろしたのはあなたの計画にないことでした。あなたは何の益《やく》体《たい》もない密室殺人など意図していなかった。意図していたのは、アリバイを作ることだったんでしょう？」

石町は目を伏せた。

「はい」

火村の言葉を聞き逃すまい。ここから先は知らないことがぞろぞろ出てくるだろうから。

「パーティの後で見つかった様々な悪戯。あれもあなたの仕業だ。あなたが犯人なら、あれには意味が生まれる。そして、いかにも意味ありげに白いものばかりを道具にしたあの悪戯の中で、本当に意味のあるものは一つだけだったんでしょう。屋根裏部屋に上がる階段に撒かれた石灰の粉。あなたは、あの細工だけすればよかったんだ。自分の部屋のドアから二階までの間に、白いカーペットさえ敷ければね。——そのカーペットには意味がある。いや、あるはずだったんです」

石町は首をうな垂れて聞いていた。

「想像を交えながら続けます。——もし地下の殺人現場が密室でなかったなら、もしアリスが夜中に起き出して階下に降りることがなくて、真壁さんが寝室にいないと判明することがなかったなら、事件の様相はまるで違っていたはずです。どうなったか？　こうなった。翌朝、朝食の席に真壁さんがなかなか姿を現わさないのを不審に思った私たちは、彼の部屋をノックする。返事がないので開けてみると、いない。どこへ行ったのかと家中を捜し、最後に書庫で死体を発見する。他殺だ。犯人の追及が始まる。夜中のことなので誰にもアリバイがない。いや、あなただけがそれを主張できた。『私は殺していない。私は部屋に入った後、朝まで階下に降りなかったどころか、部屋を出ていないんですから。それは証明できます。ほら、階段の白いカーペットには、私が昨夜部屋に入った時の足跡と、今朝朝食に降りてきた時の足跡しか遺っていないじゃありませんか』」

「ええ、私はそう言うつもりでした」

石町は床を見たままだった。

犯人の目的がアリバイ工作だったことも、悪戯に隠された意味も、私の考え及ばなかったものだった。確かに合理的な犯行計画だ。

「あなたは、実に様々な小道具を星火荘に持ち込んだ。ひと袋の石灰粉。塗料のスプレー。白ワインひと瓶。目覚し時計入りのぬいぐるみ。盲人用の杖。そのうちで本当に必要だったのは大量の白い粉だけだったのですが、それを自分の部屋の前に撒くだけではあまりにも見え透いている。だから、過剰の中に埋没させてしまおうとしたわけだ。そしてその目的は一つ、『自分はひと晩中、部屋を出なかった』というアリバイの構築だったわけです。これなら理解できる。実際にはこの計画は破綻し、事件はあなたの予定外の展開をしたわけですが、幻の計画の全容をまず話させてください。――あなたには、階下に降りずに書庫の真壁さんを殺害することが、実は、可能だった。ひと巻きのテグスさえあればね」

火村は椅子に座り、脚を組んだ。石町と私は立ったままでいる。

「あなたは何らかの理由を作って、深夜に真壁さんを書庫に呼び出した。その彼を、階下に降りずに殺す方法はこうだったんでしょう。あなたは階下に降りず、屋根に上がった」

石町は微かに頷いている。

「手にしていたのは凶器の壺とテグス。細い首にテグスを巻きつけた壺、と言った方がいいかな。テグスは強靭《きょうじん》なものですが、犯行のさ中に万一切れることがあっては大変だ。あなたはテグスを幾重《いくえ》にもしたんでしょうね。刑事が発見したテグスを伸ばしてみるとかなりの長さを使った痕跡がありましたから。

それを持って、書庫の暖炉に通じる煙突に近づく。屋根の上に出られるのはあなたの部屋だけです。そして、屋根は煙突で書庫に通じている。言わば、星火荘の中であなたの部屋と地下室だけが位相幾何学的《トポロジカル》につながっていたのです。最も離れた二つの部屋こそ、同じ部屋も同然だったというわけですよ。

そのことを利用してあなたが考案した——と私が考える——殺人方法はこうです。ある餌で真壁さんが暖炉の中に頭を入れるように仕向ける。そして、煙突という銃口に標的が完全に収まった瞬間、ウェザーカバーの間から壺を投じればよかったのです。後は地球の引力が仕事をしてくれた。屋根の上から地下室までは八メートルほどはあるでしょうから、凶器は充分に加速し、真壁さんの頭に加えられた衝撃力は決定的なものだった」

　私は、垂直の闇をまっすぐに落ちていく壷を思い浮べていた。

「壷は命中し、標的は倒れた。あなたはテグスを引いて凶器を回収する。それは凶器を警察の目に触れないようにさせるためではありません。出所が周知のそんなものを隠す必要はないし、また、危険を冒して遠くに捨てに行く余裕もなかった。現に無造作に庭に転がっていましたね。屋根から投げたんでしょう。あらかじめテグスを結んでおいて引き上げたのは、暖炉の内部に壷が転がっていてはまずかったからだ。煙突が銃口だったことを悟られないため。――いかがですか？」

　石町は、問われてはっとしたようだった。やがて、小さな、しかし落ち着きを取り戻した声で答える。

「訂正するところはありません」

「では、続けます。――言い洩らしましたが、あなたが屋根に持って上がったものはもう一つあった。灯油です。それを煙突から注ぎ、真壁さんの死体、いや、もしかするとまだ生きていたかもしれない体に振り掛けたんですよ。そして、火を点けた。その際には、テグスの先に何か火種をつけて降ろしたのかもしれませんね。こう考えてきたなら、何故死体を燃やしたかも理解できます。暖炉の中で犯行が行なわれたという事実を隠蔽《いんぺい》するためです。死体が暖炉の中で横たわっていたことに意味づけをするには、それに火を放って、暖炉の中に死体があったのは犯人がそれを燃やしたかったからだ、とミスリードするしかなかった」

原因と結果が見掛けの逆だった。顚倒していたということだ。犯行が暖炉の中で行なわれたと悟られることは、屋根に出られる部屋にいた彼にとって命取りになるのだから、偽装工作に必死だっただろう。

「犯人は部屋の中で真壁さんを殴って殺し、その後死体を暖炉に引きずっていった。それから灯油を運んできて、燃やした。あなたはあくまでも私たちにそう信じて欲しかった。決して凶器や灯油が煙突を通じて屋根から降ってきたと悟られてはならない。そこで行なったひと工夫が、書棚の間に転がっていた灯油缶ですね。凶器や灯油を煙突から投げ落とすことは可能でも、投げ落とした缶が書棚の間に転がることはあり得ない。缶を書棚の間に転がすことによって、あなたは犯行時に犯人は現場の中にいた、という錯覚を私たちに刷り込もうとしたんです。——煙突から投げた缶は書棚の間に転がらない。だから、あの缶は犯行のずっと前、おそらくパーティが始まるよりも前から、あらかじめあそこに置かれていたというわけです。空のままね」

「ひと捻りしたつもりです」

石町が初めて、自嘲めいてはいたが笑みを浮かべた。

「あらかじめ書庫に転がしておいたその灯油缶を、あなたはガレージ横の物置から取ってきましたね？」

この指摘は意外だったらしい。

「はい。でも、物置から取ってきたというところまでよく判りますね？」

「物置の灯油缶のラベルにはある特徴があって、それをアリスがたまたま覚えていたので判っただけです。犯人はどうして遠い物置から灯油缶を運んできたのか、という疑問にもう答えられます。あなたが犯行前に書庫に持ち込んだ灯油缶は囮《おとり》でした。囮にするのに、裏口脇の缶は使いにくかったんだ。何かの用で裏口を開けた誰かに『おや、ひと缶足りないな』などと思われることは避けたかったでしょうから。——ところで、物置から運んできた缶を空にして、中味はどうしたんですか？」

「丈夫なビニールの袋に入れて自分の部屋に持って上がりました」

「それを始末する必要があったでしょう？」

火村は細かいことを訊く。

「袋は犯行後に屋根の上で焼却しました」

「燃え滓が残りませんでしたか？」

「雪玉に詰め、裏の小川に投げ捨てました」

それならどこまでも流れていってしまっただろう。

「警察が屋根の上を調べれば、あなたが夜中に歩き回った跡が見つかるのでは、と思いませんでしたか？」

「天気予報で充分確認していました。一時的にやむことはあっても、雪は朝まで降り続くと……」

火村は話を続ける。

「省略したところを補いましょう。真壁さんは何故、あなたが凶器を手にした真下に頭を差し出したのか、という点について。あなたがどんな巧言を弄したのか判りかねますが、餌は煙突内部に書かれていた奇妙な言葉です。『ROSES OF YOUR GARDEN BLOOM IN VENICE——in curved air』というのは虹を示した暗号ですね？　これを見よ、そして意味を解いてみよ、とあなたは真壁さんに挑戦した、あるいは挑発したんです」

「隠された意味が虹だとよく見抜けましたね。つまらない暗号ですが、『A Rainbow in curved air』という曲名を知らなくては解いたという確信が持てないように作ったものです。真壁先生がそんな曲を知っているとは思えなかったので書いたんです」

「虹という言葉を隠したことに、何か特別な意味があったんですか？」

火村が尋ねると、石町はつまらなさそうに首を振った。

「無意味なんです。ただ……真壁先生を誘い出した時間が午前二時だったもので……誰も笑う者のない下手な洒落でした」

「クイズにつられて彼は夜中に地下へ降りていったわけですか？」

今度はつまらなさそうに頷く。

「子供じみた勝負です。『午前二時に地下室の暖炉の中を見ろ。そこに暗号が記してある。午前二時にその言葉を読むことの意味を答えよ。正解することができたなら、私は安永彩子との結婚を諦める』。そんな勝負です。常識で判断すればもちろん常軌を逸した賭けですが、先生は乗ってきました。どうしても彼女と私の仲を裂きたかったようです」

「どうして？」

私は思わず問いかけた。

「どうして先生はそこまで君らの結婚が気に入らんかったんや？」

「知らん」

彼は嚙みつくように言った。

嘘だ。

4

彼は嘘をついている。この期《ご》に及んでまだ何か隠しているとしか私には思えなかった。

「それについてはあらためて伺いましょう。——私がこれまで述べてきたことは、あなたはこうしたかったのだ、という幻の計画にすぎません。現実はかなり違った。どうして計画は崩れたんでしょう？　そもそもおかしいのは、自分は階下へ降りなかったというアリバイを偽造するつもりだったあなたが、何故のこのこ一階まで降りたのか、ということです。何か予期せざる事態が起きたんでしょう。では、予期せざる事態とは何か？　私はここで焦茶色のサンタクロース、諸田禎一のことが浮かびました。彼の登場こそが、あなたの精緻な計画に含まれていなかった要素だったんです。その結果、あなたはせっかく完成した偽のアリバイを放擲《ほうてき》し、階下に降りて彼を殺した。そうせざるを得なかった」

石町はまた下を向いた。何か恐ろしいことを思い出したかのように、唇には血の気が薄かった。

「諸田禎一はこの家をアジトにしていたんですよ」

火村は薄暗いリビングを見渡した。石町も上目遣いに室内を見る。

「所有者は小林某という銀行家だそうです。二階にご夫妻の寝室らしき部屋があって、諸田はそのベッドで寝ていた形跡がある。二階に上ってみましたか？」

「いいえ、そんなことは……」

「私は午前中に昇りました。諸田が寝ていた二階の窓からは星火荘がよく見えます。もし、事件当夜、彼が午前二時頃にふと目覚め、窓の外を眺めたとしたら——もしかするとふと目が覚めたのではなく、一杯やりながら起きていたのかもしれませんが——何が見えたでしょう？」

そうだったのか。

「奇妙なものが見えたでしょうね。屋根の上に人がいるんです。そんな丑三つ刻にまさか雪降ろしでもあるまい、と目を擦って見るが何をしているのか定かでない。彼は好奇心に突き動かされて家を出、ひょこひょこと星火荘に向かっていく。そして、よほど近寄った時に、彼とあなたの目が合った。諸田にすれば、まさか屋根の上の男がたった今人を殺したところだとは夢にも思わなかったでしょう。

あなたは驚愕した。とんでもない場面を目撃されたからです。あなたが午前二時頃に屋根の上で煙突に向かい、何かをしていたことを正体不明の焦茶色のブルゾンの男は見た。彼にその意味は判らなかったかもしれないが、警察に証言を求められたら見たままをしゃべるに決まっている。警察がこの不審な人物を尋問することは火を見るより明らかだから、あなたの感じた絶望感は理解できます。

この男を何とかしなければならない。どうしよう？　殺して口を封じるしかないぞ。――大変残念なことに、あなたは即座にそう決意したんです」

石町は、つらそうに認めた。

「屋根の上のあなたは『入ってきなさい』と諸田を招いたんです。どんな言葉を使ったのかは判りませんが、相手は誘いにのった。あなたは白いカーペットを踏んで二階に降りながら、ああ、これでせっかくのアリバイがパーだと歯嚙みしたことでしょう。当然ながら階下に白い足跡が遺ることになります。それはトイレに行った時ものです、と言い訳はできますが、石灰で汚れたスリッパのまま階下を歩き回っては、トイレに行っただけではないことがすぐ判ってしまいます。ですから、スリッパの足跡をトイレの前まで遺したら、そのあとは裸足《はだし》になったはずだ。スリッパはどこかにしまっておいてね。

それからあなたは裏口の鍵を開け、諸田を中に入れた。彼が見たことを口止めし、その代わりに望むものを与えよう、という取引を持ちかけたんだと思います。廊下で相談するわけにもいかないので、と二人で書斎に行き、そこで彼を殺した」

「おっしゃるとおりです」

「諸田を殺害したあなたは、そのますぐに部屋に戻ればよかった。スリッパを履いて、いかにも部屋とトイレを往復しただけです、という跡さえこしらえればね。なのに、奇妙なことをしましたね。死体に火を点けた。諸田を殺したのは想定外のことですから、急場の思いつきだったわけですが、こんなふうにでも考えてのことだったと思われます——凶器が煙突を通って落ちてきて、真壁さんは暖炉の中で殺された、という事実をごまかすために、あなたは死体を燃やした。そうすれば、燃やす必要があったから死体は暖炉の中にあったということになる。が、そもそも死体を燃やす理由がない。警察が死体焼却の理由に首を捻るのなら、捜査が混乱するだけだからそれはそれでいい。ものはついでだ。あなたは思いがけず殺してしまったもう一人の男の死体にも火を放つことで、真壁さんの死体を燃やした理由をよけいに判らなくしてしまおうとした。——違っていますか？」

「合っています」

蒼ざめた唇が動いた。

「そこまでするのはよけいなことだったんでしょうが、私は真壁先生殺害が暖炉の中で行なわれた、ということを誰かが言いだすのではないか、と心配していました。ですから、できうる限りの方策でもって『死体が暖炉に体を入れて横たわっていたのは、犯人が何らかの目的でそれを燃やそうとして押し込んだのだ』という仮説を補強したかったんです」

事件を複雑にすれば自分に有利になると信じたのだろう。

「そこであなたは灯油を取りに行った。今度はわざわざ遠い物置まで灯油缶を取りにいくことはない。裏口の脇のものですませればよかった。物置まで行くのは面倒な上、庭に足跡を残してしまいますからね。缶を持ってきて、死体を暖炉に入れて燃やしたわけですが、ここでよく判らないのが死体とともに燃やされていた紙です。真壁さんの創作メモだと思われるあの紙を、何故あなたは燃やさなくてはならなかったのか？　――荒っぽい想像をすることはできます。真壁さんのメモを燃やすことで、今回の事件はそのメモのトリックを奪った者の犯行だ、と偽装しようとしたのかもしれない。そうすれば、推理作家以外の人たちにも容疑がかかりますからね。が、考えてみるとこれは実はおかしい。この時点のあなたは、地下の書庫が密室になってしまっていることを知らなかったんですから」

石町は、ここではっきりと笑みを浮かべた。敗北が決定的となった者が、一抹の慰めを得たかのようにも見えた。

「あのメモは、真壁先生の創作の秘密を覗き見してみたい、という好奇心に駆られて、抽斗やキャビネットを掻き回しているうちに見つけたものです。未発表のトリックのメモをバインダーから取り、それを燃やしてしまおうとしたのは……」

彼は、笑みを押し殺している。

「そのメモに書かれた密室トリックが一読、あまりにも素晴らしかったからです。すごかったんです。死体を前にしながら感嘆の声をあげてしまったほどです。これで密室ものは打ち止めにしたい、とおっしゃっていただけあって、まさに畢生《ひっせい》の大トリックでした。だから私は――」

興奮のあまりか、彼の顎が二、三度痙攣《けいれん》するように動く。

「それを盗んで、自分のものとして発表しようとしたんです」

思いがけない答えだった。真壁作のトリックは犯行そのものに利用されたのではなかった。推理作家である犯人によって盗まれようとしていたとは。

火村は目を閉じた。

「そういうことだったんですか……」

メモにはどんなことが書いてあったのだろう？　自分が殺した男が床に転がった部屋で、殺人者に感嘆の声をあげさせたトリックとはどんなものなのか、私は痛切に知りたいと思った。――が、火村はそんなことは尋ねない。

「メモを燃やした理由は判りました。あなたが犯そうとしてた盗作の証拠を消してしまうためだったんですね。それで、死体と一緒に火にくべた。そこへアリスが降りてきたわけだ」

石町はちらりと私を見た。

「ええ。こんな時間に誰が降りてきたんだ、と驚きました。トイレかと思ったら、忍び足でこちらへ向かってくる。私は灰皿を手に、ドアの陰に隠れました。こちらから出ていって『死体があるぞ』ととぼけて第一発見者を装おうかとも考えましたが、そうすることもできませんでした。暖炉の死体と紙は、いかにも火を点けられてまだ間がない、という状態でしたから。やがてドアが開きました。首を差しだしたのが誰かを見きわめる暇もなく、私は殴りました。手加減はしたつもりですが、申し訳ないことをしました。――赦してくれ、有栖川君」

私は何の反応も返さなかった。二人の人間の命を奪った罪を悔いる言葉よりはっきりと、私を灰皿で殴ったことを詫びられても、赦しようもないではないか。

「あなたはアリスをほうって逃げてもよかった。だが、今度も逃げだしませんでしたね。多分、燃やしかけているメモが灰になる前に彼の意識が戻ることを恐れたんでしょう。そこで、彼を引きずって出してラウンジに運び、その上書斎を密室にした。手許にあったテグスと、抽斗を開けて見つけたセロテープとでね。ご自身の小説の中ではとても使えないような原始的なトリックですが、時間さえ稼げればそれでよかった。書斎の掛け金を降ろしたあと、テグスをラウンジの窓から投げ捨てれば、もうあなたが犯人であるという証拠はなくなる。今度こそ部屋に戻ってもよかったのに――アリスを揺り起こした。ぐったり伸びている友人を見て気が咎めたからですか？」

「それもあります」

私に向かって答えて欲しかった。

「それだけやないのか？」

彼は、また目を伏せてしまった。

「確かに気が咎めた。しかし、それだけでもなかったよ。俺がそうっと立ち去ろうとした時、君が呻いたんだ。俺はぎくっとしてしまってな。思わず『しっかりしろ』って体を揺すったんだ。今にも君が薄目を開きそうだったんで、逃げると後ろ姿を見られかねないと思った。だから、留まって発見者のふりをすることにしたんだ。それが本当のところなんだよ」

もっといい答えが聞きたかった。

5

沈黙の中に、コチコチと小さな音が響いていた。壁の鳩時計の音だ。そんなものがあることに、これまで気がつかなかった。

「俺には判らん。君がどうして真壁先生を殺そうとしたのか」

私は呻くように言った。彼は顔を上げようとはしない。

「たとえ先生が機嫌をそこねようと、そんなことで君の作家活動が妨害を受けるようなことはなかったやろうし、彩子さんとの結婚の障害でもなかったはずやないか。どうしてなんや？」

時計の音だけが聞こえる。彼はこの点に関しては黙秘するつもりらしい。

火村が目を開けた。組んでいた脚を解き、両膝に肘を突く。

「ここだけの話に……しませんか？」

その言葉は微かに効き目があったようだ。石町はつらい責め苦に耐えるように、拳を握って肩を顫《ふる》わせ始めた。

「警察にも洩らしません。彼らには、彩子さんをめぐる確執が動機だ、ということで押し通せばいい。もちろん、それには相当の強固な意志が必要でしょう。彼らは、裁判に向けてより真実味のある動機を用意するため、あなたを峻烈《しゅんれつ》に追及するでしょうから」

「本当のことを、あなたたちにしゃべる必要なんてない」

彼は拗ねたように言った。

「ええ、もちろん、ありませんよ」

火村は穏やかに言った。もう嫌なことは何も話さなくてもいい、と傷ついた者をいたわるかのように。

「……先生の嫉妬が原因でした」

しかし、石町は話しだした。今を逃しては、もう懺悔《ざんげ》の時はないと思ったのかもしれない。火村は、うな垂れた彼をじっと見ている。

「嫉妬といっても、それは彩子さんを奪う私、に対しての嫉妬ではありません。先生を棄てて彩子さんに走る私、に対する嫉妬でした。私たちの関係は隠しておかなくてはならないものだったんです」

何？

「フーコ先生が私と彩子のことを暴露した瞬間、真壁先生の顔色が変りました。私しか気がつかなかったでしょうが、それは恐ろしい顔でした。案の定《あんのじょう》、先生は翌日の午後、私を部屋に呼びつけ、彩子と結婚するというのなら二人の関係を彼女に告げると脅してきました。そんなことになれば、彼女は私から逃げてしまうことは間違いありません。ええ、きっと。彼女の美意識は私のような人種を――」

「もう言うな！」

私は叫んでいた。

気持ちを鎮めるために深呼吸をしながら思い出すことがあった。パーティの席で彼は、自分のワープロのおかしな癖について話題にした。ダンショウと打つと、談笑より早く男娼という単語に漢字変換されるということ。あれはどういうことだったのか？　何故、ひた隠しにしていた秘密の一端を婚約者を含めた大勢の知人の前で暗示するようなことを口走ったのだ？

火村も同じ場面を思い出したらしい。

「あなたのワープロの話、あれはつまり……」少し言葉を切って「痛む虫歯をわざと舌の先で押してみるような行為だったんでしょうね」

「そうかもしれません。ただ、私は娼婦のように欲得ずくだったわけじゃない。先生と取引をしていたわけでもない。私にはそんな性癖があったんです。そして、たいていの遊びに飽きてきていた先生にも。

彩子と出会って、私は初めて女性を愛することを知りました。彼女がもう少し早く私の前に現われてくれていたら……」

石町は顔を上げると、そのまま天井を仰いだ。涙がこぼれそうなのをこらえているようだった。彩子のことを想っているのだろう。

私は彩子が不憫《ふびん》でならなかった。そう、彼女のためにも、この話はこの場で葬ってしまう方がいい。墓石も建てずに埋めてしまうべき真実もあるのだ。

「最後の質問です」

火村の声には冷たい響きがあった。

「高橋さんがあなたと安永さんの関係を暴露したので真壁さんが脅してきた、とおっしゃいましたが、そのお話とあれほどの周到な準備とが矛盾しているのはどういうことですか？」

石町は、火村に似た声で答える。

「フーコ先生がよけいなことを言わなくても、私は真壁先生を殺すつもりでした。計画は夏から立てていたんです。私は先生が怖くなっていた。彩子のことはいずればれる。そうなれば、彼は絶対に私を赦さないことは判っていました。私は本当に怖かったんです。——彩子を奪われるぐらいなら、何でもした。何でもした」

真壁殺害計画を練り、細心の注意を払ってその道具を集めながらも、彼は仕事として推理小説を書き続けていた。彩子を愛し、真壁を恐れながら、一体どれだけの殺人場面が彼を通り過ぎたのだろうか？

「私は、当然罰せられなくてはなりません。今から自首させてください」

彼はそれだけを言うと、力尽きたように火村の向かいの椅子に腰を降ろした。入れ違いに火村が立つ。

「最後に聞いたお話は、私とアリスはもう忘れました」

彼は私の傍らの電話に寄ると、メモも見ずにボタンを押した。

「ああ、真帆さん？　火村です。近くに刑事さんがいますか？」

星火荘につないだのだ。『どこからかけてらっしゃるんですか？』という声が受話器から洩れている。

「すぐ近くからかけてるんだけどね。あとで説明するから」

――アリス先生も一緒ですか？

「ああ」

――石町先生も？

「ああ」

――だったら伝えてください。彩子さんが淋しがって捜してるって。

私は聞いていていられなかった。火村は送話口を押えて振り向く。

「安永さんとお話しになりますか？」

石町は黙って首を振った。火村は受話器を握り直す。

「判った。――じゃ、刑事さんに代わってもらおう」

警部の潰れた声が出た。

――大崎ですが。

「火村です。今、隣の別荘にいます。諸田が寝泊りしていた家です。石町さんが自首したいとおっしゃっていますので、こちらにこっそり車を回してください。……ええ、星火荘の前のうるさい連中に気づかれないように」

石町は立ち上がると、蹌踉《そうろう》と窓の方に歩いた。焦点の定まらない視線を外に投げていたかと思うと、ゆっくりと庭に出る。私はその様子をじっと見ていた。今、彼の魂は、どこか遠くをさまよっているのだろう。

「ええ、二人とも彼が殺したと話しています。車をお願いします。……そうです。こっそりですよ」

庭に出た石町は、しばらくブランコを眺めていた。やがて倒れた三輪車に目を向けると、背中を丸めて屈み、意味もなくそれを起こす。まるでそうすることによって、自分の過《あやま》ちに取り返しをつけようとしているかのようだった。

「アリス」

火村は受話器を置いた姿勢のまま呼んだ。

「安永さんにはお前から話してくれるか」

楽しい役目ではないし、荷が重いような気がしたが、やはり自分が適任だとも思った。

「引き受けた」

振り返って石町を見ると、両掌を上に向けて佇んでいた。まるで、落ちてきてもいない雪片を受けようとしているかのように。

庭に降り、彼に歩み寄る。

「彩子には……」

言いかけて、彼は口を噤んだ。

「俺に言えることだけを言う」

私の言葉に一応安堵したのか、彼は小さく頷いた。

「元気でな。いい仕事しろよ」

「もう少しましなものを書くようにするよ」

訊かずにはおれぬことがある。真壁が書こうとしていた四十六番目の密室のことだ。

「君が見た先生のメモには、どんなことが書いてあったんや？」

突然、彼の顔に笑みが広がった。隠しようもなく溢れたような笑み。彼は私を見つめて言った。

「あれはすごかった。俺は人を二人も殺した直後だということを忘れて、そのトリックに酔ったよ。これまで読んできた密室トリックとまったく違って……まるで世界が、世界を守るためによってたかって一人の人間を抹殺するかのようなものなんだ。〈世界自身〉という表現があった」

その熱っぽい口調が私を興奮させた。

「読んだらお前も驚くよ、有栖川君。先生はもう〈天上〉を目指して離陸していたんだ。〈天上の推理小説〉ってどんなものなのか、垣間《かいま》見たような気がする」

「どんなことが——」

「駄目だ」

石町は、きっぱりと言い放った。

「言うもんか。誰にも教えてなどやらない。絶対にしゃべるもんかよ」

「石町……」

含み笑いをしながら私に背を向ける。

「俺だけが知ったんだ。俺だけのものだ。俺だけが知っている」

彼は、ささやかな勝利を嚙みしめているのだ。

エピローグ

すべてが終わった後。

石町が刑事たちに連れ去られ、報道陣がそれを追って消え、星火荘が静けさを取り戻してしばらくしてから、私は火村と二人、並んで座っていた。

「一つだけ教えてくれ、アリス」

「何や？」

「煙突を使ったトリックは、お前にも判ってたんだろ？」

「だいたいは」

「トリックの見当がつけば、犯人は当夜、屋根に上れた人物のうちの誰かだと絞れる。該当するのはまず屋根裏部屋の石町慶太だ。他に可能性がある人物はいないかと考えると、ロッククライミングの技能を持った杉井陽二にもできたかもしれないと思った。結局は足跡について考察して石町が犯人だと俺は結論を出した。——お前は妙なことを言ってたっけな。光司君にも犯行は可能だった、と」

「ああ」

「どうして彼に犯行ができたのか判らない。屋根に上がる方法はなかっただろ？」

そんなことか。今となっては話したくもないが、自戒《じかい》のために披露するとしよう。

私は何を考えるべきかを失念していた。ただただ、どうやったら書庫の密室の謎に説明がつくかだけを捻り出そうとして。そのせいで、珍妙なことを思いついただけなのだ。

「書庫のドアの蝶番の具合が悪いと知って、被害者の真壁先生自身が掛け金を降ろしたのかもしれん、と考えたのはお前と同じじゃ。そこから推《お》して、犯行当時に犯人が室内にいてなかったという仮説を立て、さらには被害者を暖炉の中におびき寄せておいて煙突から凶器を投げ落とすという手段も考え出した。犯人は屋根に上がれた者やということになる。まず石町。次にクライマーの杉井さん。ここまで同じなんやけど、次が違う。光司君は事件前日に雪降ろしで屋根に上がってる。その時に細工ができたんやないか、と考えた」

「どんな細工だ？」

「まず、テグスに凶器を結びつけて書庫の煙突の中に垂らす。凶器が床に着くまでな。それからテグスをずっと伸ばして、リールの方にも錘《おもり》をつけた上で、書斎の暖炉の煙突に入れる。こっちは床に着くまではなく、床から二メートルほどのあたりまで垂らす」

火村の目に驚きの色が浮かんだ。こんなことは、まったく思いつかなかったのだろう。

「テグスの両端に錘がついて、それぞれが煙突を通って書庫と書斎に着く状態を作るわけや。これで準備完了。用もなく屋根に上がる者はいてへんし、書斎に垂らしたリールは床の上二メートルまでしか届いてないから、暖炉の中に誰かが顔を突っ込まない限りは見つかる心配がない。

事件の当夜。何らかの方法で、真壁先生が所定の時刻に暖炉の中に自分から入るように誘導する。その前に書斎に行って暖炉の中に入り、頭上の錘を引く。引いて地下室の床に届いてた凶器を引っぱり上げるんや。煙突の口の近く、充分な高さまでな。そして、先生が暖炉に入った瞬間――それを見極めるのは難題やけど――に手を離すと、凶器は先生の頭めがけて落下する」

火村は、何も言わず私の話を聞いていた。

「凶器が先生の頭を砕いて床に着くと、錘つきのリールは、また彼の頭上で静止する。床から二メートルのところでな。そこで再び手を伸ばしてテグスを摑み、引き続ける。凶器は書庫への煙突から出て屋根を伝い、ついには書斎への煙突に引き込まれる。煙突の中を落ちてきた凶器を受け止めて回収したら終わり。事件の当夜には屋根に上がることもなく、書斎にいながらにして書庫の先生を殺すことができたわけや」

「火はどうやって点けた？」

「はっきりとしたことは言えんけれど、凶器と同じように、テグスをもう一本使うて容器に入った灯油を宙吊りにしてたのかもしれん。殺害後、そのテグスを操って灯油をかけた」

「灯油はいいとして、火は？」

「苦しいかもしれんけど、テグスに油を沁《し》みさせておいた上で書庫と書斎を結び、導火線にしたのかもしれん」

「そんなことをしたら導火線の痕跡が遺るぞ」

「屋根の上に少々の燃え滓が遺ったとしても、そんなもんは風で飛んでしまうやろう」

言い訳を連発するというのもつらいものだ。しかも、真相は別だったことが明らかになった後で。

「奇抜なアイディアだな」

からかわれている。

「けど……アホなことを考えたもんや」

「そうだな」

「ああ、こんなことをしても光司君には何のメリットもない」

「夢中で一つのことを考えている時はそんなものさ」

私たちはしばらく黙り込んだ。

「諸田禎一という男が一番気の毒な目に遭ったんかもしれんな」

やがてこぼれた私の呟きに、火村は同意する。

「そうかもな。彼は真壁さんや船沢さんに詫びて欲しかっただけかもしれない。小遣い銭ぐらいもらいたかったかな。何にしても殺されて焼かれることはなかった」

銀行家の別荘が見えている。あそこで熱い風呂に入り、柔らかなベッドで眠って、諸田は心から寛いでいたかもしれない。誰も彼の邪魔をする者はなかったのだから。それも犯罪には違いないが、ささくれた心で漂流をしてきた彼の人生の中では、めったにない休息の時間だったのではないだろうか。

「真壁先生の遺作はどうなった？」

彼が尋ねた。

「絶筆は第一章さえできてなかった。真相を推測するどころか、あれではどんな事件が起きることになってたのかも判れへん。石町がしゃべらん限りな」

彼は誰にも教えないだろう。

四十六番目の密室は葬られた。

「死後発表のために書いてあったという作品は？」

「それもあかん。先生は破って燃やしてた。あの書斎の暖炉でな」

「自分で没にしてたのか？」

「そう。フーコ先生が三年前に書いた『密室の犬』という作品と基本アイディアが同じやったそうや。彼女がさっき船沢さんに話してた。真壁先生の気持ちがだんだんとフーコ先生から離れていってた頃のことで、その作品に真壁先生が怒って、とうとうフーコ先生を突き放したんやて。『俺の取っておきのアイディアを、世にもくだらない形で作品にして発表しやがった』と罵《ののし》られたとか。——杉井さんがかすめ取ったんやなかった」

火村は、「ふぅん」とだけいった。たかが推理小説のアイディアのことで色々あるものだ、とでも思ったのかもしれない。

「光司君と何を話してたんや？」

それが気になっていた。

「彼の進路相談さ」

「へぇ、お前がな」

「こんなことになったけど、希望どおり大学へ進学しなさいよ、と佐智子さんに言われたんだそうだ。彼は、ここを出て仕事に就こうかとも思うんだ、と言ってた」

「何て答えたんや？」

「君は将来何がしたいのかと訊くと、法律を勉強して弁護士になりたかったと言う。ならなればいい、と答えた。お父さんみたいに人助けができるぞって言ってたな。横で聞いてた鵜飼警視と真帆ちゃんも俺に加勢して、彼をそう励ましてた」

「よかったたな」

少し風がでてきた。雪をのせた木々の梢が揺れている。

「それにしても、安永彩子という人は気丈だったたな。狼狽することも泣くこともなかった」

火村は、そのことに感心していた。私がつらい役目を果たす時、彼も後ろの方に立って様子を見ていたのだ。彼女は「本当ですか？」と言っただけで、取り乱すことはなかった。もしかすると、愛する男の苦悩を見抜いて、心のどこか奥底で覚悟を決めていたのかもしれない。彼が真壁聖一を殺した本当の理由については、話さなかった。そして、そのことばかりは彼女も察してはいないに違いない。

「彼は、安永さんを信じてすべてを打ち明けるべきだった」

不意に、火村は石のように硬い口調で言った。

「彼女を信じられなかったことを、今、深く悔いているに違いない」

そう言ったきり、彼は沈黙する。まるで、自らがその悔恨に耐えているかのようだった。

「降りようか」

風の冷たさにたまりかねて私は言った。

「ああ、お前がまた滑り落ちないうちにな」

火村がそう言った時、私の頬に何かが触れた。

雪だ。

見上げると、灰色の空から無数の雪片がゆっくりと舞い降りてきている。この屋根の上にまた、静かに降り積もるのだろう。

破風に並んで腰を降ろした私たちは、しばらく立ち上がることを忘れてそれを見ていた。

グールドの呟きとともに、バッハの調べが聞こえてくるようだった。

あとがき

お気づきの方も多いだろうが、巻頭の献辞は荒俣宏《あらまたひろし》氏の『帝都物語』のパロディになっている。

あれだ。

東京を愛し、東京を憎む、すべての人々へ——

密室ものが好きだ、という推理小説ファンは多い。原初の推理小説『モルグ街の殺人』がすでに密室での奇怪な事件を扱っていたことから、密室は（本格）推理小説の象徴とも言われる。しかし、密室ファンの多くはこれまで何百回と失望してきたのも事実ではないだろうか？　今度こそ目の覚めるような鮮やかな解決を、と期待しながら読み進み、最後で肩透《かたすか》しをくう。本物の密室の巨匠、ジョン・ディクスン・カーでさえ、結末で読者を繰り返し裏切ったものだ。そうであるから、密室ファンにしても、密室への想いは愛憎相半ばというところかもしれない。「密室を愛し、密室を憎む……」はそんな想いを代弁したつもりだ。

「で、お前のこの本はどうなんだ?」と訊かれたなら、「これは密室小説というより、一種のメタ密室小説ですから……」と答えて逃げよう。〈地上の推理小説〉(本編未読の方へ。〈地上〉だの〈天上〉だのという表現の意味は作中にあり)として真正面から密室トリックに挑むと同時に、密室をめぐる冒険を描いたつもりだ、などと言って。

書きながらバリー・ペロウンの『穴のあいた記憶』という短編を思い出した。結末が謎のままというリドルストーリーを集めたアンソロジー『謎の物語』(紀田順一郎《きだじゅんいちろう》編・筑摩書房)に収録されているのを読んだのだが、これが何とも巧妙な仕掛けの密室小説だった。酔っている時に空前の大トリックを発案した戯曲家が、素面《しらふ》になるとそれを忘れてしまっていて、どうしても思い出せないという話。ああ、思い出せない、と悩む主人公に対して、思い出せ思い出せと、こちらが身悶えしてしまう。最後に恐ろしい結末が待っているのだが、そこに至る伏線もきちんと張られていた。――この作者もまた、密室を愛し、密室を憎んでいたのだろう。輝くような密室トリックは〈不在〉ならぬ〈未在〉だと夢見たかったのだ。

率直に言って、本作のトリックは〈輝ける密室トリック第一号〉という出来のものではない。読者のこれまでの密室トリック体験のどこかしらに落ち着くものだ。ただ、私は〈未在の輝ける密室トリック〉という幻想を伝えたかった。

本作はアンチ密室派の読者へのメッセージとして、トリックを直感で見破れば犯人の名前が浮かび出た、という構図を避けるべく、犯人特定のプロセスは論理的であるよう心掛けた。ディクスン・カーとエラリー・クイーンの混血児を創りだそうとした、というよりも、クイーン風の犯人探しプラス密室というのが実体だ。徹底して〈地上の推理小説〉であろうとした、その程度は意識的に推理小説を書こうとした、という点も、言わずもがなながら記しておきたい。

作中で登場する『ロックド・ルーム・マーダーズ』とその著者について少し。著者のロバート・エイディは推理作家でも評論家でもない。手許にある一昨年（九〇年）ロンドンで開かれたアンソニー・バウチャー・コンベンションのパンフレットには〈ボブ・エイディ　名誉ファン・ゲスト　生涯の情熱〉と紹介されているが、要するに熱狂的な密室推理小説マニアなのだ。コンベンションの最終日に彼は、エドワード・D・ホック、ビル・プロンジーニ、ジャック・エイドリアンと、その名も『密室講義《ザ・ロックド・ルーム・レクチャー》』なるプログラムに参加していた（私は大教室のさほど後ろでもない場所に席を取って受講していた。マイクの音声は明瞭だったのだが、彼らの討議の内容が何故か理解できなかった。日本語ではなかったからかもしれない）。英米ではよほど高名なマニアなのだろう。

ＳＲマンスリー２５９号の小林晋《こばやしすすむ》氏の紹介によると、この密室トリックコレクションに改訂増補版が出たという。それも半端な増補ではない。さらに七〇〇以上のトリックが追加され、収録トリック総数二〇一九に達するというから呆れる。まさに生涯を賭けた情熱。密室がいかに恐ろしい魔力を持っているかの証左として、私はこの本について作中で言及したかった。

改訂前の『ロックド・ルーム・マーダーズ』を拾い読みしながら本作を書いたのだが、この本は私の蔵書ではない。同じくロンドンのバウチャーコンに出席した白峰良《しらみねりょう》介《すけ》氏が買われたものをお借りし、ネタにさせていただいたのだ。大切な本をお貸しいただき、ありがとうございました。――私が購入しなかったのはぼけーっとしていて買い逃したのであって、この薄い本に一万円を出す情熱と経済力がなかったからではない。

なお、エイディ氏が「あり得ざる親愛の念を込めて」と添えて署名するのは事実で、白峰氏の本の扉にそうある。

あり得ざる親愛の念。とても面白い。これもまた、密室に対する私の想いを代弁しているかのように聞こえるのだ。

おしゃべりしてみたいことはまだあるが、体力が尽きかけているのでこのぐらいにしておく（ほっとしましたか？）。

まったくの私事ながら、今回初めて締め切りを設けた長編の執筆を経験した。構想をまとめるのに嫌になるほど時間を食うたちなので、実際の執筆時間が圧迫され、一時はもう駄目かとも思った。何とか予定の期日内に脱稿できたのは、宇山日出臣《うやまひでおみ》氏の激励のおかげという他ない。ありがとうございました。

そして、この本を読んでいただいた皆様、どうもありがとうございました。

火村とアリスに、どうかまた会ってやってください。

'92・2・3

文庫版・付記

『ロックド・ルーム・マーダーズ』について。一九九一年にCrossover Pressから出版された増補版を手に入れた。退屈しのぎにもってこいの本なので、時折、ぺらぺらとめくって拾い読みするが、幸か不幸かパクりたくなるような素晴らしいトリックにはお目にかかっていない（記述が簡単すぎるからもあるだろう）。さらなる増補改訂版が予定されているとも聞くので、エイディ氏にはとことんがんばっていただきたい。

時々、これが最後の密室ものだ、という触れ込みの作品が現われる。しかし、本当に密室が封印されるに至っていないことは、エイディ氏が増補改訂をやめないことからも明らかである。とめどもなく自己増殖する雑菌、と言えば喩えが悪すぎるが、推理小説というものを代表する資格のあるなしが定かでないままに、密室は書かれ続ける。何と皮肉なパラドックス。密室は、ふしだらに開きっぱなしなのだ。本当に密室の息の根を止める作品を書くことは、誰にもできない。

推理小説の極北に挑み、「これこそ究極の意外な犯人」だの「読者こそが犯人」だの「私は探偵であり、犯人であり、被害者であり……云々」という作品にもちょくちょくお目にかかる。フロンティア精神には敬意を表するが、そんなテーマに私は興味がない。それより、蛮勇を発揮したい方、大将の首を獲って名を上げたい方には、密室の息の根を止めてみせて欲しい。本当に封じてみせて欲しい。

推理小説の極北のテーマは「私は探偵であり、犯人であり……」などというお遊びではなく、「最後の密室」を描き切り、推理小説の誕生以来、ぬけぬけと生きのび続けてきたそいつの正体を、白日の下に晒して見せることではないのか？

書き手として、私はその夢想の周りをぐるぐる回りながら、いつかそのうち、に期したい。

’95・2・1

有栖川有栖

新装版のためのあとがき

「まだあとがきが続くのか。暑苦しい！」と思われたら、パスしてください。「おまけのおまけ」です。

文章の不備を少し直せばいい、はたきを掛ける程度だな、と思いながら新装版の校正にかかったら、汗だくで大掃除をする羽目になった。旧版を上梓してから十四年。それなりに物書きとして成長したと言うべきか、昔が未熟すぎたと言うべきか。言い訳めくが、「そういえばこの長編、えらく急いで書いたなぁ」と思い出した。

読み返せば読み返すほど書き変えたい箇所が見つかるので、「このへんで勘弁したろか」というところで切り上げた。よく言われることだが、自作とはいえ過去のものはそれを書いた当時の作者のものだ。今の趣味に合わせた間取りを変更するような改築はやめ、あくまでも掃除にとどめた。火村とアリスは、その後〈永遠の三十四歳〉

になるのだが、この本では皇太子と学年が同じということになっている。そんな箇所も「当時はそういう設定だったから」と削っていない。

久方ぶりに再読したので、懐かしくもあった。読者だけではなく、私自身もこの作品で火村英生と作家・有栖川有栖のコンビに初めて出会ったのだから。キャラクターと書き手の間に初対面のぎこちなさが漂っているが、これも残した。このシリーズ並びにミステリ独特の遊び（作者名と登場人物名が同じ）に馴染みがない方のため、今さらながら付言すると、作中の有栖川有栖と作者の私・有栖川有栖はまったくの別人格である。

火村らとは、当初から想定していたとおり永い付き合いになっている。本格ミステリを金輪際もう書かない、という日がくれば話は別だが、そうでなければ私はずっと彼らの物語を書くだろう。

本作の中で、火村が思わせぶりに探偵する動機を語っているから、その秘密（？）が明らかになった時にシリーズが完結する、と予想した方がいるが、そんなプランがあるわけでもない。彼は、私がすべての設定を用意できる〈キャラクター〉である以前に〈他者〉だから、過去に何があったか知らない。また、いつか彼が秘密を耳打ちしてくれたとしても、それを必ず読者に伝える義務はないと思っている。今言えるのは、「火村のもっともらしいトラウマを考える暇があったら、密室トリックでも練る」ということである。

『新装版 マジックミラー』と同様に、新しいカバーデザインを大路浩実さんにお願いし、旧版の辰巳四郎さんによるデザインを口絵に使わせていただきました。ありがたいかぎりです。

また、大忙しの最中に「旧版の解説の続編を書いてくれる?」という依頼に応じ、過分の文章を寄せてくれた綾辻行人さんに深甚なる感謝を。仕事の邪魔をして申し訳ない。これからも共に苦しみましょう。

そして、講談社文庫出版部の長谷川淳さん。大掃除にお付き合いいただき、ありがとうございました。お疲れでしょう? 少し休んでコーヒーでも飲んでください。

'09・7・22

有栖川 有栖

旧版解説

綾辻　行人

有栖川有栖さんの推理小説を読むと、いつも決まって「いいなあ」と思う。「ああ、いいいな。素敵だなあ」と、他の同業者が書いた同種の——つまり「本格」という言葉が冠されるタイプの——作品を読んでもなかなかそうはならないような、何だかとてもしみじみした気持ちになってしまう。

何故だろうか。

知的で繊細で、清潔感に溢れた文章がとても肌に合うから。作者と同じ名前を持つ語り手とその二人の友人たちの造形に魅力を感じるから。気の利いた、決して押しつけがましくないペダントリーが好もしいから。時として強烈な毒を含んだ、そのくせ品の良いユーモアににやりとさせられるから。緻密に練り上げられたプロット、過不足なく丁寧にちりばめられた伏線、そして解決を導く論理の形の良さに感心するから。エラリイ・クイーンばりのパズラーでありながらも随所に漂う、ロマンティックでリリカルな香りに胸をくすぐられるから。

などなどと、具体的な要素を挙げてみることは簡単である。けれどもそれら多くの美点以前に僕はまず、有栖川さんが推理小説と向かい合う、その〃眼差し〃にこそ心を動かされるのだと思う。

「見えるもの」に向けられた、まっすぐで揺るぎのない眼差し。

そしてまた、「見えない彼方」を望む、夢見る眼差し。

有栖川さん本人と会ったり電話で話したりする時にも、僕はやはり同じような感慨に囚われる。「ああ、いいな。素敵だなあ」と思う。同時に、はっと襟を正したい気分にもなる。

作品から感じられるのと同じ二つの〃眼差し〃が、そこには確かにあるからだ。

有栖川有栖。一九五九年四月二十六日、大阪市に生まれる。血液型O。

十一歳の時に初めての推理小説（「虹色の殺人」という題名だったそうな）を書き、以来、推理作家になることを将来の目標とする。中学・高校時代も推理小説の習作を続け、同志社大学に入学後は同大学の推理小説研究会に所属。同会の機関誌『カメレオン』に作品を寄稿する。

一九八九年一月、以前から親交のあった鮎川哲也氏の推輓を得て、東京創元社より長編『月光ゲーム』（かつて江戸川乱歩賞に応募して落選した作品が原型となっている）を刊行。プロ作家としてのスタートを切る。

こういうふうに有栖川さんのプロフィールを書いてみるとやはり、かく云う僕自身と彼との共通点についてどうしても言及したくなる。野暮を承知で、次に自分のデータを示そう。

綾辻行人。一九六〇年十二月二十三日、京都市に生まれる。血液型O。

十一歳の時に初めての推理小説（題名は忘れた）を書き、以来、推理作家になることを将来の目標とする。中学・高校時代も推理小説の習作を続け、京都大学に入学後は同大学の推理小説研究会に所属。同会の機関誌『蒼鴉城《そうあのしろ》』に作品を寄稿する。

一九八七年九月、以前から親交のあった島田荘司氏の推輓を得て、講談社より長編『十角館の殺人』（かつて江戸川乱歩賞に応募して落選した作品が原型となっている）を刊行。プロ作家としてのスタートを切る。

作家デビュー後も、有栖川さんは生まれ故郷の大阪に住んでいる。僕はお隣の京都に住んでいる。

最も尊敬する推理作家は誰か？　と質問されたなら、有栖川さんは迷わずエラリイ・クイーンと答えるだろう。僕はというと、ちょっと迷ったあとでやはり、クイーンの名を挙げると思う。

有栖川有栖作『月光ゲーム』では、大学の推理小説研究会のメンバーたちが山へキャンプに行き、火山の噴火のため下山不能となった閉鎖状況の中で連続殺人事件が起こる。拙作『十角館の殺人』でもやはり、大学の推理小説研究会のメンバーたちが孤島へ行き、脱出不能となった閉鎖状況の中で連続殺人事件が起こる。

ざっとまあ、こんなところだろうか。時期を前後して世に出た、いわゆる「新本格」系の作家たちをぐるりと見まわしてみても、これほどに共通点の多い二人はいないと思うのだが、どうだろう。

「本格推理小説」（「本格探偵小説」「本格ミステリ」「本格ミステリー」と、呼称はさまざまに存在する。それぞれを違ったニュアンスで捉えようとする向きもあるが、いたずらに混乱を招くだけだと思うのでここでは無視するとして）を巡る議論は数多い。過去から現在に至るまで、ことあるごとに好事家の間で「『本格』とは何か？」という問題が論じられているわけだが――。

思うに「本格」とは、それを愛する人々が各々に抱く、内なる理想郷《ユートピア》なのだ。むろんそこから最大公約数的な了解事項は抽出できるだろうが、結局のところ、百人の人間がいれば百の形の「本格」がある。これはしごく当然のことであって、何もそれらをただ一つの形に統一する必要はない。

そんな中でもしかし、同世代に生まれ、酷似した推理小説体験を踏まえて同時期に作家デビューした有栖川さんと僕が、相当以上に近い形の理想郷を抱いている蓋然性は高くてしかるべきである。ことさらのように確認し合ったことはないけれど、だからこそきっと僕は、彼の推理小説への〝眼差し〟にいつも、こんなにも強く心を動かされてしまうのだろうと思う。

現時点までに有栖川さんは、六冊の長編と一冊の短編集を上梓している。この文庫が書店に並ぶ頃には、七冊目の長編『海のある奈良に死す』（双葉社）が刊行されているはずである。

『46番目の密室』は有栖川さんの五番目の長編で、語り手に推理作家の有栖川有栖を、探偵役にその友人火村英生を据えたシリーズの第一作品でもある。もう一つの大きなシリーズとして、『月光ゲーム』に始まって『孤島パズル』（東京創元社、一九八九年七月）『双頭の悪魔』（同社、一九九二年二月）と続く、大学生有栖川有栖の一人称による長編連作があり、こちらでは有栖の先輩江神二郎が探偵役を務める。

同姓同名の記述者を持つこの二つのシリーズには、実はなかなかに面白い相互関係があるのだが、ここでそれを説明してしまうようなことはしない。未読の方には一読を、両シリーズを読んでいて気づいていない方には再読をお勧めしよう。

上質の本格推理小説の紹介に多言は禁物。したがって、物語の筋立てにはいっさい触れまい。

タイトルに明示されているとおり、本書は「密室」を主題とした本格推理小説であり、講談社ノベルス版の親本に付された「あとがき」によれば、「ディクスン・カーとエラリー・クイーンの混血児を創りだそうとした」作品であるという。また、同じ「あとがき」において作者は、「私は『未在の輝ける密室トリック』という幻想を伝えたかった」とも述べている。この魅惑的な言辞の意味するところは、すでに本編を読了された方には明らかだろう。

ところで本書には、「日本のディクスン・カー」「密室の巨匠」と呼ばれる推理作家真壁聖一によって、ひとしきり推理小説論が展開される場面がある。そこで「地上の推理小説」「天上の推理小説」という言葉とその概念が提出されるのだが、これが非常に刺激的で興味深い。

いくつか本文を引用しよう。

「謎と分析、あるいは神秘と現実、つまり感性と悟性が永久運動を行なう。互いに相手に圧力を加え合いながら、苦しげに、しかし美しい運動を続けて、幾何学のファンタジー、昏い夢がこの世の外へ向けて輻のような光を放つんです」

「おそらく私は、推理小説とはかつて書かれたことのない物語である、と極論したいのでしょう」

真壁聖一が語るこれがすなわち、「まだ見ぬ『天上の推理小説』」である。「古今東西の名作と呼ばれる作品」はどれも、「それはそれで愉悦に満ちた楽園」だとして充分にその魅力と価値を認めつつも、しかし結局は「『地上の推理小説』とでも言うべきもの」でしかないのだと云う。そして、自分はこれから「地上」を離れ、その「天上」を目指したいと宣言するのである。

これはそのまま、作者である有栖川さん自身がかねてから心に抱いている「推理小説への夢」なのだと考えて間違いないだろう。僕はそう読んだ。

少年の日の幸せな出会い以来、彼がずっと見つめつづけてきた「本格」という理想郷の、さらにその向こう、どこか彼方にあるもの。あるかもしれないもの。あるはずのもの。――それへの想いを、有栖川さんは真壁聖一の口を借りて語っているのだ。

『46番目の密室』というこの小説自体は、「徹底して『地上の推理小説』であろうとした」作品であると、これもまた親本の「あとがき」において作者自身が述べている。有栖川ファンならば先刻ご承知だろうが、それはこの作品に限ったことではない。デビュー以来現在まで、有栖川さんは一貫して、初期のクイーンを彷彿とさせるような、「愉悦に満ちた楽園」としての「地上の推理小説」の創造に心血を注ぎつづけている。まっすぐなその眼差しに、揺るぎはない。

その上で（ここがポイントだ）、彼は彼方を望む。「まだ見ぬ『天上の推理小説』」へと、夢見る眼差しを馳せる。

「素敵だなあ」と、本当に思う。そして、僕にもまだ同じ夢を見る力は残っているはずだよなと、ともすれば最近、内なる理想郷の輪郭をすらも見失いがちな自分に云い聞かせてみたりもするのである。

先日、有栖川さんと電話で話す機会があった。その際に僕は、この解説文のための取材と称して、「『天上の推理小説』はいつお書きになる予定ですか」と、なかば冗談めかして訊いてみたのだが――。

「あらかじめ翼らしきものを作って身体に装着して、鳥人間コンクールみたいに『さあ飛ぶぞ』って感じで飛んでみようとするのは、何だか違うような気がするんですね。思いきり速く走って、走りつづけていて、その結果ふわりと宙に浮かび上がってしまう、そんなふうになれたらいいな、と」

真壁聖一とはまたスタンスの違う、いかにも有栖川さんらしい答えだなと思った。一生をかけて一作、書けるかどうか。そういったレベルの作品を、きっと彼は夢見ているのだ。いつかそれを読んでみたいと、加速のあまりとうとう空へ舞い上がってしまう光景を見てみたいと、心からそう願う。

ひょっとしたらそれは、本書ではついに語られることのなかった「46番目の密室」の物語なのかもしれない。

（一九九五年二月記す）

新装版解説

十四年後の補記

綾辻　行人

講談社文庫の旧版『46番目の密室』に解説を書いたのが、今から十四年前――一九九五年の話である。その三年前、有栖川さんが書いてくださった拙著『水車館の殺人』の文庫解説に応えるような形で、僕たち二人の共通点を並べてみるところから始めながら、当時の想いをあれこれと綴らせていただいた。

昨年――二〇〇八年の四月、『水車館の殺人』の〈新装改訂版〉を刊行するにあたり、「新解説」を再び有栖川さんにお願いしてみたら、快諾して素敵な文章を寄せてくださった。そこで今度は、この『46番目の密室』の新装版にも綾辻の「新解説」を、という話が持ち上がったのである。――ううむ。本音を云えば、解説なるものを書くのはたいそう苦手なのだけれど、この依頼は何を措《お》いてもお引き受けせねばなるまい。

と、そんなわけで――。

本稿は、綾辻行人による「十四年後の再解説」である。もっとも、十四年前の自分の「旧解説」を読み返してみると、『46番目の密室』という作品そのものを巡っては、存外にきちんとした文章をしたためている。本書にはそれも再録されるとのことなので、今回の「新解説」はどうしても「十四年後の補記」めいた内容にならざるをえない。ご了解いただきたい。


まずはここで、この十四年間における作家有栖川有栖の軌跡をざっと押さえておくことにしよう。

僕が「旧解説」を書いた九五年二月の時点では「六冊の長編と一冊の短編集」だった著書が、十四年後の現時点では「十七冊の長編（文庫書き下ろしの中編『まほろ市の殺人　冬――蜃気楼に手を振る』を含む）と十五冊の中短編集」に増えている。エッセイ集や解説集、対談本など、小説以外の著作や共著も多数ある。

本作『46番目の密室』を第一作とする火村英生シリーズ（＝「作家アリス」シリー

ズ）については、これまでのところ長編が八冊、中短編集が十冊刊行されている。これらのうち、有栖川版「国名シリーズ」として講談社ノベルスから親本が刊行されたものが八冊で……と、こうして見てみると、まことに揺るぎのないペースで——驚くほどの多作ではないが決して寡作でもなく——新作が書かれつづけてきたことがよく分かる。

もちろん、ただ執筆ペースだけの話ではなく、そこには揺るぎのない内実が伴ってもいる。

国名シリーズの第六作『マレー鉄道の謎』（二〇〇二年）では、第56回日本推理作家協会賞を受賞。同作と『スイス時計の謎』（二〇〇三年）は、第3回および第4回の本格ミステリ大賞の候補にも挙げられた。前者は、いわゆる「目張り密室」の新手トリックが中心に据えられた華麗な長編。後者は中編集だが、表題作における「マジカルロジック」とでも呼ぶべき見事な論理構造が本格ファンを唸らせた。

二〇〇〇年に発足した本格ミステリ作家クラブの初代会長職をしっかりと務め上げたのち、二〇〇七年には、『双頭の悪魔』（一九九二年）のあと続編が待望されてきた江神二郎シリーズ（＝「学生アリス」シリーズ）の第四長編『女王国の城』を発表。実に十五年ぶりのシリーズ新作であったにもかかわらずその面白さはファンの期待を裏切ることなく、各種ベストテンをほぼ総嘗めにしたうえ、これによって第8回本格ミステリ大賞を受賞する。

——と、このように事実を振り返って並べてみるだけでも明らかだろう。有栖川有栖という作家は今や、名実ともにわが国の「現代本格」の第一人者であると云っても過言ではないのである。

先頃デビュー二十周年を迎えた有栖川さんだが、技術面はもちろん感性面においても、その創作力にはいささかの衰えも感じられない。「本格」なるものに対する意欲・情熱についても同様である。僕が「旧解説」で指摘した「二つの〝眼差し〟」を堅持したまま、彼はまだまだ先へ進んでいくのだろうな——という頼もしさに満ちていて、この点、十四年前の所感に修正すべきところはまったくない。

さて、そんな有栖川さんと僕こと綾辻行人とはこの十年来、単に「親しい同業者」というだけではない関係にある。

今を去る一九九九年、推理ドラマ『安楽椅子探偵登場』の原作を二人で共同考案したのが、そもそもの始まりだった。出題編にまず二時間、一週間後の解決編にまた二時間、という長尺を使っての深夜番組で、出題編の最後には原作者の僕たちが顔を出して「視聴者への挑戦」を表明し、解答を募集する。ここまで本格的な「犯人当てドラマ」は、テレビ媒体ではおそらく初の試みだったのではないかと思う。

好評を受けてこれは「安楽椅子探偵」シリーズとしてシリーズ化され、二〇〇八年には第七作『安楽椅子探偵と忘却の岬』が放映されたのだが、その全作品の制作に、僕たちは共同原作者として参加してきたのである。

この他にも、二〇〇二年に催されたイベント「新本格ミステリフェスティバル」では、メインコンテンツである推理劇の原案・監修を共同で務めたり、「J－ミステリ倶楽部」という携帯電話サイトに二人して参画したり……と、何だかんだでいろいろな仕事を一緒にしてきた。二〇〇七年からは『メフィスト』誌上で、「綾辻行人と有栖川有栖のミステリ・ジョッキー」と題したDJ風対談&アンソロジーを連載中であったりもする。

要するに——。

本作の「旧解説」を書いた十四年前には「親しい同業者」でしかなかったのが、この十年ばかりですっかり、有栖川さんとの間には「仕事の相棒」という関係性が強くなってしまったわけである。業界広しといえども、僕ほど多くの時間を有栖川さんと過ごした作家はいないに違いない。

作家同士のこうした関係が長く続くと、ややもすれば取り組み方の温度差や意見の対立その他のせいで、相手への不満や不信が芽生えたり喧嘩になったり……といった問題が起こりがちだと聞く。ところが、僕たちについてはまったくそのような問題が生じていない。共作作業の中で考えがうまく合わないような場面もむろんあるが、ことん話し合って互いに納得して難問を解決・突破した時にはむしろ、単独の仕事では経験できない達成感が味わえる。それが原因で関係がぎくしゃくすることなど、だから決してないのである。

前記『水車館の殺人〈新装改訂版〉』の「新解説」において、有栖川さんもこの件について触れ、意見が喰い違ったりしても険悪なムードにならないのは「彼（＝綾辻行人）が紳士であり、私が綾辻行人の才能に敬意を払っているからだ」と述べてくださっているが、この言葉は名前を入れ替えて、そのまま有栖川さんにお返ししなければならない。僕にしてみれば、「有栖川さんが紳士であり、僕が有栖川有栖の才能に敬意を払っているから」なのであって、双方がこのような想いで相手と向き合っているからこそ、こんなにも良好な関係性が長く維持できているのだろう。

僕は有栖川有栖の才能に敬意を払っている。共作作業の中でその「才能」を実感することもあれば、彼の作品を読んで「才能」に感心・感嘆することもある。

たとえば、先にも言及した『マレー鉄道の謎』。この長編のメイントリックは、「安楽椅子探偵」シリーズの第四作『安楽椅子探偵とＵＦＯの夜』（二〇〇二年）のプロットを二人で考えている際、有栖川さんが思いついたものだった。この時は僕のほうが、そのトリックの実行可能性などを巡って難色を示したため不採用となったのだが、「だったら自分の小説で使おう」と云って直後に有栖川さんが書き上げたのが、『マレー鉄道の謎』だったのである。読んでみて、「なるほどなあ」と感心した。あのトリックをこのようにアレンジして作中に組み込むことで、これほど優れた本格推理小説ができてしまうのか、と。恐れ入りました、というのが、あの時の偽らざる気持ちだった。

それから、これも先に言及した『女王国の城』。作品自体の創意や面白さ、完成度の高さもさることながら、この大長編を書きはじめ、書きつづけ、書き上げるまでの有栖川さんの姿勢を近くで見ていて、僕はいたく感動した。

誰が何と云おうとも、自分は自分の信ずる「本格」を書く、しかも存分に楽しみながら書いてやる——という、そんな姿勢。彼はそれをまっとうし、結果として自身の最高傑作とも云えるような作品をものしたわけである。——うん。何ともカッコイイではないか。あの時は本当に、そんな彼が自分の「盟友」であり、「仕事の相棒」であることを誇らしく思ったものである。

ところで――。

そんなこんなで、すこぶる良好な関係が今も続いている有栖川さんと僕ではあるのだが、最後にあえて一つだけ、ちょっとした愚痴をこぼしてしまおう。

推理小説と出会ってほぼ四十年、職業作家になってほぼ二十年。これだけの長期間、推理小説――中でも「本格」という冠が付く類の――と真剣に付き合いつづけてくると、時としてつい弱音を吐きたくなるものである。「本格」という内なる理想郷《ユートピア》への想いはいささかも変わっていないつもりなのだけれど、それでいてついつい、「ここまでやってきたんだからもういいだろう」とか「もうくたびれた」とか、あまつさえ「愛してはいるが、付き合いに距離を置きたい」とか「いっそ別れてしまいたい」とか、そんな気分にまで陥ってしまう。

親しい間柄に甘えつつ、たまに有栖川さんの前で、このような気分を言葉にして出すことがあるのだが、そういう時の彼の反応はいつも、「何を云《ゆ》うてんねん?」とにべもない。

「そんなこと云っても、本音は違うんやろう」

「何がどうあろうと、綾辻さんは骨絡みの〝本格者〟なんやから」

「まだまだ綾辻行人には頑張ってもらわなあかん」

十四年前に感じたのと同じ「二つの〝眼差し〟」を、十四年後の今も変わらず堅持している「盟友」の口からぴしゃりと云われてしまうと、これは効く。僕はひと言も返せぬまま、どうにかこうにか背筋を伸ばして彼と――同時に「本格」と――向き合うしかない。――困ったものである。

きっと今後も、こういった有栖川さんとの関係は続くのだろうと思う。そしてそうある限り、時として弱音を吐いてしまいながらも、僕は決して「本格」から目をそらすことができないのだろう。――ああもう、本当に困ったものである。

ありがとう、有栖川さん。


（二〇〇九年七月記す）

有栖川有栖 著作リスト（2009年7月現在）

★…火村英生シリーズ　☆…江神二郎シリーズ

〈長編〉

月光ゲーム――Yの悲劇'88――☆　東京創元社（'89）／創元推理文庫（'94）
孤島パズル☆　東京創元社（'89）／創元推理文庫（'96）
マジックミラー　講談社ノベルス（'90）／講談社文庫（'93）
双頭の悪魔☆　東京創元社（'92）／創元推理文庫（'99）
46番目の密室★　講談社ノベルス（'92）／講談社文庫（'95）
ダリの繭★　角川文庫（'93）／角川書店（'99）
海のある奈良に死す★　双葉社（'95）／角川文庫（'98）／双葉文庫（'00）
スウェーデン館の謎★　講談社ノベルス（'95）／講談社文庫（'98）
幻想運河　実業之日本社（'96）／講談社ノベルス（'99）／講談社文庫（'01）
朱色の研究★　角川書店（'97）／角川文庫（'00）
幽霊刑事《デカ》　講談社（'00）／講談社ノベルス（'02）／講談社文庫（'03）
マレー鉄道の謎★　講談社ノベルス（'02）／講談社文庫（'05）
虹果て村の秘密（ジュヴナイル）　講談社ミステリーランド（'03）
乱鴉の島★　新潮社（'06）／講談社ノベルス（'08）
女王国の城☆　東京創元社 創元クライム・クラブ（'07）
妃は船を沈める★　光文社（'08）

〈中編〉

まほろ市の殺人 冬　蜃気楼に手を振る　祥伝社文庫（'02）

〈短編集〉

ロシア紅茶の謎★　講談社ノベルス（'94）／講談社文庫（'97）
山伏地蔵坊の放浪　東京創元社（'96）／創元推理文庫（'02）
ブラジル蝶の謎★　講談社ノベルス（'96）／講談社文庫（'99）
英国庭園の謎★　講談社ノベルス（'97）／講談社文庫（'00）

ジュリエットの悲鳴 実業之日本社（'98）／実業之日本社ジョイ・ノベルス（'00）／角川文庫（'01）
ペルシャ猫の謎★ 講談社ノベルス（'99）／講談社文庫（'02）
暗い宿★ 角川書店（'01）／角川文庫（'03）
作家小説 幻冬舎（'01）／幻冬舎ノベルス（'03）／幻冬舎文庫（'04）
絶叫城殺人事件★ 新潮社（'01）／新潮文庫（'04）
スイス時計の謎★ 講談社ノベルス（'03）／講談社文庫（'06）
白い兎が逃げる★ 光文社カッパ・ノベルス（'03）／光文社文庫（'07）
モロッコ水晶の謎★ 講談社ノベルス（'05）／講談社文庫（'08）
動物園の暗号★☆ 岩崎書店（'06）
壁抜け男の謎 角川書店（'08）
火村英生に捧げる犯罪★ 文藝春秋（'08）
赤い月、廃駅の上に メディアファクトリー（'09）

〈エッセイ集〉

有栖の乱読 メディアファクトリー（'98）
作家の犯行現場 メディアファクトリー（'02）／新潮文庫（'05）
迷宮逍遥 角川書店（'02）／角川文庫（'05）
赤い鳥は館に帰る 講談社（'03）
謎は解ける方が魅力的 講談社（'05）
正しく時代に遅れるために 講談社（'06）
鏡の向こうに落ちてみよう 講談社（'08）
有栖川有栖の鉄道ミステリー旅 山と渓谷社（'08）

〈共著・編著〉

鮎川哲也読本 原書房（'98）
＊芦辺拓・二階堂黎人と共同監修
本格ミステリーを語ろう！［海外編］ 原書房（'99）
＊芦辺拓・小森健太朗・二階堂黎人との座談会本
有栖川有栖の密室大図鑑 現代書林（'99）／新潮文庫（'03）
＊画・磯田和一／文・有栖川有栖

有栖川有栖の本格ミステリ・ライブラリー　角川文庫（'01）
新本格謎夜会《ミステリー・ナイト》　講談社ノベルス（'03）
＊綾辻行人との謎ときイベント＋トークショー
有栖川有栖の鉄道ミステリ・ライブラリー　角川文庫（'04）
綾辻行人と有栖川有栖のミステリ・ジョッキー①　講談社（'08）
大阪探偵団　沖積社（'08）
＊河内厚郎との対談集
密室入門！　メディアファクトリー（'08）
＊安井俊夫との共著
まほろ市の殺人　祥伝社ノン・ノベル（'09）
＊我孫子武丸・倉知淳・麻耶雄嵩との競作

初刊／一九九二年三月、講談社ノベルス
本書は一九九五年に刊行された講談社文庫の新装版です

|著者|有栖川有栖　1959年大阪市生まれ。同志社大学法学部卒業。在学中は推理小説研究会に所属。'89年に『月光ゲーム』で鮮烈なデビューを飾り、以降「新本格」ミステリムーブメントの最前線を走りつづけている。2003年に『マレー鉄道の謎』で第56回日本推理作家協会賞、'08年に『女王国の城』で第８回本格ミステリ大賞、'18年に「火村英生」シリーズで第３回吉川英治文庫賞を受賞。近著に『濱地健三郎の幽《かくれ》たる事件簿』『論理仕掛けの奇談　有栖川有栖解説集』などがある。

新装版《しんそうばん》　46番目《ばんめ》の密室《みつしつ》

有栖川有栖《ありすがわありす》

1995年３月15日旧版　第１刷発行
2009年６月１日旧版　第32刷発行
2009年８月12日新装版第１刷発行
2025年５月13日新装版第22刷発行

発行者――篠木和久
発行所――株式会社　講談社
東京都文京区音羽2-12-21　〒112-8001
電話　出版（03）5395-3510
　　　販売（03）5395-5817
　　　業務（03）5395-3615

Printed in Japan

講談社文庫

定価はカバーに
表示してあります

KODANSHA

デザイン―菊地信義
本文データ制作―講談社デジタル製作
印刷―――株式会社KPSプロダクツ
製本―――株式会社国宝社

ISBN978-4-06-276427-8

講談社文庫刊行の辞

二十一世紀の到来を目睫に望みながら、われわれはいま、人類史上かつて例を見ない巨大な転換期をむかえようとしている。

世界も、日本も、激動の予兆に対する期待とおののきを内に蔵して、未知の時代に歩み入ろうとしている。このときにあたり、創業の人野間清治の「ナショナル・エデュケイター」への志を現代に甦らせようと意図して、われわれはここに古今の文芸作品はいうまでもなく、ひろく人文・社会・自然の諸科学から東西の名著を網羅する、新しい綜合文庫の発刊を決意した。

激動の転換期はまた断絶の時代である。われわれは戦後二十五年間の出版文化のありかたへの深い反省をこめて、この断絶の時代にあえて人間的な持続を求めようとする。いたずらに浮薄な商業主義のあだ花を追い求めることなく、長期にわたって良書に生命をあたえようとつとめるところにしか、今後の出版文化の真の繁栄はあり得ないと信じるからである。

同時にわれわれはこの綜合文庫の刊行を通じて、人文・社会・自然の諸科学が、結局人間の学にほかならないことを立証しようと願っている。かつて知識とは、「汝自身を知る」ことにつきていた。現代社会の瑣末な情報の氾濫のなかから、力強い知識の源泉を掘り起し、技術文明のただなかに、生きた人間の姿を復活させること。それこそわれわれの切なる希求である。

われわれは権威に盲従せず、俗流に媚びることなく、渾然一体となって日本の「草の根」をかたちづくる若く新しい世代の人々に、心をこめてこの新しい綜合文庫をおくり届けたい。それは知識の泉であるとともに感受性のふるさとであり、もっとも有機的に組織され、社会に開かれた万人のための大学をめざしている。大方の支援と協力を衷心より切望してやまない。

一九七一年七月

野間省一